古典文獻研究輯刊

初 編

潘美月・杜潔祥 主編

第19冊

兩宋《詩經》著述考

陳文采 著

國家圖書館出版品預行編目資料

兩宋《詩經》著述考／陳文采著 — 初版 — 台北縣永和市：花
木蘭文化工作坊，2005〔民 94〕

序 1＋目 2＋193 面；19×26 公分
（古典文獻研究輯刊 初編：第 19 冊）

ISBN：986-81660-3-9（精裝）

1. 詩經－目錄

016.8311   94018890

ISBN 986-81660-3-9

9 789868 166035

古典文獻研究輯刊
初　編　第十九冊   ISBN：986-81660-3-9

兩宋《詩經》著述考

作　　者　陳文采
主　　編　潘美月　杜潔祥
企劃出版　北京大學文化資源研究中心
出　　版　花木蘭文化工作坊
發 行 所　花木蘭文化工作坊
發 行 人　高小娟
聯絡地址　台北縣永和市中正路五九五號七樓之三
　　　　　電話：02-2923-1455／傳真：02-2923-1452
電子信箱　sut81518@ms59.hinet.net
初　　版　2005 年 12 月
定　　價　初編 40 冊（精裝）新台幣 62,000 元

兩宋《詩經》著述考

陳文采　著

作者簡介

陳文采，福建省連江縣人，1962年生於台南，東吳大學中文研究所博士。曾任漢學研究中心助理研究員、台南女子技術學院圖書館主任。現任台南女子技術學院通識教育中心副教授。著有：《清末民初詩經學史論》及〈顧頡剛疑古辨偽的思考與方法〉、〈黃節及其對《三百篇》詩旨的闡述〉、〈關於民初《詩經》通讀趨勢的探討——以《國風》婚戀詩的新解與翻譯為例〉、〈黃遵憲在日本的觀察與思考〉、〈台籍作家在大陸——論許地山的故鄉情結與多元文化思考〉等學術論文十餘篇。

提　要

　　本論文約二十萬字，分五章。全書主旨在考兩宋《詩經》著述之內容、影響及存佚情形。欲藉文獻整理工作，進而探討宋代《詩經》學之特質。至參考資料，以現存宋人《詩經》著述（含輯佚之屬）四十八種為主，並詳檢宋代以降公私藏書錄，祈明有宋一代《詩經》研究大貌，及後世傳刻情形。

　　首述凡例，說明全書撰述體例。第一章緒論，綜述宋代《詩經》研究之背景及流派。第二章現存書錄，就現存宋人《詩經》著述三十九種，撰為敘錄，每書皆分：作者、內容、評述、卷本四項敘述，並依類相從，釐為：集解、傳注義疏、名物典制、問辨考證、通論雜纂五節，每節首述小序，說明收錄範圍及學科源流。第三章輯佚書錄，就後人輯佚所得九種，依第二章例，撰為敘錄。第四章未見書錄，就未見著述百餘種，依成書年代為序，每書就可考者略述之，以為後人查訪、輯佚之資。第五章結語，向以宋人之學流於空疏，詳考宋人《詩經》著述，大抵皆著思辨懷疑色彩，除心學一派解經著述外，殆非「以義理懸斷數千年前之事實」者。至其疑經改經之理論與方法，實可備後世文獻整理之參考。末附歷代書錄著錄兩宋《詩經》著述一覽表、現存宋人《詩經》著述收藏情形一覽表、書名、人名索引，以便查考。

目錄

凡 例

一、是編所收，以成書於宋代（960～1280 年）者爲準。成書之年無可考者，以作者時代爲憑。凡作者生於唐五代，而仕宦於宋者，或卒於元，而在宋代有事蹟可考者，錄焉。生卒年不詳者，以登科年爲憑。

一、是編所錄：1.獨立成書之《詩經》專著（含後人抄輯成帙者）。2.附見他書，而《詩經》部分自成卷帙者。至文集所收札記，單篇文字，則斟酌情形收錄。

一、是編分現存書錄、輯佚書錄、未見書錄三章。現存書錄下，再分：集解、傳注義疏、名物典制、問辨考證、通論雜纂五節。章下有總序，節下有小序。

（一）凡臚列諸家訓解，而斷以己意者，爲集解之屬。集解本亦訓詁經文之體，唯集解一派，在宋代《詩經》著述中，有其特殊意義，遂獨立成一節。

（二）凡訓釋經文、說解經義者，爲傳注義疏之屬。另如「說」、「章句」、「故」、「故訓」者，亦所以解經也。皆入此節。

（三）凡考草木鳥獸蟲魚，或釋解地理、典制者，爲名物典制之屬。

（四）凡陳所見以辨正前人失誤，或於經傳有所疑難，而反覆辨正之者，爲問辨考證之屬。

（五）凡通論詩學、雜考名物、及札記心得者，爲通論雜纂之屬。又表譜圖說、文字音義，以存書不足爲章節，併記於此。

一、是編著錄，概以人類書，章節下各書依時代爲序，凡作者佚名者，置於末。一作者有兩種以上著述者，僅於一書下述該作者傳略，餘則采參見法。

一、輯佚書錄，因得書不多，不再分類；未見書錄，則以內容無可考，無從分類，皆依時代述之。

一、各書敘錄，分爲四項：作者、內容、評述、卷本。未見之書，內容、作者無可考者，就所知綜述，不復分項敘述。

（一）作者：著其生平爵里，明乎學術淵源，重經術而略文藝。各家碑傳文字，若有異同，從其可信者，並附註說明。眾所能詳者，則簡述之，不復贅論。

（二）內容：簡介一書大旨、體例、內容，或列舉篇目，或引述其主要見解，以見一書梗概。

（三）評述：引述諸家評騭之文，並參以己意，以見一書之得失。

（四）卷本：首述歷代書目所載，卷帙離合情形，次臚列所知板本，依時代爲序，以明各代鏤板傳鈔情形。凡同時代之本，依刊刻者分別，刊刻者時代不明，依行款。凡該本序跋題識，足以明刊刻經過，收藏情形者，引述之。凡所列之本，爲眾知之通行本，或爲叢刊本，人所共知者，皆不復贅述，僅標其目。

一、凡敘錄中所稱舉人名，皆書名不書字號，惟直接引用他書，則從其原文。

一、各家著述，既皆以類相從，而一時期著述之風，並各家師承影響，則未易明，因冠以緒論，綜述有宋一代「詩經學」。末述結語，總結所錄。

一、既得宋代《詩經》著述二百餘家，先依類相從，後依時爲序，遂有一作者之著述分散多處者。又未見書錄共收百五十餘種著述，依時爲序，致令檢索不易。爲書名、作者索引，附於編末，以字頭筆畫爲序，同筆畫者再依「、」「一」「丨」「丿」爲序。先以黑體數字爲順序號，以便「附表一：歷代書目著錄兩宋《詩經》著述一覽表」之檢索。次以明體數字標明本書頁碼，以便「書錄部分」之檢索。

自　序

　　文獻整理作為學術研究的基礎實施，雖為冷門的傻工夫，卻是研究工作長期穩定的支援，如林慶彰師在編纂《經學研究論著目錄（1912～1987）（1988～1992）》的基礎上，做《詩經》學史研究的回顧與前瞻；洪湛侯先生在撰寫《中國大百科全書》、《詩學大辭典》、《續修四庫全書》等大型工具書有關《詩經》的條目之餘，完成《詩經學史》，都說明了有效掌握文獻，是還原學術真相的必要課題。「著述考」是針對某一特定範圍之著述，考其作者、內容、相關評述，並就其卷本明存佚、辨真偽的工具書，其主要目的就在於「辨章學術，考鏡源流」。

　　筆者自大學三年級修習《詩經》課程以來，對這部中國古老的詩歌元典，從逐篇閱讀、議題關注，到整理、研究，迄今二十有五載。本書原為十七年前的舊作，是企圖藉由文獻學上的整理，進而梳理宋代《詩經》學史的一個嘗試，唯受限於學力識見，當日援引的資料與論述，不乏疏誤之處。特別是近十年的《詩經》學研究，無論是新材料的出土、文獻的整理、方法論的提出、義理的闡述及考據學上的論證等，均累積了豐碩的成績，實非舊日陳編所能企及。以著錄所得言，本書編撰之初，因時間人力的限制，難以求全，故文集中的單篇著述，僅斟酌收錄，近有劉毓慶先生著《歷代詩經著述考〔先秦至元〕》，其中宋代著述見存者，較本書多二十三種，皆文集、札記、方志中裁篇別出者，適足以裨補缺漏；另有關宋代《詩經》學的專家、專題研究，往往有突破舊說的結論，亦本書所不及備述者。唯有鑒於本書著錄所得，蒐羅匪易，內容亦大抵仍可為學者研究之資；再則，學術的更新自有其時代性，自民初以來，《詩經》以「最可靠的上古史料」，被提出作為「整理國故」的範式，開啓了《詩經》研究的現代化進程，其間文獻整理的工作，正有待在深度和廣度上做有系統的推展，本書之作盼能在這條學術長河中，略盡微薄之力，其中缺失不足處，尚祈方家諒解與指正。

　　當本書付梓之際，回首前塵，感謝昔日師長的提攜照顧，特別是喬衍琯師對全書內容的逐字審閱，林慶彰師在議題、論述上的啓發與指導，程元敏、吳哲夫兩位教授對文中疏漏處的指正，及張錦郎教授在資料蒐集上的協助。又本書撰就之初，先父曾多次致書關切與討論，如今距其逝世六年有餘矣，檢讀家書，每不勝感念，謹以此書獻給我敬愛的父親。

陳文采序於台南
2005/04/18

第一章　緒　論

第一節　宋代《詩經》研究之背景

宋代不僅代表傳統中國在社會、經濟、政治上之重大變革，更有其特殊之學術內涵，究其本質，略有三端：一、爲中唐以降思辨學風之傳承。二、爲學術之變古期。三、爲以理學爲主要思潮之時代。綜言之乃一結合知識、道德、政治之新儒學型態。析其學科，又可爲經學、哲學兩大方面。就經學而言，北宋之經學改革，實代表政治上革新派與保守派之對立，及學術上思辨學風與漢學之衝突〔註 1〕。南宋則爲「以道學主導經術」而至「心學氾濫」之時代。知其經學研究已非一獨立學科，而著濃厚之時代色彩。

《詩經》雖非宋代經學研究之重心，然考其著述，實與宋代學風息息相關，亦反應宋學經術之特色。就《詩經》學史觀之，爲一全然不同於漢唐注疏之時期。至探其撰述背景，又有以下六方面：

一、民族意識之凸顯

宋室之興，起於五季亂後，時當胡禍之長久摧殘，與佛教之普遍傳入，北宋諸儒基於對民族文化之使命感，與人性莊嚴之自覺〔註 2〕，欲振綱紀，嚴王霸之別。影響所及，解經著述以闡發義理爲主，且多涉政治。及至宋末，蒙元壓境，宋室飄搖，心學一派解經，往往借抒時事，即此一意識之再現矣。

〔註 1〕見《詩經研究史概要》，〈宋學詩經研究中的幾個問題〉。
〔註 2〕見《中國文化新論──學術篇》，〈五、內聖外王之學的復興──新儒學的發展〉。又《讀經示要》，第二講第五節，亦有宋儒保固中夏之論。

二、統治者之提倡

宋初政治采強幹弱枝之策，故尚文治，喜用儒臣。宋太祖嘗云：「宰相需用讀書人〔註3〕。」又云：「盡讀書以通治道〔註4〕。」大抵欲借儒術以行教化也。故北宋儒者治經皆求通經以致其用。宋神宗令王安石撰修《新義》，並頒為場屋用書，致令王學大盛，知宋代學術之盛，實得力於統治者之提倡，而經術與政治結合，乃宋儒之共識也。

三、理學之影響

自韓愈以孔孟道統自居，欲辟佛道，以立儒家法統，則理學之基已立。以迄宋末，理學不僅為哲學主流，亦主導經術之發展。詳言之，北宋經術主要表現於王學與文史學者之對立，時道學對經學影響較輕，北宋四子皆無重要之經學著述，然理學家之思想體系，卻有助於北宋新經學之產生。南渡以後，雖有革新、保守兩派經說對立，而傳其學者，皆道學家也，尤以朱熹之學，影響宋後百代矣。

四、印刷事業發達

五代馮道奏刊九經，乃官刻經書之始，至端拱元年（西元998年）始校刊孔穎達《五經正義》〔註5〕。一時印刷事業大行，除國子監刻書於中央外，另有地方政府刻書、坊刻、私家刻書，尤以坊刻，知名者二十餘家。邢昺嘗云：「臣少從師業儒時，經具有疏者，百無一二，盡力不能傳寫，今板本大備，士庶家皆有之，斯乃儒者逢辰之幸也〔註6〕。」又考宋人經說傳於今者，較唐不啻十倍，知宋代經說之振興、講授、交流、保存，端賴印刷事業之助矣。

五、教育與科舉之變革

私講制度之興，乃宋代教育之大變革，其於官學外另立一學術傳統，考宋人學說之端，實皆存書院講壇中。又宋太祖即位即恢復科舉制度，布衣參政之結果，使宋代學術呈現經術與政治結合之特色。至此而有政治家、思想家以己意說經。又宋初取士，重詩賦輕經義，且以帖經、墨義為主，神宗時始重意旨，不專于記誦〔註7〕，凡此皆利於新經學之發展。

六、思辨學風之啟發

漢儒經說至唐代已屆僵化，其間謬誤疏舛，因疏不破注之原則，故非唐疏所能

〔註3〕見《續資治通鑑長編》，卷二，建隆三年六月條。
〔註4〕見《宋史》，卷一，建隆三年二月壬午條。
〔註5〕見《玉海》，卷四十三，端拱校《五經正義》條。
〔註6〕見《宋史》，卷四三一，〈邢昺傳〉。
〔註7〕見《宋史紀事本末》，卷三十八，宋祁語。

解決。唯經說至此已不得不變。宋人經學研究以疑經改經爲重心，究此學風之興，乃因宋初石介、歐陽脩等人之尊韓運動〔註8〕，而直承唐末思辨懷疑精神。又因唐末學者之突破舊說，於漢儒經解提出許多疑難，如韓愈之疑〈序〉非子夏所作，成伯璵之擬刪后〈序〉，皆爲宋儒治《詩經》之重點。質言之，北宋以迄南宋前期之《詩經》學，實本唐末課題，而借思辨學風，反覆論辯而成。至宋儒理學雖反佛道，唯其學實受佛氏禪宗之影響。尤以禪宗之「頓悟」、懷疑傳統、不立文字，實皆爲思辨學風啓其端矣〔註9〕。

第二節　宋人《詩經》著述之流派

漢末以降，言《三百篇》者，大抵皆宗毛鄭，迨及唐末，新儒學興，舊說幾廢。宋人承其端緒，各逞其說，解經著述遂演爲多派，考其因素，略有三端：

一、元祐以後，黨爭迭起，各學派皆主其師說，互相攻訐。《四庫提要》云：「朱子之《辨說》著，門戶所由分，蓋數百年朋黨之爭，茲其發端矣〔註10〕。」雖責咎過深，然觀道學一派之崇黜，實關宋代經術之興衰。考宋代《詩經》學史，即呈對立之特色：北宋之學重經世致用，王學《新義》獨行於世凡六十年，遂有攻新法者，如蘇轍、晁說之，厭讀其書，務與相反〔註11〕。南宋中期朱、陸對立，各執「尊德性」、「道問學」之一端。至如守〈序〉、廢〈序〉之爭，終宋不休，乃南渡之後，《詩經》學之兩大主流。凡此雖不免以恩怨爲是非，然亦促學風之蓬勃，尤以後學者，取較諸家所長，故不乏圓通之作。

二、私人講學傳統，乃中國知識分子理想價值之體現。大抵唐中葉以前，官私學界限不明。中唐以後，習業山林之風大盛，講經及討論風尙所及，遂爲獨立思辨之學〔註12〕。北宋私講尙言治術，南宋以還，因朝綱大壞、官學腐敗、崇尙儒學及對禁道學之反動，私講透過書院教育，闡發理學思想，重建儒家在中國思想之主導地位。學子各承所師，蔚成風潮，如孫復講學泰山，宋初北方之學，遂以山東爲盛。時迄南宋，其風愈烈，如福建傳朱子之學，浙東傳祖謙之學，贛江流域傳九淵之學

〔註 8〕見〈明代漢宋學問題〉，二、宋人的反漢學運動。
〔註 9〕詳見《經學概說》，〈（四）宋學—經學的變古期〉，宋學興起的原因條。
〔註 10〕見《四庫提要》，卷十五，〈詩序〉條。
〔註 11〕同註9，卷九二。儒言條引晁說之云：「因安石附會《周禮》，而詆《周禮》，因安石尊崇《孟子》，而抑《孟子》，則有激之談，務與相反，惟以恩怨爲是非，殊不足爲訓。」
〔註 12〕見《中國文化新論——學術篇》，〈七、絳帳遺風——私人講學的傳統〉。

〔註13〕。所傳不同，其言遂異。求之《詩經》之學，遂有守〈序〉、廢〈序〉之爭，考據、心性之別。

三、學術發展過程中，因新說之刺激，與夫學術本身發展之需求，皆易導致自然分化現象。宋初經學，因釋道思想之衝擊，大抵有王學解經、道學解經、經史之學三支〔註14〕。復就道學一派言，其學重義理疏訓詁，由疑古而爲廢〈序〉一派，南宋中葉，朱熹《詩集傳》出，爲集此派之大成者，進而重考據之學，以爲考疑，釋疑之依據，王應麟服膺其學，而爲名物考據一派發其端。

至考之《詩經》著述之流派，昔有釐爲：尊〈序〉、疑〈序〉、詆〈序〉者〔註15〕。有分廢〈小序〉派、存〈小序〉派、名物訓詁派者〔註16〕。此所以就著述特色而分也。另有分：儒者之經、文人之經、禪者之經者，又所以求之學術本質也。蓋一學科發展之龐雜本不易釐清，顧此則失彼矣。茲僅就解經觀點以述，並采諸端附論之：

一、經世致用

所謂宋學者，蓋求「明儒道以尊孔，撥亂世以返治」也。故北宋儒者，大抵求通經以致其用。其中王安石撰修《三經新義》，正欲一道德以同天下之俗，其學力破傳統，故先儒注疏，一切廢而不用，唯〈詩序〉美刺之說，關乎政治之褒貶，遂尊爲詩人自作〔註17〕。紹聖後六十年間，王氏之學大行，惜新法廢，其學遽然滅跡，傳其學者僅陸佃、蔡卞，皆爲名物類專著。

二、廢〈序〉派

此派爲宋代《詩經》學主流，其間傳承亦最複雜。大抵北宋時期，有經史文學一派學者，如歐陽脩、蘇轍，承唐末疑〈序〉之端。南渡以後，鄭樵始辨〈序〉言不可信，復有王質、朱熹去〈序〉言詩，時迄宋末，傳此學者皆朱熹門人，而廢〈序〉之議，更演爲疑經改經。

三、守〈序〉派

指南宋以還，反廢〈序〉一派之作。蓋鄭樵《詩辨妄》出，即有周孚撰書非之。後呂祖謙撰《讀詩記》，爲此派之大家，其後學者，如戴溪、段昌武、嚴粲皆主其說而略有損益。又其解經皆本祖謙集解之法，儼然爲集解一派。

〔註13〕見《宋元學案》，卷六，士劉諸儒學案。
〔註14〕詳見《宋代政教史》，第五章第一節經學注疏條。
〔註15〕見《三百篇演論》，三、〈詩序〉條。
〔註16〕見《詩經學》，〈十三、宋元明詩經學〉。
〔註17〕詳見《宋代政教史》，第五章第一節王學解經條。

四、心性之學

　　此即朱熹所謂禪者之經也。道學之統至南宋而有朱、陸異同，陸九淵本「尊德性」創陸派心學，楊簡、袁燮承其學，欲於經中求道心，終離經學範疇，而入空疏之學也。

五、名物考據

　　北宋學者因重經世致用，故不乏名物類專著。至南宋則因疑經一派學者之反省，遂有名物、文字音義、詩韻等訓詁考據之專著。然綜觀其學，皆所以為工具耳，真正《詩經》考據學專著，尚待宋末王應麟之學也。

　　考宋人《詩經》著述，大抵不脫上述五派，唯宋人《詩經》著述不下數百種，其間損益不及詳論，僅舉其大者，為流派圖如下（見下頁）：

宋代詩經學流派圖：

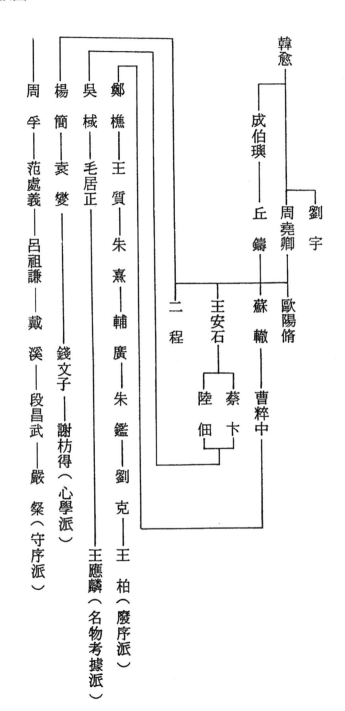

第二章　現存書錄

　　敘錄之體，始於劉歆《七略》，阮孝緒〈七錄序〉云：「若劉向校書，輒爲一錄，論其指歸，辨其訛謬。」蓋其旨所以辨章學術，考鏡源流也。本編載現存宋代《詩經》學著述，考之體制、內容、分爲五類，祈明乎一代學術流派。各書敘錄，依《七略》義例：一、述作者生平，明其師友，則學術之傳承可尋，一書之大旨可知矣。二、述內容，首言著書之原委及旨趣，次述該書體例及主要見解，凡篇目可明其意者，則枚舉之。三、評述得失，前人評語可取者錄焉，既明該書得失，亦知後代詩學風尚。間述己意，采綜評之法。是例既備，又以版刻興後，一書數刻，兼有明人好改易作僞，故述卷數離合，板刻傳寫情形，以存善本。凡此爲現存書錄三十五篇。至小類分類之旨，及學術特色，見各類小序。

第一節　集解

　　集解，亦訓詁之體也，據何晏〈論語集解敘〉云：「集諸家之善，記其姓名，有不安者則加改易」。張舜徽以其體出於魏晉，因薈萃諸家言於一編，故特重體例嚴謹，條目清晰，如蘇轍、朱熹之作，雖有集解之名，偶亦兼采諸說，唯終非其體，故不收入本節。

　　又此節自「傳注義疏」中別出者：一以集解之作，大抵集中於南宋前期；二以此類著述，今可考者尚夥，得與他類並立焉；三以其著述之旨，大抵宗呂氏《讀詩記》，與宗朱熹一派著述，爲南宋《詩經》學兩大主流，此亦前代《詩經》學所罕見者。述集解之屬凡四家。

《家塾讀詩記》　　呂祖謙撰

一、作者

呂祖謙，字伯恭，其先河東人，自其祖始居婺州〔註1〕。好問之孫，本中之子。孝宗淳熙八年（1181年）卒，年四十五，諡成。歷官太學博士、國史館編修、秘書郎、實錄院檢討官。嘗重修《徽宗實錄》。孝宗間得聖宋文海，祖謙斷自中興以前，崇雅黜浮，類爲百五十卷，賜名《皇朝文鑑》〔註2〕。

蓋祖謙文學術業本諸家庭，有中原文獻之傳，長從林之奇，汪應辰、胡憲游。暨又友張栻、朱熹，講索益精〔註3〕。其學以關洛爲宗，而旁稽載籍，不見涯涘，心平氣和，不立崖異，朱熹嘗云：「學如伯恭方是變化氣質」。又其學不規規於性理，而以致用爲依歸，遂開浙東學派先聲。唯朱熹日與人苦爭，并詆及婺學，而《宋史》之陋，遂抑之儒林〔註4〕。嘗修讀詩記、大事記皆未成書，考定《古周易》、《書說》、《官箴》、《闈範》、《辨志錄》、《歐陽公本末》，行於世〔註5〕。並著有《東萊春秋左氏傳說》、《續說》、《東萊左氏博議》〔註6〕。

二、內容

是書爲說凡三十二卷，首載《呂氏家塾讀詩記》姓氏，自毛萇迄朱熹共四十四家，其間宋代學者自程顥下共三十有五家，知所以博采群言者矣。

卷一首述綱領，申孔子詩教之端；次言詩樂，明乎詩樂禮儀之關係；又，言〈大、小序〉，則首引程氏所云：「學《詩》而不求〈序〉，猶欲入室而不由戶也。」知其尊〈序〉之所本；言六義以爲六詩之義也，又云：「一篇中有備六義者，有數義者」故釋〈關雎〉以爲具風、比、興三義〔註7〕，釋〈桃夭〉以爲興兼比也〔註8〕；言風雅頌，則又有正變之論。蓋《詩》有正變本起鄭玄《詩譜》、陸德明《經典釋文》，祖謙之論則全本諸前人，又取《楚辭》分經傳之例，分〈鹿鳴〉以下，《小雅》之經也，〈六月〉以下，《小雅》之傳也，〈文王〉以下，《大雅》之經也，〈民勞〉以下，《大

〔註1〕見《宋元學案》卷五十一，〈東萊學案〉。

〔註2〕見《宋史》卷四三四，〈呂祖謙本傳〉。

〔註3〕同上註。

〔註4〕見《宋元學案》卷五十一，〈東萊學案〉綜述。

〔註5〕同註2。

〔註6〕據《四庫書目》著錄，除《宋史》所載，另有《東萊春秋左氏傳說》二十卷，《續說》十二卷，〈左氏博議〉二十五卷。

〔註7〕見《呂氏家塾讀詩記》卷二，〈關雎〉首句下按語。

〔註8〕同上註，卷十七，〈桃夭〉篇首句下按語。

雅》之傳也。謬之甚矣〔註9〕。

　　卷一之末，備全書之條例，所述凡五條，大抵言所采四十四家臚列之序，書寫之模式及去取之準的。此正爲後來集解類著作，如《詩緝》等，奠下基礎。

　　卷二下釋詩篇，於風雅之詩，首言正變，次言各國及什篇之名稱，末釋各詩。至若《三頌》，則依魯、商、周之第以述。各詩又全依條例以釋之，正因體例之備，故得剪綴諸家如出一手。又林希逸序嚴粲《詩緝》云：「東萊呂氏始集百家所長，極意條理，頗見詩人趣味，然疏缺渙散，要未爲全書〔註10〕。」所稱道者唯條理耳。

三、評述

　　陳振孫稱祖謙書「博采諸家，存其名氏，先列訓詁，後陳文義，翦截貫穿，如出一手，有所發明則別出之，詩學之詳正未有逾於此書〔註11〕。」蓋自入宋，學者解《詩》始出己意，然後知《詩》之不專見於毛鄭，唯及其既久，求者益眾，爭立門戶，不復推讓祖述之意，致學者無所適從。祖謙之書誠朱熹所云：「一字之訓，一事之義，亦未嘗不謹其說之所自，及其斷以己意，雖或超然出於前人意慮之表，而謙讓退託，未嘗敢有輕議前人之心也〔註12〕。」乃漢以來經學之正宗，唯亦正失宋學懷疑思辨之精神。

　　祖謙說《詩》尊崇〈小序〉，初與朱熹之說最合，唯後朱熹受鄭樵影響，以少時之說有所未安，而盡改之，並責祖謙「信〈詩序〉而不免牽合，伯恭凡百長厚，不肯非毀前輩，要出脫回護，不知只爲得箇解經人，卻不曾得詩人本意〔註13〕。」觀《讀詩記》，於朱熹早年之說頗採之，而於後期之說亦多議論，是二人非立異以求勝者。蓋論〈詩序〉，乃宋人詩論之重點，程頤斷以〈小序〉作於當時國史，而〈大序〉非聖人不能，祖謙論〈序〉大抵本程頤之言，然亦頗採蘇轍非一人之辭之意〔註14〕，又云：「至於止存其首一言，而盡去其餘，則失之易也〔註15〕。」於

〔註9〕同註7，卷十七，《正小雅》下按語云：「《楚辭》屈原〈離騷〉謂之經，自宋玉〈九辯〉之下皆謂之傳。」
〔註10〕見嚴粲《詩緝》，〈林希逸序〉。
〔註11〕見《直齋書錄解題》卷二。
〔註12〕見《呂氏家塾讀詩記・朱熹後序》。又《退補齋文存》卷一，胡鳳丹評曰：「呂氏之說《詩》，主恪守師承，不敢臆斷。」
〔註13〕見《詩傳遺說》卷二，葉賀孫錄朱熹語。
〔註14〕呂祖謙受教於二程再傳弟子劉勉之，所謂恪守師承者，乃守二程理學思想，至其論〈大、小序〉，見《讀詩記》卷三云：「《三百篇》之義，首句當時所作，或國史得詩之時，裁其事以示後人，其下則說者之辭也，說詩者非一人……時在后也。」前取程頤觀點，後取蘇轍觀點，至「時在后」一語，則取曹粹中《詩說》。
〔註15〕見《讀詩記》卷三。

宋代詩說堪稱圓該。

　　至若朱熹倍受議論的淫詩說，祖謙嘗爲文，列詩體不同、雅鄭不同、思無邪及孔子刪詩四點以駁之〔註16〕，蓋其論仍不脫漢代經生束縛，論之而未切中要害，是二人各有所陷也。直至清陳啓源《毛詩稽古編》始明辨之〔註17〕。

　　且其詩說保守，甚以經書遠比史書可信，至於《邶風·柏舟》篇的解說中，依〈詩序〉以辨武公無纂弒之惡，而疑《史記》之記載，於此頗遭姚際恒譏斥〔註18〕。

　　綜上所述，則其解詩，參取毛鄭眾氏之說，而間出己意。觀其書卷首著錄引用諸家，乃合漢宋學者以說詩。至所引據如崔靈恩《集注》〔註19〕，其書散佚久矣，則此書適足資考訂佚籍。又如戴溪《續呂氏家塾讀詩記》，嚴粲《詩緝》，段昌武《毛詩集解》，大抵據祖謙書寫成，儼然成宋代詩學中宗毛鄭一派，祖述之功不可沒。

四、卷本

　　據《宋史》本傳知祖謙爲《讀詩記》未竟。《陳錄》云：「自〈公劉〉以後，編纂已備，條例未竟。」《天祿琳琅》著錄半葉十二行宋本下云：「此本〈公劉〉首章下有識云：先兄己亥之秋，復修是書，至此而終，自〈公劉〉之後章，訖於終篇，則往歲所纂輯者皆未及刊定〔註20〕。」又嘉靖刊本陸釴序云：「得宋本於友人豐存叔。呂氏書凡二十二卷，〈公劉〉以後其門人續之。」所言略異，或因戴溪有《續讀詩記》三卷，遂誤以後十卷當之歟？惟《宋志》、《玉海》、《陳錄》及《天目》所錄宋本皆作三十二卷，則當時所行本已如此〔註21〕。

（一）宋刻本

　　今可知此書宋刻本頗多，尤跋邱宗卿重刊本，稱時已有建寧本行世〔註22〕，又魏了翁序賀春卿重刊本，皆去祖謙歿未遠，而版已再新，知宋人絕重此書。

　　1、宋刊巾箱本

　　據《五十萬卷樓藏書志》云：「前半每葉二十四行，行二十四字，後半每葉二

<hr />

〔註16〕詳見《呂祖謙的詩經學》。

〔註17〕見《毛詩稽古編》卷四。

〔註18〕見《詩經通論》卷四。

〔註19〕《毛詩集注》二十四卷，隋崔靈恩撰。宋以後即未見傳本，未知亡於何時。

〔註20〕見《天祿琳琅續目》卷二。

〔註21〕見《東萊集附錄》卷一。呂祖儉〈壙記〉作三十卷，疑原爲三十卷，後刻書分爲三十二卷。

〔註22〕見《讀詩記·尤衰跋》云：「今東州士子家寶其書，而篇帙既多，傳寫易誤，建寧所刻益又脫遺。」

十六行，行二十五字，有項氏萬卷樓，項德棻，毛子晉諸印，此爲五粵豐順丁氏舊藏，《持靜齋書目》卷一經部四第六葉著錄之，前後行款不同，與丁目相符，故可定爲丁氏遺籍。」

2、建寧刻本

《天祿琳琅書目》著錄宋本之一，每半葉十四行，行十九字。或即〈尤袤跋〉所云建寧刻本。

又明嘉靖傅氏刊本，有〈陸釴序〉稱得宋本於豐存叔，其版式與此本同，或即傅氏覆刊之祖本。

3、邱宗卿重刻本

每半葉九行，行十九字，瞿氏鐵琴銅劍樓所藏。前有〈朱子序〉，後有〈尤袤跋〉，俱題淳熙壬寅（1182 年）九月邱宗卿刊於江西漕臺。

據〈朱子序〉云：「伯恭父之弟子約，既以是書授其兄之友邱宗卿，而宗卿將爲版本以傳永久。」《天祿琳琅書目》錄一宋本，不載刻書年月，唯此本〈公劉〉章下有祖儉識語，知皆祖儉授宗卿重刊之本。

北京圖書館藏一宋本，注：瞿指，即此本矣。

四部叢刊續編所收（影印宋邱氏刊本）。

4、宋刊巾箱本（尤跋本）

每半葉十二行，行二十二字，前有〈朱子序〉，後有〈尤袤跋〉，此《天祿琳琅書目》所錄宋本之一。

又《愛日精廬》錄有宋刻殘本十九卷，行款與此本同。

又日人島田翰錄有一淳熙壬寅尤延之刻本，所記版式、刻工、避諱字皆同於此本。

5、賀春卿重刻本

據〈魏了翁序〉知有此本，今未見傳本。

6、宋末刻本

島田氏《古文舊書考》，錄別一宋槧本，首有目錄，行格與尤刻同，惟幅界略廣，審其纖維墨光，大異元明，當是宋末刻本。

（二）明刻本

顧起元序萬曆本云：「舊南雝，蜀省皆有刻，歲久夷漫，罕行於世。」知此書明代刊本頗多，今可見者唯嘉靖、萬曆二本。

1、嘉靖本

前有〈陸釴序〉，於刊刻始末敘述甚詳，乃傅應台刻於南昌郡者，亦稱南昌本。

《愛日精廬》著錄一本，前有嚴思菴（虞惇）校閱，凡《朱傳》與〈小序〉異者，一一標出，間附識語。

又《五十萬卷樓》錄之，稱盧抱經群書拾補嘗以此本校萬曆本，優於萬曆本者有數處。蓋此本乃傳本中較佳者，世傳甚罕，書賈往往割去陸序以充宋本。

又國立中央圖書館藏有三部，其一前有孫星衍識語云：「天祿琳琅所收宋版巾箱本即此書，蓋明時印本，故紙色不古，然的是宋刻也。」

又北京圖書館藏此本二部，其一前有鄧邦述跋語。

2、萬曆本

《五十萬卷樓》錄有一本，稱萬曆間有蘇程君本，比陸本稍為近祖。

另一萬曆本，前有〈顧起元序〉云：「余家有藏本，南考功陳君取而諷焉，謀于寮蘇君、程君，授諸梓。」知為陳龍光刻本。其書亦出嘉靖本，而改其行欵，變其字體，易旁行小注為雙行注。

國立中央圖書館藏有二部，題萬曆癸丑南京吏部刊本，即《宋元舊本書經眼錄》所云世所通行之神廟本。其書每半葉十行，行十九字。

另東京大學藏一明本，缺一、五、六、七、二十六卷。

（三）清本

1、通志堂抄本

2、文淵閣四庫全書本

據《四庫提要》，知此本乃從《永樂大典》錄出。

3、四庫薈要本

4、嘉慶間刊本

臺大文學院圖書館藏一部，為嘉慶十六年重刊谿上聽彝堂藏板。是本前有顧氏序文，後有南京吏部後學史樹德等名銜，殆從萬曆本出。

又日本東京大學藏此本一部。

5、墨海金壺本

6、金華叢書本

7、經苑本

8、叢書集成初編本（覆墨海金壺本）

9、四部叢刊續編本〔覆宋邱氏重刊本〕

《李黃詩解》　李樗、黃櫄合撰

一、作者

李樗，字迂仲，一作若林〔註23〕，號迂齋，福建閩縣人〔註24〕，與兄楠俱受業呂本中，以鄉貢不第，早卒。其學以孝悌忠信，窮經博古爲主，黃幹嘗稱之曰：「吾鄉之士，以文辭行義爲後進宗師，若林其傑然者。」學者稱迂齋先生，亦稱三山先生，著有《毛詩解》。

黃櫄〔註25〕，字實夫，漳州人，淳熙中舍選入對大廷，獻十論，調南劍州教授，乃李樗講學之侶〔註26〕，其學雖稍亞於樗，其說實足以相輔〔註27〕，兼傳楊簡、陳瓘之學，家居及在太學，弟子常數百人〔註28〕，官終宣教郎，有《詩解》，《中庸語孟解》。

二、內容

是書乃合李、黃兩家詩解於一篇，今所見通志堂經解本，卷首題李泳〔註29〕校正，或即出自泳之手。首冠以〈十五國都地理圖〉及李樗〈毛詩圖譜詳說〉，黃櫄〈說詩總論〉，又有〈毛詩綱目〉，皆列〈小序〉首句，蓋宗唐成伯璵《毛詩指說》以〈序〉首一句爲子夏所作也〔註30〕，又所載兩家詩解皆以李曰、黃曰爲別，於李曰後偶有論曰，或爲樗另有所論也，音釋則取呂祖謙《讀詩記》。

觀其文，乃爲經筵所作，其中樗釋《三百篇》，凡詩義、序說、名物、地理皆有所言，所采諸家言，如《論語》、《孟子》、《左傳》、《說文》……等宋以前經史雜著，並多引宋代詩說，尤特重歐陽脩、蘇轍、王安石、二程之作，而於罕見經傳者如杜元凱、呂吉甫亦頗有所采。至論曰，大抵就一主題闡述之，如〈匏有苦葉〉條下，以論淫亂之詩而及聖人錄《國風》之旨〔註31〕。

櫄所言，則所以補充或評述樗言者，至於箋注之說尤害理者，諸家之言未安者，

〔註23〕《宋元學案》卷三六，僅載字迂仲。《福建通志》卷一八六，則載字若林，又據黃幹稱「若林其傑然者」。或其有二字也。

〔註24〕見《福建通志》卷一八六，《宋元學案》則稱其爲侯官人，不知何據。

〔註25〕《宋元學案》卷三六，馮雲濠案云先生名一作樵。

〔註26〕見《宋元學案》卷三六，又《宋元學案補遺》，王梓材案云：「先生淳熙對上，距紫微之卒幾四十年，疑非紫微門人，觀其足李迂仲《毛詩解》，蓋其學侶也。」

〔註27〕見《宋元學案補遺》卷三六，附錄。

〔註28〕見《福建通志》卷一八八。

〔註29〕李泳，字深卿，始末未詳，與樗、櫄皆閩人也。見《李黃詩解》卷首。

〔註30〕見《鄭記》卷八。

〔註31〕見《李黃集解》卷五。

亦有所申述。大抵抒己見也，偶亦有引論，於宋人詩說則頗引陳鵬飛之言〔註32〕。至其詩說總論，凡原詩、觀詩說、國風、族譜、四詩傳授圖、十五國風譜六項，旨在推本孟子以意逆志之說。

又二家於《三家詩》皆有所言，如標〈詩說總論〉以辨四家詩異文異義，並有〈四詩傳授圖〉，樗釋詩亦往往引《三家詩》以論。於六亡詩則直采鄭樵之言〔註33〕。知於詩學問題，或深或淺皆有所及。

三、評述

《四庫提要》云：「《書錄解題》稱其書（李樗《詩解》），博取諸家，訓釋名物、文義，末用己意爲諭斷，今觀標解體例亦同，似乎相繼而作，而稍稍補其鎛漏，不相攻擊，亦不相附合〔註34〕。」今觀是書多處只列樗言，而於下注曰黃講同，並有標言闕如，而直言某詩見李講者，至有所論亦多以評樗言爲主，蓋二書本即相輔之作矣。

就體制而言，是書誠南宋集解風氣下之產物，就內容而言，乃北宋詩學研究成果的總結，故二家所言之異，往往在宗主北宋以還學說上各有異同，而非個人獨特見解之差異，如〈詩序〉問題，樗取蘇轍，以爲〈大序〉爲毛公所作，〈小序〉爲衛宏所續，標則以爲「王、程之言與吾心合」〔註35〕，乍觀之似以尊〈序〉派言以駁廢〈序〉派言，然標又言：「程氏謂〈大序〉仲尼所作則未敢信也。」遂推衍之云：「〈小序〉，國史之舊題，〈大序〉，記夫子之言而非夫子所作也，其餘〈小序〉，則漢儒之說或雜其間。」至於〈絲衣〉條下則引張晏之言〔註36〕，以爲〈後序〉一句雜高子之言，嘗削去。此殆《提要》云不相攻擊，亦不相附合耳。

四、卷本

《宋志》載李樗《毛詩詳解》四十六卷，《陳錄》、《文獻通考》俱作三十六卷。《經義考》據《宋志》，注曰存，又載黃標《詩解》二十卷〈總論〉一卷，亦曰存。惟今所見皆合刻二家集解四十二卷，首一卷。

1、通志堂經解本

2、清精抄本

故宮博物院藏清烏絲欄精鈔本一部，僅三十六卷。

〔註32〕以《集解》卷一爲例，即六引陳鵬飛之言。
〔註33〕見《李黃集解》卷二十，〈華黍〉條下。
〔註34〕見《四庫提要》卷十五，《毛詩集解》條下。
〔註35〕以上李、黃之言皆見《毛詩集解》卷一，〈關雎〉條下。
〔註36〕見《毛詩集解》卷三九。

3、文淵閣四庫全書本

4、四庫薈要本

《叢桂毛詩集解　附詩總說》　段昌武撰

一、作者

段昌武，字子武，廬陵人〔註37〕，生平無考。

二、內容

據段維清請給據云：「先叔（段昌武）以毛詩口義指畫，筆以成編，本之東萊《詩說》，參以晦庵《詩傳》，以至近世諸儒，一話一言，苟足發明，率以錄焉。」〔註38〕觀其體大致如《呂氏家塾讀詩記》例，而詞義較為淺顯〔註39〕，前後無序跋、凡例。卷首為〈學詩總說〉，凡作詩之理，寓詩之樂，讀詩之法三則，以為作詩者未必皆聖賢，當時所取者，取其意思止於禮義而已〔註40〕；至述詩樂則本九德六律之理〔註41〕，論讀《詩》，則重諷味以得之，並以歐陽脩之善讀，譽一世儒宗〔註42〕。

次為〈論詩總說〉，凡詩之世、詩之次、詩之序、詩之體、詩之派五則，論詩之世，本乎正變之理，兼論刪詩之說、述詩之次，則言三百五篇之次第，於〈詩序〉，又大抵本乎程氏言，以為〈大序〉國史所作，〈小序〉說詩者之言，於詩體則述協韻，「亂」、「引」，於詩派則述四家詩之傳承。

餘則引先儒之言，依詩之章次解之，而間附以己意，唯《小雅‧南陔》以下篇次，仍從毛鄭，不依朱呂所改，於〈小序〉又本乎呂氏存而不廢，以冠篇首。至述各家，皆標其姓氏；述己意，則云「段曰」。觀乎所取，又以歐陽脩、二程、朱熹、呂祖謙、曹粹中為主，另於「姜氏」亦頗有采焉，未知何人。

三、評述

是書蓋集解之屬，其作乃一時風尚所致，其體則本乎呂祖謙，而創〈讀詩總說〉、〈論詩總說〉之例。至所述內容，除毛、鄭、孔疏外，所采皆宋代諸儒詩說，唯少有己見，卷首所論無一語出於己意。觀文中「段曰」，如〈關雎序〉下云：「情亦有淺深，

〔註37〕見陸元輔，〈叢桂毛詩集解序〉，《經義考》卷一○九，〈讀詩總說〉條下引。

〔註38〕見《叢桂毛詩集解》卷前，段維清〈毛詩集解狀〉。

〔註39〕見《四庫提要》卷十五，《毛詩集解》條下。

〔註40〕見《叢桂毛詩集解》卷首，作詩之理下，引程氏曰。

〔註41〕同上註，《寓詩之樂》下，引《周禮》。

〔註42〕同上註，《讀詩之法》下，引樓曰。

賦比多出於志，興多動於情」，〈葛覃〉下云：「服絺綌之葛而未嘗有厭心者，必孝弟。」大抵依前言而推衍，無甚發明，此其書雖出呂氏《讀詩記》後，而終不如呂書也。

其論詩義雖無甚特出，然所集諸家言頗詳備，深具保存之功。如引曹粹中言極詳，今觀曹氏之書，王應麟極為推崇，惜湮沒久矣，此書所引不啻數十條，並王氏所引六條均備載，知所取之完備，有助後世一窺該書之梗概〔註43〕。

四、卷本

《經義考》載段昌武《叢桂毛詩集解》三十卷，注曰闕。焦氏《經籍志》，《授經圖》皆載有此書，唯焦氏誤作段文昌，因唐段文昌而誤，《授經圖》作段武昌，則傳寫誤矣。其書舊題《叢桂毛詩集解》，蓋以所居之堂名之。

此書朱氏萬卷樓有宋槧完本，惜沒於水，今所見皆殘本〔註44〕。

又《經義考》載《讀詩總說》一卷，注曰存，今未見傳本。而《毛詩集解》卷首為〈學詩總說〉、〈論詩總說〉。或實一本，朱氏誤分，或刊刻者誤合，未可知。

1、宋淳熙刊本

今所見後世傳抄本，卷前皆有「行在國子監禁止翻板公據」，其云：「獨羅氏（瀛）得其繕本，校讎最為精密，今其姪曹貢榶鋟梓以廣其傳」，此據淳祐八年七月日給，知是時已有刊本，唯因禁止翻印，故傳之不廣。

2、孫氏家抄本

《五十萬卷樓藏書目錄》載一本，闕卷五、十、二十二、二十三及末五卷，卷前有伊人小印，蓋伊秉綬家藏舊抄本矣。又《愛日精廬藏書志》載一本，闕卷同上，每冊首有千頃堂圖書印記。

《瞿目》載一本，存二十一卷，為孫氏抄本，商邱宋筠所錄，每冊皆有筠字小圓印，雪苑宋氏蘭揮藏書長方印。竹汀錢氏《日記鈔》云，黃丕烈出示段昌武《毛詩集解》，為商邱宋蘭揮家所藏，即此本。今藏北京圖書館。

3、文淵閣四庫全書本

《四庫提要》云：「此本為孫承澤家所抄」，亦即陸元輔云：「孫侍郎耳伯，知祥符縣事所抄。」

四庫本存二十四卷，《周頌・清廟之什》以下闕。

〔註43〕見《鐵琴銅劍樓藏書目錄》卷三，《叢桂毛詩集解》條下。
〔註44〕同註37。

《詩緝》　嚴粲撰

一、作者

嚴粲，字坦叔，一字明卿，號華谷，邵武莒溪人〔註45〕。登進士第，歷官全州清湘令〔註46〕。袁甫《蒙齋集》稱其抱負才業，有志當世〔註47〕。善為詩，清迴絕俗，與羽為群從兄弟，而異曲同工，有《華谷詩集》，戴石屏稱其詩學杜甫〔註48〕，而王士禎《居易錄》則謂之氣格卑弱，類晚唐之靡靡者〔註49〕。《宋詩紀事》所錄不乏田園詠志之作，諸如兵火後還鄉之作，確有老杜遺風〔註50〕。

蓋粲有群從兄弟九人，皆能詩，唯粲以經學傳，精《毛詩傳箋》，嘗注《詩》曰《嚴氏詩緝》〔註51〕。

二、內容

據粲自序云：「二兒初為《周南》、《召南》，受東萊義誦之，不能習，余為輯諸家說，句析其訓，章括其旨，使瞭然易見〔註52〕。」又〈林希逸序〉引粲之言曰：「我用力於此有年，非敢有以臆決，摭諸家而求其是，要以發明昔人優柔溫厚之意而已〔註53〕。」知是書蓋本諸《呂氏家塾讀詩記》，而雜采諸家說。卷前有〈林希逸序〉、次嚴粲〈自序〉、次袁甫〈手帖〉、次〈條例〉、次〈清濁圖〉、次〈十五國風地理圖〉、次〈毛詩綱目〉。觀其條例凡十一，大抵言集諸家之說，舊說已善者，不必求異，有所未安者，乃參以己說，經文下錯綜新舊說以為章指，並作大字，字訓句義插注經文下，並所發明作小注。另於引釋諸家言、名物、音切、序言皆述其例。

卷一以下釋詩篇，大抵如條例，首言〈大序〉，別為十六節以言〔註54〕，各篇前皆冠以〈小序〉。至所述章指，必首標詩體，凡所言大抵不出毛鄭，唯於「興體」則云：「凡言興也者皆兼比，興之不兼比者特表之〔註55〕。」又所以調合毛

〔註45〕見《閩中理學淵源考》卷八。

〔註46〕見《南宋文範・作者考》卷下。

〔註47〕見《蒙齋集》卷十一，袁甫〈贈嚴坦叔序〉。

〔註48〕見《重纂邵武府志》，戴石屏贈詩曰：粲也苦吟身，束之以簪組，徧參諸家體，終乃師杜甫。

〔註49〕見《宋元學案補遺》卷五十一。嚴粲條下。

〔註50〕《宋詩紀事》卷七十三，錄其詩八首。

〔註51〕同註48。

〔註52〕見《詩緝》卷首，嚴粲〈自序〉。

〔註53〕同上註，〈林希逸序〉文。

〔註54〕見《詩緝》卷一。

〔註55〕同上註，〈關雎〉條下。

鄭、《朱傳》也。

於各字音訓，采直音、反切二法，所取又以溫公《切韻指掌圖》爲主〔註56〕，於四聲、清濁皆有所辨，較之宋人叶音說更合於音理。

三、評述

是書乃宋代集解派諸作之後出轉精者，與呂氏《讀詩記》竝稱善本，至觀其體嚴謹精詳，而無《讀詩記》「疎缺渙散，要未爲全書」之病〔註57〕。林希逸稱其書：「鉤貫根葉，疏析條緒，或會其旨於數章，或發其微於一字，出入窮其機綜，排布截其幅尺，辭錯而理，意曲而通，逆求情性於數千載之上，而興寄所在，若見其人而得之，至於音訓疑似，名物異同，時代之後前，制度之纖悉，訂證精密，開卷瞭然。」綜觀其體制、訓解，則希逸所言誠非溢美矣。

又袁甫〈手帖〉云：「坦叔於〈黍離〉，〈中谷有蓷〉，〈葛藟〉不用舊說，獨能探得詩人優柔之意，其他一章一句時出新意，大抵宛轉有旨趣，可與言詩也已矣。」此《四庫提要》亦評之曰：「舊說有未安者，則斷以己意，如論《大、小雅》之別，特以其體不同，較〈詩序〉政有大小之說，於理爲近，又如《邶》之〈柏舟〉，舊謂賢人自比，粲則以柏爲喻國，以汎汎爲喻無維持之人，〈干旄〉之良馬四之，良馬五之，舊以爲良馬之數，粲則以爲乘良馬者四五輩，見好善者之多……凡若此類，皆深得詩人本意〔註58〕。」知亦頗出新意，非徒如記賑本子耳。蓋是書堪稱宋代說《詩》之家壓卷之作矣。

四、卷本

據嚴粲〈自序〉云：「既而友朋訓其子若弟者，競傳寫之，困於筆箚，胥命鋟之木〔註59〕。」知是書於嚴氏生前已有刊本，唯明清以來諸藏家均未見宋槧，殆失傳已久。又考之書錄則元、明、清三代皆有刻本，知頗爲士林所重。《四庫提要》稱宋代說詩之家，唯是書與呂祖謙書，並稱善本，其餘莫得而鼎立，良是不誣。

1、元勤有堂刊本

北平圖書館藏有元刊殘本，每半葉十行，行二十四字，僅存卷八頁七至十九，又頁二十三至三十，卷九頁一至十二，此本行款與日本圖書寮所藏元勤有堂刻本同〔註60〕。

〔註56〕見《詩緝》卷前，條例。

〔註57〕同註53。

〔註58〕見《四庫提要》卷十五，《詩緝》條下。

〔註59〕同註52。

〔註60〕見《中國善本書提要》，嚴氏《詩緝》條下。

據《圖書寮漢籍善本書目》云：……次〈十五國風地理圖〉，圖後有「余氏刊
於家塾」一條，次〈毛詩綱目〉，目後有「勤有書堂刻梓」一行，卷尾又有「余
志安刊於家塾」一行。

此本今存臺北故宮博物院。

又喬衍琯師據此本以校中央圖書館所藏明本，僅偶有一字異體，以爲《帶經
堂書目》著錄元刊全帙，或係明本，未可知〔註61〕。

2、明味經堂刊本

《絳雲樓藏書目》錄此書，稱「明趙府刻過，顧仲恭言《詩緝》作於《朱注》
之後，優於諸家」，《邵亭知見傳本書目》、《瞿目》、《天目》，皆錄有明味經
堂本。

《四庫簡明標注》，《善本書室藏書志》，《五十萬卷樓藏書目初編》，則謂此書
別有明居敬堂刊本，居敬堂實即味經堂也〔註62〕。

國立中央圖書館藏此書四部，皆爲明嘉靖味經堂刊本，每半葉九行，行十八
字。其中一部十二冊，鈐有「吳興劉氏嘉業堂藏書印」等藏印，另三部，皆
接收自澤存書庫，一部十二冊，一部三十二冊。（又一部十六冊，鈐有「无竟
先生獨志堂物」朱文方印，未知何人。）

又故宮博物院、國立師範大學、江蘇省立國學圖書館皆各有此本一部。北京
圖書館、美國國會圖書館則各有二部。大抵有十二冊、十六冊之別。知此本
流傳頗廣。

3、覆味經堂本

《邵亭知見傳本書目》，著錄一部，題嘉慶庚午聽彝堂覆刊味經堂本。

《崇雅堂書目》著錄二部，一部同上。另一部題光緒庚寅仁壽館覆刊味經
堂本。

今有民國四十九年廣文書局影印本行世。

4、文淵閣四庫全書本

據四庫全書考證，校《詩緝》誤字數十條，所引原文皆與味經堂本合。則四
庫亦據味經堂本著錄矣。

5、四庫薈要本

〔註61〕見〈國立中央圖書館善本書志——詩緝〉。
〔註62〕見《書林清話》卷五。葉德輝辨之甚詳。

第二節　傳注義疏

　　時有古今，地隔南北，古籍簡奧，端賴訓詁以明乎音義大旨，述其體制，凡「傳」、「注」、「說」、「微」、「箋」、「章句」，備乎秦漢之際，其解不相通假，不出一家之言，所注者難曉處耳。迨及南北朝，義疏之學起，致令經學多門，章句繁雜。宋人解經雖本訓詁之體，然不守章句之學，漢宋之爭遂起，《詩經》一門，則有守〈序〉、廢〈序〉，褒貶毛鄭之別。歐陽脩《詩本義》、創「本論」、「專論」之制，啓疑〈序〉之端；蘇轍《潁濱詩集傳》，直廢〈序〉首不觀；朱熹《詩集傳》，亦疑〈序〉說之誤，其言兼采眾說，繁簡有則，得爲百世之宗；至守〈序〉一派則有范處義《詩補傳》，大抵反覆牽合〈序〉說者耳。述傳注義疏之屬六家。

《詩本義　附詩譜補闕》　歐陽脩撰

一、作者

　　歐陽脩，字永叔，號醉翁，晚號六一居士，永豐人〔註63〕。官至太子少師贈太師，神宗熙寧九年（1076年）卒，年六十五，謚文忠。

　　脩四歲而孤，母鄭氏，守節自誓，親誨之學，家貧，至以荻畫地學書。時文仍五季餘習，汙沉弗振。脩幼嘗得韓愈遺稿六卷，於廢書麓中，欣然慕焉。其學承愈者，於古文外，乃繼以闢佛，確立道統。又從尹洙、梅堯臣游，以文章名冠天下。嘉祐初，權知貢舉，時舉者務爲險怪語，號「太學體」，脩一切黜去，文格終以復古。

　　脩之學初由文學，復通於經史，故論經術務明大本，不落窠臼，於經頗議前代得失，實開慶曆間宋學風氣之始。著有《易童子問》、《詩本義》。至奉詔修《唐書》，自撰《五代史記》，法嚴辭約，多取《春秋》遺旨。另有《歐陽文忠公全集》〔註64〕。

二、內容

　　是書爲說凡百十四篇，統解九篇，時世、本末二論，豳、魯、序三問，總十五卷。附錄〈詩譜補亡〉及〈詩圖總序〉一卷。

　　至其解詩，《晁志》云：「毛鄭之說已善者，因之不改，至於質諸先聖則悖埋，

〔註63〕歐陽脩於里籍自署廬陵人，〈宋史本傳〉、同儕詩文皆同此，蓋以郡望稱也。又《歐陽文忠公全集》附錄〈神宗實錄〉、〈神宗舊史本傳〉，皆作永豐人。按其祖父始徙居吉水，後吉水柝爲永豐，今永豐人也。
〔註64〕脩生平參見《宋史》卷三一九〈歐陽脩本傳〉，《宋元學案》卷四，及《歐陽文忠公全集附錄》卷二。

考於人情則不可行，然後易之〔註65〕。」考其內容，則又有「本論」、「專論」之別。

卷一至十二，爲「本論」，計論詩百十四篇。〈張瓘序〉云：「其詩之本義則如是也，有論而無本義者，因論而見義者，如毛鄭之所注皆得之，則歐陽公之書不作矣〔註66〕。」其文分二段，首言「論曰」，旨在評議舊說，次曰「本義曰」旨在發明己說。論已明，則本義闕焉。

卷十三以降，分專題論之：卷十三「義解」論辯毛鄭得失，「取舍義」即取舍毛鄭之間耳。卷十四「時世論」，闡言〈詩序〉編敘人事矛盾之處，以《三百篇》作非一人，所作非一國，先後非一時，故詩之失，時世尤甚。並言詩教本末云：「惟是詩人之意也，太師之職也，聖人之志也，經師之業也……所謂詩人之意者本也，所謂太師之職者末也。」爲「序問」一篇，頗抒疑〈大序〉，採〈小序〉之意〔註67〕。卷十五統解九篇，此〈張瓘序〉云：「統解十，附之本義之下，何也？明乎學詩者所當講求之事，如《易》之有〈繫辭〉、〈說卦〉、〈序卦〉、〈雜卦〉也。」然觀所言，或同於前，或悖於前，零散紛雜，似雜措成篇者也〔註68〕。

附錄〈詩譜補亡〉，含總序、後序及補亡鄭譜。其後序云：「凡補譜十有五，補其文字二百七，增損塗乙改正者八百八十三，而鄭氏之譜復完矣。」至其所闕《三頌》，蓋以世次之明無待譜矣。脩嘗於未見《鄭譜》之初，考《春秋》、《史記‧本紀、世家年表》，而合以毛鄭之說爲詩圖十四篇。取此以補慶曆四年偶得殘譜，即今所見者。

三、評述

《四庫提要》云：「又曰先儒於經不能無失，而所得固已多矣，盡其說而理有不通，然後以論正之，是脩作是書，本出於和氣平心，以意逆志，故其立論未嘗輕議二家，而亦不能曲徇二家，其所訓釋往往得詩人之本志，後之學者或務立新奇，自矜神解，至於王柏之流，乃併疑及聖經，使《周南》、《召南》俱遭刪竄，則變本加厲之述，固不得以濫觴之始，歸咎於脩矣〔註69〕。」誠爲允當之論。蓋脩此書清初尙不知有矣，迨自有清以還始爲重視〔註70〕。論者往往以爲宋人疑經之始，《朱子語類》云：「歐陽公有《詩本義》二十餘篇，煞說得有好處。有詩本

〔註65〕見《郡齋讀書志》卷二。
〔註66〕見《經義考》卷一〇五引。
〔註67〕見《詩經名著評介》，〈詩本義評介〉。
〔註68〕見《歐陽脩詩本義研究》。七、棄而不用的統解九篇。
〔註69〕見《四庫提要》卷十五，《詩本義》條下。
〔註70〕同上註。其云：「一清對於脩之論說見於武成，蓋僅有者耳，其從祀一節，未敢輕議云云，蓋均不知脩有此書也。」按此書有明萬曆刊本，清季藏書家亦多著錄，知有刊本行世，所以不知有此書者，清初未受重視耳。

末論，又有論云何者爲《詩》之本，何者爲《詩》之末〔註71〕。」又樓鑰云：「惟歐陽公《本義》之作，始有以開百世之惑，曾不輕議二家之短長，而能指其不然，以深持詩人之意，其後王文定公、蘇文定公、伊川程先生各著其說，更相發明，愈益昭著其實自歐陽氏發之〔註72〕。」蓋宋人說《詩》，大抵肇基於脩，世所定論矣，即如朱子《詩集傳》說與脩合者過半矣〔註73〕。

其書嘗云：予疑毛鄭之失既多，然不敢輕爲改易者，意其爲說不止於箋傳，而恨己不得盡見二家之書，未能徧通其旨。是其立論之愼可知，非樂求異於先儒矣。至其說《詩》，本在論辯毛鄭，於《毛傳》、《鄭箋》多所改訓，諸如《齊風·東方之日》下云：「以詩文考之，日月非議君臣，毛鄭固皆失之矣。至於明不明之說，而鄭以爲不明者，蓋牽就己說爾。」又鄭氏常好改字以就己說，如「常棣」篇改「不」爲「拊」；「載馳」篇改「豈」爲「闒」，改「弟」爲「圉」，脩多指斥，以爲經文如此改動，後世將無可讀之書。又於「玄鳥」篇，直斥鄭氏「學博而不知統」，此《晁志》所謂「恨學者推之太詳，流入讖緯」者〔註74〕，是脩用力於此，而《本義》之價值亦即在此耳。

上述可知，脩於說《詩》，立意明確，於前代詩論辯其得失，頗有所獲。然詳觀其言，仍不免落漢儒窠臼，而有矛盾之言。如於〈詩序〉，疑者始昌黎韓愈，脩以其言不足，而作《本義》，以明〈序〉非子夏所作，於〈小序〉卻尊以爲聖人之志，尊〈序〉而言本義，自少創意。並於漢儒所謂美刺者，淫奔者，脩往往據以攻毛鄭，終爲道德說教之論，故脩於章句訓詁之解，頗有精到之論，於詩旨則未見突破。

四、卷本

據〈歐陽文忠公全集附錄神宗實錄〉、〈神宗舊史本傳〉、韓琦撰〈歐陽公墓誌銘〉及吳充撰行狀皆作十四卷。江、浙、閩本亦然，並以〈詩譜補亡〉附於卷末。

《宋志》作「歐陽脩《詩本義》十六卷，又〈補注毛詩譜〉一卷」，今見蜀本增〈詩解統序〉，並詩解凡九篇，共爲一卷，又移〈詩圖總序〉，〈詩譜補亡〉，自爲一卷，總十六卷。《陳錄》、《文獻通考》、《四庫提要》、清代諸藏書目著錄皆同〔註75〕。《晁志》作十五卷，蓋不計詩譜矣。

〔註71〕見《朱子語類》卷八十。

〔註72〕同註66。

〔註73〕同註68。於《詩本義》、《詩集傳》二家解詩，列表對照，甚詳。

〔註74〕同註65。

〔註75〕《讀書敏求記》、《愛日精廬藏書志》、《崇雅堂書錄》、《邵目》皆作十六卷。惟《五十萬卷樓藏書目錄》載寫本十二卷。

　　《宋志》另別出〈補注毛詩譜〉一卷，當據單行本著錄。《通志・藝文略》不載《詩本義》，僅錄《詩譜補闕》三卷。此《郡齋讀書志》作「〈詩譜〉一卷，歐陽永叔補其闕，遂成全書」，通志堂刻本亦作一卷，故《通志》載三卷乃一之誤耳。

　　又此書除《居士外集》卷十〈經旨〉，據蜀本補入外，例皆於全集外單行，故流傳不廣。

1、宋刊本

　　《潘記》載一部，前五卷及卷八末十二葉，卷二十首葉，卷十五皆鈔補。卷十末有點校周見成姓氏，卷十三末有顧元慶印，卷十首行下有潘祖蔭藏印。據張元濟跋云：「此爲宋刻本，鈔配六卷，其原刻各卷，遇玄、敬、警、驚、檠、殷、慇、楨、讓、樹、桓、完、觀、慎諸字，均以避諱闕筆，當刊於南宋孝宗之世〔註76〕。」

2、萬曆間刊本

　　據愛日精廬、皕宋樓二書志，均載有明刊本，未明刊於何時。據屈萬里先生云：「此本書口下端鐫「戴惟孝刊」四字，以戴氏所刻他書證之，知乃萬曆間刊本也〔註77〕。」是本今存美國普林斯頓大學葛斯德東方圖書館。

　　又《邵目》載寫本一部，並云：「蓋出明刊，其錄傳箋頗有刪節，疑歐氏原本如此。」或即從此本出。

3、通志堂經解本

　　是本十五卷。惟附錄〈詩譜圖序〉，先總序，後補譜，與四庫本次序顛倒。據《愛日精廬藏書志》云：「是書（明刊本），每篇冠以〈小序〉經文，下備列《傳箋》，後乃繫之以論與本義，通志堂本刪去〈小序〉經注，止以篇名標題，蓋非歐陽氏之舊矣。」〔註78〕又張元濟跋宋本云：「通志堂刊本，即從此本出，然校勘未精，字句不免訛誤，篇次亦偶見顛倒〔註79〕。」蓋是本確有疏漏處，如〈野有死麕〉篇第四行「建號稱三，行化六州」未據改「稱三」爲「稱王」。

4、文淵閣四庫全書本

5、四庫薈要本

6、道光間刊本

　　中研究史語所藏一本，爲道光十四年（1834 年）瀛塘別墅重刊本。

〔註76〕見四部叢刊三編覆宋本《詩本義》，〈張元濟跋語〉。
〔註77〕見《葛斯德東方圖書館中文善本書目》，《詩本義》條下，屈萬里按語
〔註78〕見《愛日精廬藏書志》卷三。
〔註79〕見註76。

7、四庫叢刊三編所收（覆潘氏滂喜齋藏宋本）

《詩解集傳》　蘇轍撰

一、作者

蘇轍，字子由，眉州眉山人，仁宗寶元二年生，徽宗政和二年卒（1039～1112
年），年七十四，諡文定。年十九與兄軾同登進士，又同策制舉，歷官著作郎、秘書
省校書郎，起居郎中〔註80〕。神宗立，王荊公執政，論與轍多相牾，轍數扼之〔註
81〕。蓋轍論事精確，修辭簡嚴，小呂申公嘗嘆：「只論蘇子由儒學，不知史事精詳
如此〔註82〕。」以大中大夫致仕，築室於許，號潁濱遺老，自作傳萬餘言，不復與
人見，如是者數十年，卒追復端平殿學士。

轍性沈靜簡潔，其平生好讀《詩》、《春秋》，病先儒多失其旨，欲更爲傳老子
書與佛法〔註83〕。蓋《三經新義》累數十年始廢，蜀學遂爲敵國，又蘇氏之學頗雜
於禪，若轍《老子解》并釋氏而彌縫也。至其居筠、雷、循七年，居許六年，杜門
復理舊學，於《詩傳》、《春秋傳》、《老子解》、《古史》四書皆成，歎自謂得聖賢遺
意，繕書而藏之，另有《欒誠集》、《龍川志略》、《別志》行於世〔註84〕。

二、內容

轍此書，解詩三百零五，並論笙詩六首之次〔註85〕。凡十五卷。觀其爲說，先
解《二南》、言《周》、《召》之別。次論《國風》，明十五國世次。下解風詩百六十首，
於各國風前並論其地域、史事。卷九以降解《大、小雅》，其云：「《小雅》言政事之
得失，而《大雅》言道德之存亡，政事雖大，形也，道德無小不可以形盡也。」〔註
86〕所以辯〈序〉云政有小大者也。末二卷是爲《三頌》，論其次云考之以其時則不倫，
求之以其事則不類，意者亦以其聲相從乎？知轍所爲言，承歐陽脩疑〈序〉之意，又
其自序云：「獨採其可者見於今傳，其尤不可者，明著其失。」是亦不激不隨，欲復

〔註80〕見《宋史》卷三三九，〈蘇轍本傳〉。
〔註81〕同上註。
〔註82〕見《宋人軼事彙編》卷十二。引自欒城遺言，時公在諫垣，論蜀茶纖悉曲折，致小呂
　　　　申公發爲此論。
〔註83〕見《欒城後集》卷十二，蘇轍撰〈潁濱遺老傳〉。
〔註84〕見《宋元學案》卷九九，蘇氏蜀學略。
〔註85〕見《潁濱詩集傳》卷十。南陔之什云：「此三詩皆亡其辭，古者鄉飲酒燕禮皆用之，
　　　　孔子編《詩》蓋亦取焉，歷戰國及秦亡之，而獨存其義，毛公傳《詩》附之鹿鳴之
　　　　什，遂改什首，予以爲非古，於是復爲南陔之什，則小雅之什，皆復孔子之舊。」
〔註86〕見《潁濱詩集傳》卷九。

孔學之舊者矣。

於〈序〉，轍僅取首句餘皆刪之，以爲其誠出於孔氏則不若是之詳矣，並引《隋志》云：「先儒相承謂〈毛詩敘〉子夏所創，毛公及衛敬仲又加潤〔註87〕。」是於史有證也。又於《邶風・旄丘》下云：「其言與前相復，非一人之辭明矣〔註88〕。」蓋取〈序〉首乃師成伯璵《毛詩指說》之意〔註89〕，又加辨之。

今觀其書，大抵僅錄〈序〉首一言，未加辯說。論者唯六十餘首，有疑〈序〉者如〈雄雉〉、〈山有扶蘇〉、〈蘀兮〉、〈蕩〉，明序言之惑；有存〈序〉而疑鄭者如〈柏舟〉，其云：「出於毛氏者，其傳之也，其出於鄭氏者，其意之也，傳之猶可信，意之竦矣。」〔註90〕；有直引《毛詩》之〈序〉者，如〈蝃蝀〉、〈相鼠〉、〈干旄〉、〈兔爰〉、〈遵大路〉、〈小弁〉、〈大東〉等，佔其說之大半；有並存他解者，如〈葛藟〉作「或曰」〔註91〕，〈常棣〉引《春秋外傳》爲說〔註92〕，知非全然廢〈序〉者。

三、評述

蓋轍之書，最爲後世所論者，乃在盡廢〈小序〉，僅存〈序〉首一言。此雖非轍所創，唯成氏發爲此說，至轍而行之，而後王得臣、程大昌、李樗皆以轍說爲祖。《四庫提要》云：「轍取〈小序〉首句爲毛公之學，不爲無見〔註93〕。」《晁志》云：「案司馬遷曰周道缺而〈關雎〉作，揚雄曰周康之時頌聲作乎下，〈關雎〉作乎上，與今〈毛詩序〉之義絕不同，則知〈序〉非孔氏之舊明矣。雖然，若去〈序〉不觀，則詩之辭有溟涬不可知者，不得不存其首之一言也〔註94〕。」觀轍云：「蓋古說本如此，故予取一言而已。」知此書非如朱翌《猗覺寮雜記》所言：「蘇子由解詩不用〈詩序〉。」〔註95〕。

至若朱翌以爲詩有未易曉者，若不用〈序〉則尤更茫然，此轍所明知，並所以存〈序〉首一言者，觀其書除存〈序〉首一言外，有當解者，則或辨〈序〉言之惑，或引〈序〉說以更明之，實不同於王柏刪詩者。

〔註87〕同上註，卷一。
〔註88〕同註86，卷二。
〔註89〕見《毛詩指說》卷二。其云：「故昭明太子亦云之，〈大序〉是子夏全制，編入《文選》，其餘眾篇之〈小序〉，子夏唯裁初句耳。」
〔註90〕同註86，卷二。
〔註91〕同註86，卷四。〈葛藟〉下云：「或曰刺桓王」。蓋〈序〉云刺平王也。
〔註92〕同註86，卷九。〈常棣〉條下。
〔註93〕見《四庫提要》卷十五。
〔註94〕見《郡齋讀書志》卷二。
〔註95〕見《猗覺寮雜記》卷下。

四、卷本

《宋志》著錄蘇轍《詩解集傳》二十卷，《陳錄》同。《晁志》、《世善堂藏書目》作《詩解》二十卷，邵亭錄《詩經傳》二十卷，卷數大抵同，惟書名參差耳。

今可見明焦氏兩蘇經解有《詩集傳》十九卷，《愛日精廬藏書志》有鈔本卷同。《四庫提要》著錄二十卷，然文淵閣四庫全書實僅十九卷。據《善本書室藏書志》云：「世行二十卷本」，知清季仍行二十卷本，惜今不可見。

1、明萬曆間刊兩蘇經解本（有萬曆二十五年，三十九年本）

據焦竑〈刻兩蘇經解序〉云：「壬辰奉使大梁，于中尉西亭所獲子由詩與春秋解」今觀朱睦㮮《授經圖》錄有蘇轍《詩集傳》二十八卷，其間卷數分合不詳。

此本國立中央圖書館藏一部，題萬曆丁酉（二十五年）畢氏刊本，半葉十行，行二十一字，單魚尾，上象鼻刻書名，下象鼻刻字數。卷三、五、八、十一、十三、十六、十八首行下皆鈐有吳興劉氏嘉業堂藏書印。江蘇省立國學圖書館藏有二部，一有「鳴野山房」印，一有「厚村」印。有日本內閣文庫、京都大學各藏一部，並有同朋社景京都大學藏本行於世，知此本傳世頗多。

2、文淵閣四庫全書本

《詩補傳》　范處義撰

一、作者

范處義，字子由，號逸齋，婺州蘭溪人〔註96〕，香溪先生之族也〔註97〕。紹興二十四年（1154年）登張孝祥榜進士，累官殿中侍御史，慶元三年（1197年）除秘書監，進秘閣修撰，出為江東提刑〔註98〕。其為學私淑於蒙齋之門〔註99〕，精於經學。所著有《詩補傳》，《解頤新語》等。

二、內容

〔註96〕見《南宋館閣續錄》卷七。另《宋元學案》卷四五，〈范許諸儒學案〉，范處義條下云「字逸齋」。按逸齋，處義自號也。此當為誤記。

〔註97〕見《宋元學案》卷四五。范浚，字茂明，學者稱香溪先生，范氏子弟多從之學。另據方桐江〈黃堂記〉云：「蘭溪之范，其先有大宣義者，隱深山中」，據載宣義有四子，季曰處義。若此則香溪別為一派，並非宣義之後也。詳見《宋元學案補遺》卷四五。

〔註98〕同註96。

〔註99〕同註97。范端臣，字元卿，學者稱蒙齋先生。香溪先生從子也。蓋據《宋元學案》，處義列於蒙齋門人，香溪再傳也。

　　觀乎處義自序云：「《補傳》之作，以〈詩序〉爲據，兼取諸家之長，揆之性情，參之物理，以平易求古詩人之意。」大旨病諸儒好廢〈序〉以就己說〔註100〕，篇首有〈明序〉一篇，闡明〈詩序〉乃聖人之遺言，並言毛氏，以其詩出於子夏，淵源有自，得聖人之宗旨，斷可識矣。惜其言牽合《春秋》，所引又多屬僞書〔註101〕。

　　是書凡三十卷，卷首列篇目，並云：「詩之所繫與作者姓名，皆附著其下，有異說者，悉據經傳爲之辯明。」凡所繫與舊譜異者，二十五篇；作者有異說者，四十二篇，蓋此乃處義欲彌合北宋學者新說與世次說之矛盾矣〔註102〕。

　　卷一至二十八釋詩篇，必引〈序〉言，反覆闡述，大抵篤信舊文，務求實證，至陷泥處，則不免牽合。卷二十九附說，釋十五國風、二雅、三頌名。卷三十廣詁，依訓詁之體，歸納詩之字、音。凡風雅頌字有異音、詩字同音訓皆異，字音異訓同，字通用、字借用，重言通用，重言字同音訓異、重言音同字訓異，詩重名十一類。

三、評述

　　南宋初，最攻〈序〉者，鄭樵，最尊〈序〉者，處義矣。《四庫提要》稱其「篤信舊文，務求實證，可不謂古之學者歟。」唯觀其說，盡去北宋廢〈序〉派學者研究成果，全以漢唐注疏觀點爲依據，以〈序〉說全部可信，故其云：「使〈詩序〉作於夫子之前，則爲經人所錄，作於夫子之后，則是取諸夫子之遺言也，庸可廢耶。」〔註103〕如此汲汲於〈序〉說則不免穿鑿牽合，此《提要》所以云：「〈詩序〉處義必以爲尼山之筆，引據《孔叢子》既屬僞書，牽合《春秋》尤爲旁義，矯枉過直是亦一瑕。」又如釋靜女（〈靜女〉篇）貞靜之女，於〈清人〉篇，則言《國風》有反其辭以諷刺，並引〈靜女〉，以靜者甚言其非靜。另爲彌合世次說之矛盾，故提出「凡詩皆系其所本」〔註104〕，皆不免牽強。

　　誠如上述，然《補傳》亦有勝於漢唐舊注者，其自序云：「文義有闕，補以六經史傳，詁訓有闕，補以說文韻篇。」補闕之功具矣。又以字有異訓異音，文義可一者，亦既一之，不可一者具疏之〔註105〕，歸納分類之法，又勝於前代矣。

〔註100〕見《四庫提要》卷十五，《詩補傳》條。
〔註101〕蓋〈明序〉篇云：「人皆知《詩》亡然後《春秋》作，以爲《詩》之美刺與《春秋》相表裏，而不知《詩》之美刺實繫於〈序〉。」此《四庫提要》所以言其牽合《春秋》矣。至其引證《孔叢子》、《文中子》皆屬僞書矣。
〔註102〕見《宋代詩經學概論·三、南宋前期——宋代詩經的總結和發展》，范處義條下。
〔註103〕見《詩補傳》卷首，〈明序〉篇。
〔註104〕同註102，篇目，〈關雎〉條下。
〔註105〕見《詩補傳》卷三十，廣詁。

四、卷本

據《宋史藝文志》載，范處義有《詩學》一卷、《詩補傳》三十卷。又焦竑《國史經籍志》錄有《詩地理考》。唯《詩學》、《詩地理考》今皆不傳。《詩補傳》三十卷，據《經義考》云：「按《詩補傳》鈔本，但題逸齋，而不著名，考《宋史藝文志》有范處義《詩補傳》三十卷，卷數與逸齋本相符，西亭王孫聚樂堂目，直書處義名，當有證據。」

1、通志堂經解本
2、清抄本
   台北故宮博物院藏一部十六冊，爲清初抄本。又有一部十二冊，爲烏絲欄精鈔本。
3、文淵閣四庫全書本
4、四庫薈要本

《詩集傳》 朱熹撰

一、作者

朱熹，字元晦，一字仲晦，婺源人，寓建州，紹興十八年（1148 年）進士，淳熙五年（1178 年）除知南康軍，值歲不雨，講求荒政，全活甚多，訪白鹿洞書院遺址，奏復其舊，爲學規俾守之。寧宗時以煥章閣待制提舉南京鴻慶宮。寶慶二年（1226 年），監察御史沈繼祖誣熹十罪，詔落職罷祠，五年依所請致仕，明年卒，年七十一〔註 106〕。將葬，言者謂四方僞徒期會僞師之葬〔註 107〕，非妄談時人短長，則謬議時人得失，望令守臣約束，從之。嘉泰初學禁稍馳。及侂胄卒，詔賜遺表恩澤，諡曰文。寶慶中贈太師，追封信國公，淳祐中從祀孔廟。明洪武初，詔以其書立學官，天下學者咸宗之〔註 108〕。

熹自幼穎悟，五歲讀《孝經》，即題曰：「不若是非人也〔註 109〕。」少時慨然

〔註 106〕見《宋史》卷四二九，〈朱熹本傳〉。
〔註 107〕同上註，「自熹去國，侂胄勢益張，何澹爲中司，首論專門之學，文詐沽名，乞辨真僞，劉德秀仕長沙，不爲張栻之徒所禮，及爲諫官，首論留正引僞學之罪，僞學之稱蓋自此始」蓋宋寧宗慶元元年，趙汝愚於黨爭中失敗，熹坐連遭貶，其所倡之程朱理學亦被斥爲僞學，史稱「慶元黨案」。
〔註 108〕見《宋元學案》卷八十四，〈晦翁學案上〉。
〔註 109〕見《黃勉齋先生文集》卷八，朝奉大夫文華閣待制贈寶謨閣直學士道議大夫，諡文，朱先生行狀。

有求道之志〔註110〕，年十四，父病亟，嘗屬之曰：「籍溪胡原仲、白水劉致中、屏山劉彥沖三人，學有淵源，吾即死，汝往事之〔註111〕。」後延平李侗老矣，嘗學於羅從彥，熹不遠數百里，徒步往從之〔註112〕，此其師承之二期，復與南軒、東萊遊。其學大抵窮理以致其知，反躬以踐其實，而以居敬爲主，晚年講學於考亭，人稱考亭學派，所著凡二十餘種。

二、內容

　　《詩集傳》乃熹晚年去〈序〉言詩之作，觀其言有〈小序〉可用者亦用之，唯盡去美刺附會之說，並以《國風》多出里巷歌謠之作〔註113〕，故往往於各篇詩義，另定詩旨，如言〈木瓜〉爲男女贈答之詩〔註114〕，〈伯兮〉乃婦人思征夫之作〔註115〕，皆較〈序〉說高明。如此以文學觀點言詩，誠是可喜，唯每以理學家之道理觀，指〈靜女〉等二十九詩爲淫奔之作〔註116〕，頗遭後人非議。

　　熹說詩去〈小序〉，卻以〈大序〉爲好處多〔註117〕，尤特重其「六義」之說，以爲古今聲詩條理無出此者〔註118〕，故《集傳》於每詩下皆標其體，俾使簡明易懂。惜其比興界說混淆，往往有一章標二體、三體者，如〈漢廣〉三章爲興而比，〈氓〉三章爲比而興。所言與傳箋各有異同，亦各有得失。

　　又《詩集傳》乃本漢學以開創新說〔註119〕，故其言特重名物訓詁，嘗云：「詩

〔註110〕《朱文公文集續集》卷八，〈跋韋齋書昆陽賦〉云：「熹年十一，先君罷官行朝，寓建陽，登高丘氏之居，暇日手書比賦以授熹。」又據《宋史》云：「自韋齋先生得中原文獻之傳，聞河洛之學，推明聖賢遺意，日誦〈大學〉、〈中庸〉，以用力於格致誠意之地。」知熹十一歲前所得於韋齋之家學也。
〔註111〕見《朱子大全》卷九十，〈屏山先生劉公墓表〉。又麗澤會本婺源江永考訂朱子世家云：「少傅公（劉子翬兄）爲築室里第之旁，朱子奉母居焉，遵遺訓受學三君。」
〔註112〕見《朱子大全》卷九七，〈延平先生李公行狀〉云：「已而，聞郡人羅仲素先生，得河洛之學於龜山楊文靖公之門，遂往學焉……熹先君子吏部府君，亦從羅公問學，與先生爲同門友，雅敬重焉。」又據《宋元學案》云：「楊文靖公四傳而得朱子。」即以熹師事李侗言。若以熹本師劉白水觀之，則僅再傳耳。
〔註113〕見《詩集傳》，朱熹自序。
〔註114〕見《詩集傳》卷三，《衛風》。
〔註115〕同上註。
〔註116〕據《文獻通考》卷六，〈詩序〉條，以朱熹所定淫詩有二十四篇，程元敏師重考《詩集傳》文，以爲熹所定者有二十九篇，與馬氏所言互有異同。今以程師所言詳盡有據，故取焉，至其篇目，詳見〈朱子所定國風中言情緒詩研述〉。
〔註117〕見《詩傳遺說》卷二。
〔註118〕見《詩傳遺說》卷三。
〔註119〕《朱子語類》卷八一云：「某舊時看詩數十家之說，一一都從頭記得，初間那里敢便判斷那說是，那說不是，看熟久之，方見得這說似是，那說似不是……又看久之，

中頭項多，一項是音韻，一項是訓詁名件，一項是文體〔註120〕。」並於訓釋語釋之際繁簡有則一如其《四書集注》，各難字下往往注明音讀，觀其法，大抵有直音、反切、叶韻三種。知其體例之嚴謹實不遜漢儒訓詁之作。另其善用前人精當之言而疑其不當者，亦《集傳》一大特色，其言采漢以來詩說，以《毛傳》、《鄭箋》居多〔註121〕，並頗采《三家詩》遺文〔註122〕，至於宋人詩說，自歐陽脩以下，所收凡十有九家，其中以蘇轍四十七則，呂祖謙三十則最多〔註123〕。

三、評述

是書影響宋以後《詩經》研究至鉅，幾可與傳箋等量齊觀。其著述之意，誠郝經所云：「收伊洛之橫瀾，折聖學而歸衷，集傳注之大成，乃為詩作傳，近出己意，遠規漢唐，復風雅之正，端刺美之本，糞訓詁之弊，定章句、音韻之短長差舛，辨〈大、小序〉之重複，而《三百篇》之微意，思無邪之一言，煥乎白日之正中也。」〔註124〕正因其只隨經句分說，不離經意，復逐篇疏釋，於篇義、章句、六義、詞氣、章節、用韻，皆簡要言之，遇不可解者，寧可闕疑〔註125〕，此其書所以廣傳也。至其音叶，初用吳棫《詩補音》，其孫鑑又意為增損，頗多舛誤〔註126〕。至所擬古音，如〈兔罝〉「椓之丁丁」，集注以丁古音征，衡以錢大昕古無舌上音，知集注誤甚，餘如此者頗多，則所擬古音多不可從矣。

至於熹之言最遭議論者有二：一曰廢〈小序〉，二曰淫詩說。〈詩序〉之誤經歐陽脩、王質、鄭樵辨之已明矣。至熹總而判之，自是言《詩》者，大抵皆去〈序〉不觀。其云：「今欲觀詩，不若且置〈小序〉及舊說，只將原詩悉心熟讀，徐徐玩味。」〔註127〕，並以實證的態度，斥〈小序〉美刺說之謬誤，比附史事之穿鑿，皆精當之言。唯其仍執〈大序〉詩教觀，且不脫漢儒義理思想，故說《詩》往往直取〈小序〉，今檢其文，說與〈序〉同者凡百四十二篇〔註128〕，此姚際恒評之曰：「其（集傳）

方覺得這說是，那說不是，又熟看久之，方敢決定斷說，那說是，那說不是，這一部詩并諸家解說，都包在肚里。」知其言非一般宋人詩說之空疏矣。

〔註120〕見《詩傳遺說》卷一。
〔註121〕見《四庫提要》卷十五云：「朱子從鄭樵之說，不過攻〈小序〉耳，至於詩中訓詁，用毛鄭者居多。」
〔註122〕見《詩考》，王應麟自序。
〔註123〕詳見《朱子詩集傳釋例》，第五章《詩集傳》引宋儒詩說釋詩例。
〔註124〕見《經義考》卷一○八引。
〔註125〕見《詩經研究史概要》，〈詩集傳──詩經研究的第三個里程碑〉。
〔註126〕見《四庫提要》卷十五，《詩集傳》條下。
〔註127〕見《詩傳遺說》卷二。
〔註128〕見《詩經今論》，宋儒對《詩經》的解釋態度。

從〈序〉者十之五，又有外示不從而附合之者，又有意實不然之而終不出其範圍者，十之二、三，故愚謂遵〈序〉者莫若《集傳》，蓋深刺其隱也〔註129〕。」至其既欲以里巷歌謠觀風詩，又不棄詩教道統觀，遂有淫詩之說，此馬端臨已辨其非，陳啟源更指出：「夫子言鄭聲淫耳，曷嘗言鄭詩淫乎？聲者，樂音也，非詩詞也，淫者，過也，非專指男女之欲也……朱子以鄭聲為《鄭風》，以淫過之淫為男女淫之淫，遂與《鄭風》二十一篇盡為淫奔者所作〔註130〕。」又其信〈大序〉，視《二南》為國風之正者，故於《二南》之情詩往往蓄意迴護，至支吾其詞〔註131〕，亦可見其矛盾之處。

四、卷本

《宋志》、《陳錄》、〈文獻通考經籍考〉、《玉海》皆載朱熹《詩集傳》二十卷，並〈詩序辨說〉一卷，明正統重刊宋本時猶二十卷。唯明萬曆間所刊、四庫著錄皆八卷，蓋坊刻所併，並削去〈詩序辨說〉，且致經文訛誤，傳文偽異也。又竹汀先生日記鈔云：「晤袁又愷，見宋刻朱文公《詩集傳》，「彼徂矣岐」句下引沈氏說，辨徂、岨二文異同甚詳，今坊本無之，蓋明人所刪，失其舊矣。」

（一）宋刊本

1、江西刊本

《陳錄》載《詩集傳》二十卷，〈詩序辨說〉一卷云：「今江西所刻晚年本，得於南康，胡泳伯量校之建安本，更定幾什一之」今未見。

2、宋寧宗時刊本

《皕宋樓藏書志》載，嘗見一舊本，與拜經樓藏本相伯仲，自〈蓼莪〉注「則無所恃」四字起，至《大雅‧板》篇影抄，前後一無題識，惟每冊或有袁廷檮印，五硯主人小方印，或有袁又愷藏書，楓橋五硯樓收藏小長印。此即錢竹汀所見，後歸皕宋樓。陸氏另有跋云：「每頁十四行，行大十五字，小字雙行，版心有字數及刻工姓名。其中筐、樹、殷、鞹、觀、恒、匡、畜等字皆缺筆，蓋寧宗刊本也。」是書本為袁廷檮所藏，後歸海寧陳仲魚，孝廉陳揅。朱鑑〈詩傳遺說敘〉，定為後山刊本。

至若影抄部分，或乃順手取得光緒二十二年，金陵書局重刊本補之，故鈔補之卷與宋刻異者，反多與局本相同。

〔註129〕見《詩經通論》卷首，《詩經》論旨。
〔註130〕見《毛詩稽古編》，《鄭風》條下。
〔註131〕見《朱子語類》卷八一，朱子答門人問〈摽有梅〉。

此書陸氏後人售於日本，後中華學社又從靜嘉堂文庫影印，爲四部叢刊三編所收。

又北平圖書館藏一部，即此本，唯印刷較晚，稍有模糊，王重民先生定爲宋刊明印本，今存台北故宮博物院。

又《天祿琳琅藏書目錄》載一宋本，二十卷，有「據梧居士」、「李爵」、「謙牧堂藏書」等藏印，唯未明板式，不知即此本否。

又《瞿目》載一校宋本，袁廷檮即據此本校錄，有自記云：「嘉慶乙丑夏季，以家藏宋刻本換與陳仲魚，因校存此本。」

3、宋刊殘本

《善本書室藏書志》載宋刊殘本八卷。據〈拜經樓藏書題跋記〉云：「右不全宋本止八卷，經文悉與唐石經同，注文悉存文公原本，與陳簡莊徵君所藏相伯仲，有晉府書畫之印，兔牀書云：按《明史·諸王傳》，晉恭王封於太原府，傳至裔孫表欒，孝友好文，分封慶成王，此豈其故物耶。」

又《瞿目》載宋刊殘本一卷云：此本僅存文王之什，稱卷十六，蓋與《宋志》合。書中宋諱皆闕筆，每半葉八行，行十七字。又袁校宋本中闕《小雅·蓼莪》至《大雅·板》之篇，此卷適在其中，可補袁本所闕。

（二）元刊本

今所見元刊本《詩集傳》，大抵皆胡一桂附錄纂疏本。四庫此書流傳絕稀未經採進。《經義考》，《補元史藝文志》俱作八卷。朱氏又顛倒其名作「纂疏附錄」，蓋皆承《千頃書目》之僞。今所見皆二十卷。

1、元泰定刊本

據《皕宋樓藏書志》載，每葉二十二行，行二十字，小字雙行，行二十三字，小黑口。語錄輯要後有「泰定丁卯仲冬翠岩精舍新刊」篆字本記。書前並有泰定間揭氏序。

2、元刊本

《五十萬卷樓藏書目錄》載一元刊本，每半葉十一行，行二十一字，前有朱熹淳熙四年序，次詩篇目錄，次詩圖類名，次詩傳綱領，次詩序辨說。

又國立中央圖書館藏元刊十一行本一部，即此本。

（三）明刊本

1、明正統間司禮監刊本

《皕宋樓藏書志》載《詩集傳》二十卷，明正統內府刊本。並錄無名氏手跋

云：「朱子《集傳》二十卷，與《毛傳》同，明監本併爲八卷，遂相沿襲，幾不知有二十卷之舊，此本尚是明神宗以前舊刊，是可寶也。」今所見司禮監本，除《持靜齋藏書目錄》載八卷外，餘皆二十卷，迨皆此本。

國立中央圖書館藏此本四部，其中一部接收自澤存書庫，內頁斷板甚多，當是晚印。

又台北故宮博物院藏一部二十卷，爲明正統十二年司禮監刊後代修補本。又一部亦二十卷，爲明覆刊正統本。

又江蘇省立國學圖書館，亦藏一部。

美國國會圖書館藏此本一部，題爲正統間司禮監校刻五經零本。另有一殘本，亦正統間刊本，前有正統十二年頒聖旨，缺卷第十三至十六。

2、明嘉靖間贛州清獻堂刊巾箱本

國立中央圖書館藏一部，二十卷，半葉九行，行十七字。

3、明萬曆間無錫吳氏翻刊吉澄本

國立中央圖書館藏一部，八卷，每半葉九行，行十七字，卷二末有「無錫縣西大街吳氏因吉侍御原板翻刊」牌記。全書墨筆批校處極多。

4、明杜氏刊本

《適園藏書志》載一本八卷，後有「戶科給事中小谷岑用賓校正，池郡秋浦邑象山杜氏尊重刊」牌記。

5、明刊本

《天祿琳琅書目》載《詩經集》傳二十卷云：「此書前後俱無序跋，亦不載刊刻年月，而板式字體實屬明刊。其中卷九、卷十一、卷十七部分補抄。」

6、藍格鈔本

台北故宮博物院藏此本二十卷，並綱領一卷，〈詩序辨〉說一卷，〈童子問師、師友粹言〉一卷。

（四）清刊本、寫本

1、五經四書本

台北故宮博物院藏一部八卷，爲清康熙間內府所刊。

又江蘇省立國學圖書館亦藏一部，爲浙江府署所刊五經四書之一。

2、御案五經本

此爲清聖祖所案本。

3、文淵閣四庫全書本

4、四庫薈要本

5、五經本

　　江蘇省立國學圖書館藏一本，為乾隆間怡府刊巾箱本五經之一。

　　另台北故宮博物院有一本，為清補刊國子監本新刊五經之一，又日本東京大
　學藏一本，為民國七年天寶書局石印本，下注即監本《詩經》，或即此本。

6、丁寶楨等校勘本

　　《叢書子目類編》載一本，八卷附校勘記一卷，為咸豐間丁寶楨等校勘本。

7、嘉慶本

　　江蘇省立國學圖書館藏一本，為嘉慶十八年刊本。

8、十三經本

　　今可見十三經讀本收《詩集傳》者，有同治間湖北書局刊本。又有山東書局
　刊本。

9、光緒間刊本

　　日本東京大學藏，光緒十九年浙江書局刊本一部。

　　又江蘇省立國學圖書館有光緒二十二年金陵書局刊本一部。

　　又台北故宮博物院藏一部，為光緒三十四年學部書局石印本。

10、清麓叢書本

　　《叢書子目類編》載，《詩集傳》八卷，〈詩序辨說〉一卷，附〈集傳考異〉，
　為西京清麓叢書正編所收。此本另為劉氏傳經堂叢書所收。

　　上述《詩集傳》歷代刊寫概況，另有後世校勘、注釋單行者，如：（清）夏炘
撰〈詩經集傳校勘記〉一卷，為景紫堂全書所收，又（清）丁晏撰〈詩集傳附釋〉
一卷，廣雅書局叢書所收。刊本甚多，明清兩代尤夥，不及備載。

《詩童子問　附詩經協韻考異》　輔廣撰

一、作者

　　輔廣，字漢卿，號潛庵，其先趙州慶元人〔註132〕。父逵，高宗南渡後，老居
崇德之晚村，遂為崇德人。廣漕舉四試不第，開禧議和，欲遣，辭以考亭諸生，老
不稱使〔註133〕。嘉定初，上政府書，反覆於是非成敗之際〔註134〕，遭忌，奉祠歸，

〔註132〕見《宋元學案》卷六四，〈潛庵學案〉。另至元《嘉禾志》作本河朔人。

〔註133〕同上註，時方信孺奉使未成，欲遣廣，辭，舉王柟自代。

〔註134〕見《真文忠公集》卷三六，真德秀跋輔漢卿家藏朱文公帖云：「嘉定初年，識公都城，
　　　　容止氣象，不類東南人物。」又云：「乃見公上政府書一通，其論是非成敗，至今

築傳貽書院，學者稱傳貽先生〔註135〕。

　　廣始從呂祖謙遊，已問學於朱熹，留三月而後返。熹嘗稱其「身在都城俗學聲利場中，而能閉門自守，味眾人之所不味，雖向來金華同門之士，亦鮮有見其比者。」〔註136〕寧宗初僞學禁嚴，學徒多避去，唯廣不動，誠風色愈勁，實祖謙舊徒無及者〔註137〕。所著有《四書纂疏》、《六經集解》、《詩童子問》、《通鑑集義》、《日新錄》、《師訓編》等〔註138〕。

二、內容

　　蓋廣親炙朱熹之門，深造自得，於答問之際，尊其師說，退然弗敢自專，所著《童子問》，所以羽翼朱熹《詩集傳》也〔註139〕。其書卷首爲詩傳綱領，備載〈大序〉，并采《尚書》、《周禮》、《禮記》、《論語》、《孟子》、程子、張子、謝氏詩說，各爲注釋，以明讀詩之法。次備載〈小序〉亦如之。又次爲師友粹言，采錄《朱子語錄》中論詩之說，凡讀詩法、讀樂出乎詩、論韻、論雅、論大小序、論六義等六論〔註140〕。

　　卷一至卷八，不載經文，惟標其篇目、章次，一一訓解大義，以補《詩集傳》之未備，各篇末并爲章句，總論詩義大旨、詩篇章法。卷末爲協韻考異，謹止四頁，篇中協韻多主「永嘉陳植器之」之言〔註141〕，與吳棫協音多有異同。

三、評述

　　王禕嘗評是書云：「其說多補《朱傳》之未備」〔註142〕，今觀其文，所謂師友粹言，正欲於《集傳》之外之朱子詩說有所緝錄，其意同於朱鑑《詩傳遺說》。至釋詩篇又往往據熹之言再作闡發，作〈協韻考異〉，則多取陳氏言，以明《集傳》音叶之正誤。並於《集傳》時有糾正，如謂騶虞五豝，注曰豝牡豕、牝曰豝、牡恐或當作牝〔註143〕。知其雖守朱子一派詩學，終非張端義所云：「武夷山下啜殘羹」者〔註144〕。

無一語弗驗。」
〔註135〕至正《嘉禾志》云：「著述皆藏於家，扁其堂曰傳貽，蓋傳之前儒，以遺後學也。」
〔註136〕見《宋元學案補遺》卷六四引〈朱熹答輔廣書〉。
〔註137〕見《宋元學案補遺》卷六四引〈朱熹答呂子約書〉。
〔註138〕至正《嘉禾志》所載書名與此略異，其作：《四書答問》、《六經注釋》、《通鑑說》。不知何據。
〔註139〕見《鄭堂讀書記》卷八，《詩童子問》條下。
〔註140〕見《詩童子問》卷首，〈詩傳綱領〉，〈師友粹言〉下。
〔註141〕見《詩童子問》卷末，〈關雎〉條下，蓋〈協韻考異〉僅止四頁，而引陳氏云者，凡三十見。知所取者不啻十之九矣。
〔註142〕《經義考》卷一○七引。
〔註143〕見《詩童子問》卷末。
〔註144〕見《四庫提要》卷十五，《詩童子問》條下所引。

至於〈大、小序〉，特於卷首撰詩傳綱領以論之，於〈大序〉仍本朱熹，而有取焉，疑者亦僅存其疑，於〈小序〉則評其說之謬更甚於熹，如〈關雎〉下云：「此序之謬戾甚明，而先儒皆有所牽制，而曲為之說，雖程夫子，猶所不免。」

又陳啟源《毛詩稽古編》，糾其注《周頌·潛》，不知季春薦鮪為〈月令〉之文，誤以為〈序〉說，而辨之，則誠為疏矣，蓋義理之學與考據之學分途久矣，廣作是書意自有在固不以引經據古為長也〔註145〕。

四、卷本

（一）《詩童子問》

是書《陳錄》、《通考》俱不載，《宋志》載廣《詩說》一部，迨即此書。《焦氏經籍志》、《經義考》皆作二十卷。《四庫提要》載十卷云：「此本僅十卷，不載朱子《集傳》，亦無一中序，蓋一中與《集傳》合編，故卷帙加倍，此則汲古閣所刊廣原本，故卷數減半，非有所缺佚也〔註146〕。」

1、元刊本

據胡一中序云：「今閱建陽書市，至余君志安勤有堂，昉得是書，而鋟諸梓，且載文公傳於上，而附《童子問》於下，粲然明白。」

北平圖書館藏此本一部，殘存十二卷，附〈詩序〉一卷，綱領一卷，粹言一卷。原題「朱子《集傳》，門人輔廣學」，至正三年胡一中序殘存下款，輔之望跋後有「崇化余志安刊於勤有堂」又一行云：「至正甲申上元印」。是書今藏台北故宮博物院。

2、明鈔本

北京圖書館藏一部二十卷，題明抄本。

3、明汲古閣刊本

國立中央圖書館藏一部，首綱領一卷，正文八卷，卷末協韻考異一卷，為明崇禎間虞山毛晉汲古閣所刊。是書接收自澤存書庫。

4、文淵閣四庫全書本

（二）《詩經協韻考異》

《續修四庫提要》載〈詩經協韻考異〉一卷。據今所見廣《詩童子問》卷末附此一卷，殆從中別出單行者。

1、學海類編本

〔註145〕同註144。
〔註146〕同註144，所謂一中序者即《經義考》所引胡一中序。

2、叢書集成初編所收。(覆學海類編本)

3、遜敏堂叢書所收。

《毛詩要義》　魏了翁撰

一、作者

魏了翁，字華父，邛州蒲江人，慶元五年(西元 1199 年)進士，時方諱言道學，了翁策及之。始忤韓侂冑，補外，後以史彌遠當國，力辭召命。丁父憂解官，築室白鶴山下，以所聞於輔廣[註147]、李燔者，開門授徒，居蜀十七年，由是蜀人盡知義理之學。史彌遠卒，以權知禮部尚書還朝，嘉熙元年(西元 1237 年)卒，年六十，諡文靖[註148]。

了翁之學私淑朱、張，兼有永嘉經制之粹，而去其駁[註149]，窮經學古，自成一家，世與眞德秀並稱，而了翁之卓犖，實非眞德秀之依門傍戶所能及[註150]。著有《九經要義》、《周易集成》、《易舉隅》、《周禮井田圖說》、《古今考》、《經史雜抄》等。

二、內容

虞集〈九經要義序〉云：「取諸疏正義之文，據事列類而錄之。」今據《瞿目》所錄《毛詩要義》條下云：「其書錄《疏》爲多，《傳》、《箋》則間取之。析其辭爲各條，每條自撰綱領，亦有一條中不能截分者，則以綱領書於眉間。」知爲刪節注疏，翁氏並不附己見，僅於每段前各標以目，俾便讀之省覽之作耳。

三、評述

《持靜齋書目》云：「鶴山諸經要義，皆舉當時善本，綱提件析，條理分明，爲治經家不可少之書。」於此《瞿目》據所見《毛詩要義》，亦稱其所錄之《註疏》，猶出當時善本，故異於十行本而實勝者，並第錄所見云：「即如卷第一『鄭氏箋』疏：『《詁訓傳》，毛自題之』，不脫『傳』字；〈關雎〉『若雎鳩之有別焉』，『雎鳩』不作『關雎』；《箋》『雄雌情義』，『雄雌』不作『雌雄』，並同嶽本；〈葛覃〉末章疏，〈南

[註147] 見《宋史》卷四三七，〈魏了翁本傳〉。《嘉興志・輔廣傳》，據此以謂了翁爲廣之門人。然據《鶴山大全集》卷六二，〈跋朱文公所與輔漢卿帖〉，言「開禧中，余始識輔廣於都城」。又云：「亡友輔漢卿端方而沈碩」，知爲友而非師矣。

[註148] 見《宋史》卷四三七。

[註149] 見《宋元學案》卷八十，〈鶴山學案〉。

[註150] 見《宋元學案》卷八十，引黃宗羲所言，全祖望以爲知言也。

山〉箋『文姜與娣姪』，『南』上不衍圈，文」不訛『云』，據此知十行本『云』即『文』
之訛，浦氏鏜謂脫『文』字，非也。……全書中足以訂訛者甚繁，惜阮氏作校勘記
未見之也。」

又據嘉興錢泰吉謂：「唐人義疏，讀者每病其繁，魏氏《九經要義》以刪識緯爲
主，然于繁文未能盡節。」此可證魏氏著書之主見，又爲後人啓讀之新塗徑矣。

《九經要義》、《宋志》分載各類，共二百三十三卷〔註151〕。其中《毛詩要義》
二十卷〔註152〕。《晁志》、《陳錄》皆未載，《經義考》亦云未見。四庫收《周易》、《尚
書》、《儀禮》、《春秋》；《左傳》四經要義。其後阮元奏進《禮記要義》，但未見此書。
是書至同治中刊於江蘇書局，始顯於世。

四、卷本

1、宋本

《宋元舊本經眼錄》載宋本一部，每葉十八行，行十八字，首尾完整。據所
鈐藏書印，知經藏者曹寅、吳可驥及長白昌齡，桐鄉沈炳垣，後歸郁松年，
推爲宜稼堂諸宋本之冠，再入持靜齋。今未見。

2、仿宋刊本

江蘇省立國學圖書館藏此書二部，皆爲光緒間莫氏依宋本影刊。
另有上海郁氏覆宋刊本，藏台大文學院圖書館。

3、清趙氏抄本

《讀書敏求記》載趙清常自閣本抄錄一部，其中脫簡仍如之，今未見。

4、清抄本

《五十萬卷樓藏書目錄》載沈炳垣抄本一部，乃沈氏主郁氏時，自宋本錄出
而手校之，全書精勘，間附識語。今存北京圖書館。
又北京圖書館藏清抄兩部，一爲清道光二十九年翁心存家鈔本。一爲季錫疇
校本。

5、江蘇局刊本

江蘇省立國學圖書館藏一部，即《續修四庫提要》所見同治中江蘇書局所刻本。
上述各本，今存大陸各省圖書館者尚有七部，惜皆未得窺其貌。

〔註151〕據《四庫未收書目》云：「宋史本傳稱有《要義》百卷，據《宋志》實二百六十三
卷。」按宋史本傳並無百卷之稱，至《宋志》所載共二百三十三卷。未知何據。
〔註152〕《丁目》以卷中又分子卷，故載三十八卷。《讀書敏求記》則謂每卷均分上下，故
載四十卷。

《詩說》　劉克撰

一、作者

劉克，信安人，生平無考〔註153〕。

二、內容

據劉坦序云：「家君所著《詩說》，每篇條列諸家解，而繫己意於後，所纂輯家數視東萊詩記加詳，亦互有去取，又以詩記所編朱解，乃文公初筆，其晚年詩解成時，呂成公已下世，更別為目，繫於朱曰之次。若全以錄梓未易……茲且以家君己說，與《書說》對刊〔註154〕。」知克所纂述，乃本祖謙，是為集解之體，惜刊刻之初即刪諸家言，又未見條例，故後人未得知其全貌，唯從坦序言中略知梗概。

是書十二卷，首一卷。即坦所謂「家君己說」者，卷首為總說，凡二十八則，雜論詩說，言解經之體，以明集解得居譔製之名。論〈詩序〉，則以為〈序〉言大抵類子夏之文，而子夏在聖門學問甚淺，所言失聖人之旨多矣。至於〈詩序〉演文，固為講師之辭也。並云世之學詩者，先以〈詩序〉存腹中，安得不自障蔽〔註155〕，乃欲直指詩人性情，得詩中自然之旨矣。餘於詩教、詩次皆有所言。

卷一至十二言詩篇，每篇以經文總列於前，而疏明大旨於後，於《二南》則必繫文王、太姒之德，釋〈卷耳〉，以為係言羑里一事，而以韓愈「臣罪萬死兮，大王聖明」最為有見〔註156〕，說〈蒹葭〉，謂周道陵遲，王政不綱也。說〈大車〉，則曰周大夫盛飾，以挑市井之女。說〈綢繆〉，則曰曲沃有分晉之漸，大抵皆不離詩譜世次之論。至於〈序〉說不當者，每議論之。

三、評述

周中孚評是書云：「其詳言之者，頗有類於當時之經筵講義，其宗法乃在《呂氏家塾讀詩記》，而間及於朱子《集傳》，然議論多，而考證少，不足以成一家之學〔註157〕。」此《四庫未收書目》亦云：「克之學本之呂氏，從可知矣，體例雖與《詩記》相同，然互有去取，亦不盡從祖謙之說〔註158〕。」蓋是書之體本諸祖謙，克於序中言之明矣。至於詩學，克之言大抵詆訶〈序〉說，偶亦頗發新意，乃受理學家

〔註153〕見《詩說》，劉克自序。《鄭堂讀書記》作信安人，未知何據，又據克自序作於宋理宗紹定五年，乃理宗時人，餘皆不可考。

〔註154〕見《詩說》，劉坦序。坦克之子也。

〔註155〕見《詩說》卷首。

〔註156〕見《詩說》卷一，〈卷耳〉條下。

〔註157〕見《鄭堂讀書記》卷八，《詩說》條下。

〔註158〕見《四庫未收書目》卷四。

一派詩說影響，本不類祖謙之謹守〈序〉言者。然釋詩篇，又守世次之說，則不免處處受制於〈序〉說，此一矛盾頗類朱熹《集傳》〔註159〕。

又觀其言，除屢言及朱、呂外，於王安石之說，亦頗有所論，則是書之纂輯，或亦如《三十家毛詩會解》，乃爲科考所備耳〔註160〕。此即周氏所謂類經筵講義者。

至所以發明詩旨者，其於總說云：「吾夫子之言，自有微旨，儒者多以其小者，而棄其大者……今儒者，專以鳥獸草木之名，然後爲得詩之道，其失聖人之旨多矣。」觀其言俱能不襲陳言，然穿鑿處，又未免近於武斷〔註161〕，此殆謹守世次故耳。

四、卷本

此書《宋志》、焦氏《經籍志》、朱氏《授經圖》均未載。《經義考》始載十二卷，尙注闕。至阮元進呈內府，始顯於世。觀克子坦跋是書云：「纂輯各家，卷帙繁富，不易鋟梓，乃盡刪舊解，獨存克說，則是書非克之原本矣。」

1、宋刊本

據《四庫未收書目提要》云：「崑山徐氏傳是樓有藏本，乃宋時雕刻，前有總說，惜第二、第九、第十卷都闕」，今觀劉坦跋云：「有書成，藏在篋中有年，恨遭攻劫遺失數卷。」知此本刊雕之初已不全。

又《楹書隅錄》載一本，卷一末有吳寬跋云：「成化丁未七月十又九日，雨過新涼襲人，間閱半餉，三日後復觀一過，因書以紀歲月云。」卷末有吳郡錢同愛藏書題識。即此本矣，今歸北京圖書館收藏。

2、明鈔本

《善本書室藏書志》載明鈔本十二卷，有汪魚亭藏閱書印，非惟卷二不缺，卷九、十亦全。蓋道光間振綺堂藏書具存，惜汪士鍾未得見以補宋刊殘本。是書今歸江蘇省立國學圖書館收藏。

3、舊鈔本

《皕宋樓藏書志》載一本，爲馬玉堂舊藏本，卷七、八闕，而卷九、十在焉。後以之刊於群書校補二之三。

4、影宋鈔本

台北故宮博物院藏一本，存九卷，總說一卷，爲清嘉慶間進呈影宋鈔本。

5、張蓉鏡家鈔本

〔註159〕詳見本文，第二章，第一節，朱熹《詩集傳》敍錄。

〔註160〕蓋吳純，《三十家毛詩會解》，乃集三十家言，亦爲集解之屬，唯《宋志》於是書下，標吳純編，王安石解義。因時罷《三經新義》，科考無定準，遂有《會解》之編纂。

〔註161〕見《愛日精廬藏書志》卷四，《詩說》條下。

據孫原湘跋云：「近年何夢華購得徐氏本，影寫兩份，以售吾邑陳子準、張月霄。張生伯元從兩家轉鈔見示，予得借讀其書。」知其傳鈔經過，書後另有黃丕烈手跋。

《菦圃善本書目》載鈔本一部，即此本。

國立中央圖書館、北京圖書館各藏此本一部。

6、汪氏仿宋刊本

傳是樓藏宋本，後歸汪士鍾藝芸精舍所藏，道光初復據嘉興錢夢廬舊鈔本六卷，以補卷二之闕，遂仿寫刊行。

中央研究院史語所藏一部，闕卷九、十。即爲道光八年，汪氏仿宋淳祐本。

江蘇省立國學圖書館亦藏此本一部。

7、鈔本

北京圖書館藏鈔本一部，闕卷二、九、十三。雖變宋刻行款。惟闕卷、闕字皆同張氏抄本，是亦轉錄之本。鈐有「秘州」、「蔣印維基」、「茹古主人」等藏印，知嘗爲蔣氏所藏。

又國立中央圖書館、北京圖書館皆藏有舊抄本，殆皆據徐氏傳是樓藏本傳鈔矣。

8、宛委別藏本

第三節　名物典制

「草木鳥獸蟲魚」者，詩教之大端也。唯考宋以前名物類專著，僅陸璣《毛詩草木鳥獸蟲魚疏》耳。至宋儒思辨懷疑之風起，時迄朱熹尤重考據之學。考宋人名物類專著有：陸佃《物性門類》、蔡卞《名物解》、楊泰之《名物編》、王應麟《草木鳥獸廣疏》，總四十餘卷，惜存者僅卞書。至於考證典制之專著，則有王應麟《地理考》、《天文編》，並錄於下。

《毛詩名物解》　蔡卞撰

一、作者

蔡卞，字元度，仙遊人。政和末，謁歸上冢，道死，年六十，贈太傅，諡文正，高宗即位，追責連貶至單州團練副使。京弟，與京同登熙寧三年（1070 年）進士，

歷官江陰主簿、國子直講中書舍人，龍圖閣待制，國史修撰〔註162〕。

王安石妻以女，因從之學，劉氏明本釋言王荊公云：「呂惠卿、蔡京、蔡卞、林希、蹇序辰、楊畏、蔡肇皆門人之達者也〔註163〕。」蓋安石《新義》及《字說》行，而宋之士風一變，其為名物訓詁之學者，僅卞與陸佃二家〔註164〕。

卞性姦偽，一意以婦公所行為至當，紹聖四年（1097年），拜尚書左丞，專託「紹述」之說，上欺天子，下脅同列。一時論者以（章）惇輕率不思，而卞深阻寡言。徽宗立諫官、御史疏其兄弟姦惡，陳卞大罪有六，連貶少府少監。其人其學可知矣〔註165〕。

二、內容

是書凡十九卷，訓詁名物別為十一類，曰釋天、釋百穀、釋草、釋木、釋鳥、釋獸、釋蟲、釋魚、釋馬、雜釋、雜解。蓋宋初儒學盛行，獨於字學忽廢，幾於中絕。就詩名物學一門，可見者，僅卞書、陸佃《物性門類》、王應麟《草木鳥獸魚蟲廣疏》三書。其中卞、陸二書，皆宗王氏，故多用《字說》〔註166〕。

《邵目》云：「卞此書，自首至尾並鈔陸佃《埤雅》之文〔註167〕。」殆因陸書行之不廣，故襲用之，今卞書之地位甚在陸書之上〔註168〕。

觀名物解，除雜解、雜釋外，確有全襲《埤雅》者，如卷一「月、星、電、斗、漢」，卷二「虹、霧、露、霜、冰」諸目，與《埤雅》卷二十相較，除偶刪數字外，文句全然相同，如此類者，屢見《名物解》中。

亦有異於《埤雅》者，如釋蟲之「蜉蝣」，釋獸之「貉」，未知為卞自解者，或取《字說》。

又有引《埤雅》而刪其所引《字說》者，殆因卞書成於哲宗元祐廢《字說》之時，故有雖用之而不引其名著，如卷四之「菅」、卷五之「椐、樞」〔註169〕。

至若卷十五以下，凡五卷為《雜釋》、《雜解》，乃與《埤雅》全不涉者，除卷十五之泉、丘、風，卷十六之珮玉外，大抵非名物訓詁之文，往往總論時義，或於

〔註162〕參見《宋史》卷四七二，〈蔡卞本傳〉。
〔註163〕見《宋元學案》卷九八，〈荊公新學略〉，王荊公條下。
〔註164〕見《四庫提要》卷十五，《毛詩名物解》條下。
〔註165〕同註162。
〔註166〕同註162。
〔註167〕見《邵亭傳本知見書目》卷二。
〔註168〕哲宗之世，卞宦途日顯而佃日塞，《名物解》乃得以因政治地位而陵駕《埤雅》之上。詳見《王安石字說之研究》。
〔註169〕見《詩傳名物集覽》，其將出於《字說》者一一標出。

詩學欲有所言，而雜記之。其言亦頗出新意，若其言「風」，則別和、暴。「和」者，如凱風、清風、谷風，「暴」者如，飄風、終風、匪風。另有專解一篇如「小星北門解」。又有美刺總解、十五國風次序、詩序統解，頗異前代詩說。

三、評述

《陳錄》云：「知樞密院，莆田蔡卞元度撰，卞王介甫壻，故多用《字說》，其目自釋天至雜釋凡十類，大略如《爾雅》而瑣碎穿鑿，於經無補〔註170〕。」又《邵目》云：「卞此書自首至尾並鈔陸佃《埤雅》之文，未曾自下一字，不知刊經解者何以收編，四庫又何以入錄，其人其書皆可廢也〔註171〕。」今觀其書，博采諸家之說，遍及字書、諸子、文集、類書、乃至讖緯之言。大抵《詩》博物學本易流於龐雜，唯其立意本承漢儒訓詁之學，於宋學風下誠屬難得。四庫崇漢學抑宋學，此所以收編故耳。又《四庫提要》云：「佃安石客，卞安石壻也，故佃作《埤雅》，卞作此書，大旨以《字說》爲宗〔註172〕。」惜《字說》散佚，今檢視《埤雅》與卞書，確有雷同處，或皆出於《字說》。

卞爲人傾邪姦險，犯天下之大惡，因其人及其書，不免群相排斥。以《詩》博物學觀之，其爲說徵引發明，亦有出於《正義》、陸《疏》者，何可輕言廢矣。

四、卷本

卞之書，《陳錄》云：「其曰自釋天至釋雜凡十類。」今觀其書，實自〈釋天〉至〈雜解〉凡十一類矣。《四庫提要》以爲：「蓋傳寫誤脫一字也。」然詳味陳氏之言，或其所見本之目錄，將「雜釋」、「雜解」誤合爲「釋雜」一類，不可知矣。

《宋志》錄此書作二十卷，後世書錄大抵皆同。唯世善堂、述古堂錄有鈔本八卷，知有鈔本傳世，不知其詳〔註173〕。

1、通志堂經解本

2、文淵閣四庫全書本

3、清抄本

北京圖書館藏本，有朱昌燕跋語

〔註170〕見《直齋書錄解題》卷二。
〔註171〕同註167。
〔註172〕同註164。
〔註173〕自《宋志》以下，迄於清，本書僅三見著錄，即《國史經籍志》、《世善堂書目》、《述古堂書目》。

《詩地理考》　　王應麟撰

一、作者

王應麟，見本文第二章，第四節《詩考》敘錄。

二、內容

是書六卷，首列地理總說一卷，卷一、二為《國風》，卷三、四為《二雅》，卷五為《三頌》。據應麟自序云：「是用據傳箋義疏，參諸《禹貢》、《職方》、《春秋》、《爾雅》、《說文》、《地志》、《水經》、罔羅遺文古事，傳以諸儒之說，列鄭氏譜十七首，為《詩地理考》〔註 174〕。」觀其言，總說及各卷，既取鄭氏譜分列為十七處，其末一卷，又取譜中地名而歷考之，其已見者，但繫其目，而於首行標一序字，其實專釋譜中之地名，非釋序中之地名也〔註 175〕。至所釋，往往採撮群書，標自分隸，而不自下一語，此《四庫提要》所以稱其「得失竝存」者〔註 176〕。

至於撰述主旨，據應麟自序云：「因詩以求其地之所在，稽風俗之薄厚，見政化之盛衰，感發善心，而得性情之正，匪徒辨疆域云爾。」又總說引《書大傳》云：「聖王巡十有二州，觀其風俗，習其情性，因論十有二俗，定以六律、五聲、八音、七始〔註 177〕。」知所以因地以求義理矣。故所述地名，亦往往兼及義理，如〈桑中〉條引朱氏曰：「桑間衛之桑中是也，夫子於鄭衛潑絕其聲於樂，以為法，而嚴立其辭於詩以為戒〔註 178〕。」

三、評述

是書為宋代唯一的《詩》地理學專著，應麟自序其著述之旨云：「夫詩由人心生也，風土之音曰風，朝廷之音曰雅，郊廟之音曰頌，其生於心一也，人之心與夫天地山川流通，發於聲，見於辭，莫不繫水土之風，而屬三光五嶽之氣〔註 179〕。」此意對清代學者頗多啟發，實為一學術風氣之先導矣。

是書博采前言，惜少論斷，此《鄭記》所謂：「博而寡要，勞而少功」〔註 180〕者，《四庫提要》評之曰：「兼持兩端，亦失斷判。」又書中亦收與地理無關的辭條，

〔註 174〕見《詩地理考》卷首，〈敘言〉。
〔註 175〕見《鄭記》卷八，《詩地理考》條下。
〔註 176〕見《四庫提要》卷十五，《詩地理考》條下。
〔註 177〕見《詩地理考》卷首，詩地理總說。
〔註 178〕同註 174。
〔註 179〕同註 174。
〔註 180〕同註 175。

如「學校」、「共和」，體例尚欠嚴謹〔註181〕。

四、卷本

是書《宋志》作五卷，唯後世所見皆作六卷。

今可見是書有：《玉海》附刻十三種、津逮秘書本、學津討原本、四庫全書本、四庫薈要本、叢書集成初編本，皆同《詩考》所述。

《六經天文編》　　王應麟撰

一、作者

王應麟，見本文第二章，第四節《詩考》敘錄。

二、內容

是書裒輯六經之言天文者，以《易》、《書》、《詩》所載爲上卷，《周禮》、《禮記》、《春秋》所載爲下卷。其中《詩經》部分，凡十則。所言舉凡星象、陰陽、五行、風雨以及卦義悉彙集之〔註182〕，如三五參昴、三星在天、大東眾星，所以言星象也。七月流火，歲亦陽止，十月之交所以言陰陽也。挈壺漏刻，所以言計時也。正月繁霜，所以釋卦義也。

至所採錄以先儒經說爲多，義有未備則旁涉經史，偶亦兼及〈天文志〉，《解頤新語》，《大衍曆議》，楊泉《物理論》，《埤雅》等，所采經說除《鄭箋》、孔氏《正義》外，餘以宋儒經說爲主，大抵少加論斷。

三、評述

蓋三代以上推步之書不傳，論者以謂古法疎而今法密，唯觀乎六經所載，未始非推步之根，特古文簡約，不能如後世推演詳密耳。至歲差、時差之計算，與夫星象陰陽之觀察，見諸《詩經》者，往往關乎意象之表現，《詩》旨之闡發，歷代經說亦兼及之，是爲讀經之基礎，是編列舉，得見其大要。

四、卷本

是書《宋志》載之六卷，至《四明續志》作二卷，《經義考》據《宋志》著錄，唯注曰今本二卷，蓋今所見本亦皆作二卷，則六卷本失傳久矣〔註183〕。

1、玉海附刻本

〔註181〕同註176。
〔註182〕見武英殿聚珍本《六經天文編》卷前提要。
〔註183〕同上註，另見《經義考》卷二四五。

　　　　詳見本文第二章，第四節《詩考》敘錄。

2、文淵閣四庫全書本

3、學津討原本

4、清芬堂叢書本

5、叢書集成初編本（覆學津討原本）

第四節　問辨考證

　　經有疑難，其殆出於專門之學，臆見異說，自相矛盾者，然所疑有是非，難有當否。宋儒於《詩》學辨之最烈者，〈詩序〉也。劉敞《七經小傳》出，而〈序〉說之可疑已明。樵始爲問辨類專著，直指〈詩序〉乃「村野妄夫」所作，王質撰《總聞》，接續其端，周孚撰《非詩辨妄》，摘難其說，疑經之風自此起。朱熹〈詩序辨說〉，論辨〈序〉說之穿鑿。車似慶考邪詩，以證《三百篇》經文之可疑。王柏議刪詩三十一篇，撰爲十辨，而詩三百不復爲漢儒之舊矣。至程大昌於〈大、小序〉外，又別爲體制之考辨。王應麟《詩考》，則輯《三家詩》佚文，以復漢儒詩學原貌。述問辨考證之屬九家。

《六經奧論》　　題鄭樵撰

一、作者

　　舊題鄭樵撰。實出後人纂輯，其中有出自樵手者，亦有後人竄入者。樵傳略見本文第三章，《詩辨妄》敘錄。

二、內容

　　今所見《六經奧論》，《詩經》部分凡二十三則〔註184〕，與《古今圖書集成》所錄《詩辨妄》相較，多卷末〈解經不可牽強〉一篇，又第一篇《集成》作〈四家詩〉，《奧論》作〈毛氏傳〉。餘則大抵相同，僅文字略有出入。

三、評述

　　是書所論頗有可采，始〈二南辨〉以爲《周》、《召》之詩，乃本於所得之地而係之耳，歌則從二南聲，周、召二公未嘗與其間。〈關雎辨〉、〈國風辨〉則大抵申主歌不主義之主張。〈論亡詩六篇〉則云：「六亡詩乃笙詩，肆夏乃金奏，初無辭可傳

_____

〔註184〕二十三則條目，詳見本文《詩辨妄》條下，附註。

也。」皆能棄詩教迂曲之說，而得詩樂之原貌。

至於〈風有正變辨〉下云：「風有正變，仲尼未嘗言，而他經不載焉，獨出於〈詩序〉。」遂以論風之正變，述變之正云云，大抵本乎〈序〉說。又論〈詩序〉，以爲〈小序〉作於衛宏是也，〈大序〉蓋出於當時採詩太史之所題。此與《詩辨妄》以〈序〉作於村野妄夫者，大異其趣。且又云：「其辭顯者，其序簡，其辭隱者，其序備，其善惡之微者，序必明著其述，而不可以言殫者，則亦闕其目。」實不類樵之言。

四、卷本

是書《陳錄》、《晁志》、《文獻通考》、《宋志》俱不載，倪氏《宋志補》、《經義考》始載之。據黎氏序，以爲鄭樵所著，荊川唐氏輯〔註 185〕，《經義考》以其論與《通志》略不合，且樵嘗上書自述其作，臚列名目甚悉，而未及是書，遂以其非樵所作〔註 186〕。《四庫提要》亦以其論與《詩辨妄》相反，又天文辨一條，引及樵說，稱夾漈先生，足證不出樵手，且引晦庵詩說，則其作乃宋末人矣，故刪樵名〔註 187〕。

顧頡剛則以爲其中有出樵手者，亦有他人雜湊者，蓋出自後人之纂輯者也〔註 188〕。

1、通志堂經解本
2、舊抄本
　　書存國立中央圖書館，未明抄於何時。
3、文淵閣四庫全書本
4、四庫薈要本
5、藤花榭本
6、嘉慶間蔡熙曾刻本
7、杜藕山房叢書本（合一卷，標《六經奧論鈔》）

《非詩辨妄》　周孚撰

一、作者

周孚，字信道，自號蠹齋，濟南人〔註 189〕，家避亂南徙，居丹徒。乾道二年

〔註 185〕見《鄭堂讀書記》卷二，《六經奧論》下。
〔註 186〕見《經義考》卷二四五，《六經奧論》條下。
〔註 187〕見《四庫提要》卷三三。
〔註 188〕見〈鄭樵箸述考〉。
〔註 189〕陳珙〈蠹齋鉛刀編序〉，《南宋文範‧作者考》，作「濟南」人。《宋史翼》、《宋元學

（1166 年）擢進士第，登第十年，始官眞州教授。淳熙四年（1177 年），在任以疾卒〔註190〕。年四十三。

孚天資穎異，七歲能通《春秋左氏傳》，陳珙〈蠹齋鉛刀編序〉，謂其博聞強記，尤邃於楚騷、遷史、唐韓、杜氏之詩文，而博以宋代諸公名世之作，爲文長於敘事。著有《蠹齋鉛刀編》，《非詩辨妄》，《春秋講義》〔註191〕。

二、內容

本書總一卷，據孚自序云：「凡四十二事」，實有五十一事，去其重者一事，尙有五十事。除第四十九條，言「《周頌》之敘，多非依倣篇中之義爲言，知所傳爲眞。」乃就鄭樵所言而言外，餘皆針對樵之言而駁之。

蓋南宋之《詩經》學，大抵表現在尊〈序〉、廢〈序〉的對立。鄭樵以〈詩序〉乃村野妄人所作，欲盡廢之。陳振孫已評之曰：「不知而作者」〔註192〕。周孚攻其對《毛傳》、《鄭箋》所言之謬者，凡九條。其自序嘗云：「自漢以來，六經之綱領具矣，學者世相傳守之……而鄭乃欲盡廢之，此予所以不得已而有言也。」知此九條實孚主要欲言者也。至所言則皆採舊說，於〈詩序〉又尊蘇轍所言。

另駁之較詳者，多爲名物訓詁之屬，凡草木、天文、地理、世次，共十七條。餘於詩之六義及六笙詩問題亦有所論。

三、評述

孚之書據《四庫提要》云：「鄭樵作《詩辨妄》，決裂古訓，橫生臆解，實汩亂經義之渠魁，南渡諸儒多爲所惑，而孚陳四十二事以攻之，根據詳明，辨證精確，尤爲有功於詩教。今樵書未見傳本，而孚書巋然獨存，豈非神爲呵護以延風雅一脈哉〔註193〕。」蓋四庫本宗漢學，所論不免偏頗。顧氏稱周孚書，因代表一班學究說話，因此大有名望〔註194〕，實不無根據。

觀乎內容，或援例以證，或隨手批駁，要皆無一中心主旨，此顧氏所謂「都是一些枝辭碎義」。蔣善國則云：「除了第三、第五、第十、第十二、第十六、第十九、

案補遺別附》則作「濟北」。

〔註190〕見《宋百家詩存》卷六，陳珙〈蠹齋鉛刀編序〉。

〔註191〕見《宋元學案補遺別附》卷二，有〈春秋講義〉一卷。據《經義考》云：「周氏講義止及隱公，凡一十六條，附載《蠹齋鉛刀編》。」

〔註192〕《直齋書錄解題》錄《夾漈詩傳》二十卷《辨妄》六卷云：「鄭樵撰《辨妄》者，專指毛鄭之妄，謂〈小序〉非子夏所作可也，盡削去之，而以己意爲之序可乎？樵之學雖自成一家，而其師心自是，殆孔子所謂不知而作者也。」見《陳錄》卷二。

〔註193〕見《四庫提要》卷一〇九，《蠹齋鉛刀編》條下。

〔註194〕見〈鄭樵著述考〉。

第三十八數條外，其餘多沒有什麼價值〔註195〕。」諸如第七條駁樵：「《詩》、《書》可信，然不必字字可信」而言「斯言也，非六經之福也，鄭子爲此言忍乎？」又於第三十四、三十九兩條，僅言：「此蘇子之言也，申言之何益。」實皆殘叢小語，非關宏旨矣。

又其所論，引轍者凡六條，引歐陽脩者凡二條。餘於漢宋學者皆未稱引，知其論之標準，乃欲復北宋初期之觀，非欲返漢儒之學也。

四、卷本

據周孚〈非詩辨妄自序〉云：「總而次之，凡四十二事，爲一卷。」又朱氏《經義考》亦著錄一卷。余嘉錫《四庫提要辨證》云：「三十二卷本（《蠹齋鉛刀編》）中附刻此書，而三十卷本未曾附刻，則此書原帙應分二卷。」今據周氏〈自序〉，或《蠹齋鉛刀編》編印之初，將原書分爲二卷。後世《玉雨堂叢書》源自《鉛刀編》而爲二卷，原帙當如〈自序〉作一卷。

1、涉聞梓舊本
2、別下齋叢書本
3、叢書集成初編本（覆涉聞梓舊本）
　　此本於下象鼻有「別下齋叢書」五字。蓋二本乃蔣光煦前後所刊矣。
4、玉雨堂叢書本

《詩總聞》　王質撰

一、作者

王質，字景文，其先鄆州人，後徙興國。紹興三十年（1160年）進士，官至樞密院編修官〔註196〕。孝宗時，虞允文以質鯁亮不回，且文學推重於時，可右正言，時中貴人用事，多畏憚質，陰沮之，出通判荊南府，改吉州，皆不行。奉祠山居，淳熙十五年（1188年）卒，年五十五〔註197〕。

質博通經史，善屬文，早游太學，與九江王阮齊名〔註198〕。阮稱其「論古如

〔註195〕見《三百篇演論》。
〔註196〕《南宋文範・作者考》云：官至樞密院編修右正言。今據《宋史》，孝宗時，允文嘗薦爲此，因中貴人沮之，不行。
〔註197〕見《宋史》卷三九五，〈王質本傳〉，另周亮工《書影》卷八云：宋末汶陽王質。誤矣。
〔註198〕同註196。

讀酈道元《水經》，名川支川，貫穿周匝〔註199〕。」嘗著《朴論》五十篇，言歷代君臣治亂，另有《詩總聞》、《紹陶集》、《雪山集》〔註200〕。

二、內容

是書二十卷，取詩三百，每章說其大義，復有聞音、聞訓、聞章、聞句、聞字、聞物、聞用、聞跡、聞事、聞人之別。卷首並為詩總聞原例，述此十聞之所由作也。凡音韻、字義、分段、句讀、字畫、鳥獸草木、器物、山川土壤州縣鄉落、事實、姓號，皆推尋古隱方俗，多有引述，並論斷之。又間為總聞，述詩義大旨，兼及名物音叶。另有聞南、聞風、聞雅、聞頌冠四始詩之首。

其書多出新意，不循舊傳〔註201〕，〈葛覃〉下總聞曰：「說詩當即辭求事，即事求意，不必縱橫曼衍，若爾將何時而窮，一若稽古至三萬言，無足訝也，近有講此詩者，縱言及妻妾之事，自譽以為善諷，妻妾，古有明訓，觸事觸辭及之，因以感動，所謂辭順而意篤也，遺本旨而生他辭，竊取其美以覆芘，其不知此說經之大病也〔註202〕。」此其說詩之旨，陳日強所謂「至於以意逆志，自成一家，真能瘳寐詩人之意於千載之上，斯可謂窮經矣〔註203〕。」

三、評述

黃震《日鈔》曰：「雪山王質，夾漈鄭樵始皆去〈序〉言詩，與諸家之說不同。」〔註204〕蓋質說詩不及〈小序〉，其意實與朱熹同，然為說卻各異，此陸深曰：「王景文《詩總聞》，頗與《朱傳》不合，然多前人所未發〔註205〕。」又《四庫提要》曰：「質說詩不字字詆〈小序〉，故攻之者亦稀，然其毅然自用，別出新裁，堅銳之氣乃視二家為加倍〔註206〕。」

又質書不言美刺，直指《國風》為淫者有三：《鄭風·野有蔓草》、《溱洧》，《陳風·東門之枌》〔註207〕，正所以欲探求古始者，唯所言仍不免穿鑿，尤以情詩之解釋為甚〔註208〕，如指《秦風·蒹葭》為思賢臣之作，《陳風·東門之池》為安分君

〔註199〕見《雪山集》，王阮前序。
〔註200〕見《南宋文範·作者考》卷上。
〔註201〕見《陳錄》卷二，《詩總聞》二十卷條下。
〔註202〕見《詩總聞》卷一。
〔註203〕見《詩總聞》卷前，陳日強跋文。
〔註204〕見《黃氏日鈔》卷四，讀《毛詩》。
〔註205〕見《經義考》卷一〇六引。
〔註206〕見《四庫提要》卷十五。
〔註207〕詳見《王柏之詩經學》，第三章，第三節宋人指《國風》有淫篇者。
〔註208〕詳見《詩經研究史概要》，「宋學詩經研究的幾個問題」章。

子之辭，此《四庫提要》評之曰：「然其冥思研索，務造幽深，穿鑿者固多，懸解者亦復不少，故雖不可訓，而終不可廢焉〔註209〕。」

　　至其以為「皇王烝哉」二章，當移「武王烝哉」二章之後，並云：「舊移〈武成〉次第，而〈武成〉一篇遂整，今移〈文王有聲〉次第，而〈文王有聲〉一詩亦頗明。」如此特欲文體整齊，謂是錯簡，實可不必〔註210〕。

四、卷本

　　《宋志》著錄王質《詩總聞》二十卷，《授經圖》，《經義考》，四庫所載皆同。唯《陳錄》、馬氏《經籍考》作三卷，不知何據。又《陳錄》於《雪山集》下云：「嘗著《詩解》三十卷」，今未見。

　1、宋刊本

　　據淳熙癸卯（1183年）陳日強跋云：「雪山王先生《詩說》二十卷，其家槥藏且五十年，未有發揮之者，臨川車國正韓公攝守是邦，慨念前輩著述不可湮沒，迺從其孫宗旦求此書鋟梓。」知是書淳熙間已有刊本。今未見。

　2、明澹生堂抄本

　　據《持靜齋藏書紀要》，有澹生堂舊抄本，此本乃據宋本過錄，後歸張鈞衡，據張志云：「收藏有何焯之印，屺瞻兩朱文連珠印，禹生氏珍賞白文小印。」

　3、清趙氏抄本

　　述古堂錄此書一本，題閣宋本抄。又錢氏《讀書敏求記》云：「趙清常從宋閣（刊）本抄錄，惜缺二十餘葉，藏家無從借補俟更覓之。〔註211〕」
　　又國立中央圖書館藏一部，卷首鈐有貴陽趙氏藏印，卷中並有其批語。是本接收自澤存書庫。

　4、清周亮工、謝肇淛舊藏抄本

　　周亮工《書影》云：「謝在杭錄之秘府，諸子盡賣藏書，近為陳開仲購得之，歸之予。」又《四庫提要》云：「則其不佚者僅矣。」知是書即四庫底本。
　　《五十萬卷樓藏書志》載一本，卷首有翰林院滿漢篆文九疊文大方印，而無卷面之朱記，亦即此本矣。

　5、舊抄本

　　《皕宋樓藏書志》、《愛日精廬藏書志》、《瞿目》，載此書，皆題舊抄本。

<hr>

〔註209〕同註206。
〔註210〕詳見《宋人疑經改經考》，第三章，第四節考訂錯簡。
〔註211〕見《讀書敏求記》卷一，原注云：「與周亮工本同出一源。」

又國立中央圖書館藏一部，亦題舊抄文，卷內鈐有「愛閒居士」、「莁圃」、「桐軒收藏」、「禮培私藏」、「掃塵齋積書記」諸藏印。

6、四庫全書本

7、四庫薈要本

8、武英殿聚珍本

9、經苑本

10、湖北先正遺書本（覆武英殿聚珍本）

11、叢書集成初編本（覆經苑本）

《詩議》　　程大昌撰

一、作者

程大昌，字泰之，徽州休寧人。十歲能屬文，登紹興二十一年（1151 年）進士第，著十論言當世事，獻於朝，宰相湯思退奇之，擢太平州教授。孝宗即位，遷著作佐郎。光宗嗣位，徙知明州。尋奉祠，紹熙五年，請老，以龍圖閣學士致仕，慶元元年（1195 年）卒，年七十三，謚文簡〔註212〕。

大昌篤學，於古今事靡不考究。著有《禹貢論》、《易原》、《易老通言》、《山川地理圖》〔註213〕、《考古編》、《演繁露》、《雍錄》、《北邊備對》、《書譜》。

二、內容

據大昌自序云：「而世人苟循習傳之舊，無能以其所當據，而據其所不當據，是敢於違背古聖人，而不敢於是正漢儒也，嗚呼此《詩議》之所爲作也。」知其論多異漢儒之說。所言又以考證研究《詩經》體例、入樂、〈大、小序〉等問題爲主。僅據《學海類編》錄十八篇名：

1、論古有二南而無國風之名

2、論南、雅、頌爲樂詩，諸國爲徒歌

3、論南、雅、頌之爲樂無疑

4、論四詩品目〔註214〕

5、論《國風》之名出於左荀

〔註212〕見《宋史》卷一九二，〈程大昌本傳〉。又《王雙集》卷四，有覆文簡謚議。

〔註213〕宋史本傳不載是書。《南宋文範》卷七，周必大〈程公神道碑〉載之。並云：「端明殿學士汪公應辰，博洽重許可，讀之大歎服，謂不可及。」

〔註214〕陸元輔作「四始品目」。黃忠愼以爲當作「四詩品目」此從之。詳見《宋代詩經學》。

6、論左荀創標風名之誤

7、論逸詩有𨙻雅、𨙻頌，而無𨙻風

8、論𨙻詩非〈七月〉

9、論〈詩序〉不出於子夏

10、論〈小序〉綴語出於衛宏

11、論〈詩序〉不可廢，國史作古序

12、改定《毛詩》標題〔註215〕

13、論《毛詩》有古序，所以勝於《三家》

14、論采詩、序詩因乎其地

15、論南爲樂名

16、解周道闕而〈關雎〉作〔註216〕

17、論詩樂

18、論商魯頌。

三、評述

　　唐應德云：「其文義蔚然，繹其論議，洵多獨得之見，」〔註217〕觀其言，如論
𨙻詩非〈七月〉，由大司樂以下，《詩》之入樂者皆枚數篇名，以證《鄭箋》純屬臆
測。論〈小序〉綴語出於衛宏。論〈詩序〉不可廢，國史作古序，皆有精到處。又
其說之主要貢獻，乃在南、雅、頌的分類。以爲雅頌混一，其樂不正，必爲夫子所
刊削。又南爲樂歌之名。南、雅、頌依樂調而分，所言大抵不誤。

　　至其云古有二南而無國風之名，以國風之名蓋出漢儒附會，此唐應德嘗辨之
曰：「風雅頌之名，《周禮》、《左傳》、《荀子》有之、季札亦言之，而程氏必謂有二
南而無國風，憑臆妄決，無所稱據，亦難免於穿鑿之譏矣。」毛奇齡亦舉，《禮記》
以駁詰之，《四庫提要》則直稱其唯在求勝漢儒。蓋國風之名，至《荀子》始有之，
知晚於雅頌，大昌之言不爲無據，唯每以「南、雅、頌」並稱，則過矣〔註218〕。

　　又《四庫提要》云：「觀其於左氏所言季札觀樂，合於己說者，則以傳文爲可
信，所言風有〈采蘩〉、〈采蘋〉，不合己說者，則又以傳文爲不可信，顛倒任意，務

〔註215〕陸元輔作「據季札序詩篇次知無風名」。《四庫提要》原注云：「此篇爲改定《毛詩》
　　　　標題，元輔此語未明。」
〔註216〕陸元輔作「論〈關雎〉爲文王詩」。《四庫提要》原注云：「此篇周道闕而〈關雎〉
　　　　作一語，非論文王，元輔此語亦未明。」
〔註217〕見《經義考》卷一〇六引。
〔註218〕見《宋代詩經學》，第五章，第四節。

便己私，是尚可與口舌爭乎？且即所謂可據者，言之十五國風同謂之周樂，南雅頌亦同謂之歌，不云南雅頌奏樂，國風徒歌也，豈此傳又半可據，半不可據……。」誠正得《詩論》之要害也〔註219〕。

四、卷本

是書本載大昌《考古編》中，故《宋志》不列其名，《經義考》始別出，名爲《詩議》，《學海類編》作《詩論》，《江南通志》則作《毛詩辨正》。又《學海類編》作十八篇，《經義考》則據陸元輔之言，作十七篇，乃併末兩篇爲一，考原本亦作十七篇，元輔之言不爲無據，然詳其文意，論詩樂與論商魯頌了不相屬，似《考古編》刻本誤合，曹本分之，亦非無見也〔註220〕。

今可見《考古編》傳本頗多，如中央圖書館藏舊抄本一部，又《文淵閣四庫全書》、《說郛》、《學津討原》、《函海》、《聚珍板叢書》、《叢書集成初編》皆有收錄。至《詩議》單行本又有：
1、學海類編經翼本
2、藝海珠塵金集本
3、叢書集成初編本（覆學海類編本）

《詩序辨說》　　朱熹撰

一、作者

朱熹，見本文第二章，第二節《詩集傳》敍錄。

二、內容

據熹辨說云：「則〈序〉乃宏作明矣，與鄭氏又以爲諸序本自合爲一編，毛公始分以寘諸篇之首……故此序者，遂若詩人先所命題，而詩文反爲因序以作，於是讀者轉相尊信，無敢擬議，至於有所不通，則必委曲遷就，穿鑿而附合之。」又云：「余之病此久矣，然猶以其所從來也遠，其間容或眞有傳授證驗而不可廢者，故既頗采以附傳中，而復并爲一編，以還其舊，因以論其得失云〔註221〕。」則纂述之意明矣。今觀其文，時見有「說見綱領」〔註222〕、「說見本篇」者，知是書作於《集傳》、《綱領》完成後，所論亦大抵相通。

〔註219〕程大昌《詩論》引據以《左傳》爲主，而其中務便己私之處極多，故往往矛盾叢生。
〔註220〕見《四庫提要》卷十七。
〔註221〕見《詩序辨説》卷前語。
〔註222〕同上註。〈大序〉下。

此書，所以攻〈序〉者三也，一曰妄生美刺，其云：「只緣序者立例，篇篇要作美刺說，將詩人意思盡穿鑿壞了〔註223〕。」故凡〈序〉說美刺者，熹大抵皆辨之。二曰隨文生義，〈序〉說往往依詩首一二言，即發爲大論，此熹每皆直指辨說之，如〈甫田〉，〈裳裳者華〉，〈桑扈〉等。三曰穿鑿附會，〈序〉中穿鑿附會者極多，此熹斥爲「傅會書史，依託名諡，鑿空妄言，以誑後人者〔註224〕。」

三、評述

姚際恒嘗云：「朱仲晦作爲《辨說》，力詆〈序〉之妄，由是條爲集傳，得以肆然行其說，而時復陽違〈序〉而陰從之〔註225〕。」蓋熹詩說多采〈序〉說，如前所述，至觀《辨說》之文，所以攻〈序〉之旨已明，所言亦較《集傳》明確。唯亦有贊同〈序〉說者，如〈樛木〉、〈芣苢〉、〈汝墳〉、〈采芑〉、〈甘棠〉、〈行露〉、〈小星〉等，其間固有〈序〉說可取而取之者，然亦有熹受《詩譜》正變說之影響而誤者。

又《詩辨說》中有云未可知者，如〈鼓鐘〉；有以爲時世不可考或未必然者，如〈小戎〉、〈鴻雁〉，皆寧存疑闕者。至於僅言〈序〉誤，而言之不詳者，如〈臣工〉、〈噫嘻〉等，知其言亦有所限。

四、卷本

1、明刊津逮秘書所收（汲古閣本、景汲古閣本）
2、朱子遺書重刻合編本（西京清麓叢書初編）
3、學津討原本（嘉慶本，景嘉慶本）
4、叢書集成初編本（覆津逮秘書本）

《詩考》　王應麟撰

一、作者

王應麟，字伯厚，慶元府人〔註226〕，生於寧宗嘉定十六年（1224年），淳祐元年（1242年）舉進士，寶祐四年（1257年）復中博學鴻辭科，官至禮部尚書兼給事中，入元，不出，大德三年（1299年）卒，學者稱厚齋先生〔註227〕。

應麟學問賅博，文章典贍，生九歲即通六經。十九歲前從其父撝學，蓋四明之

〔註223〕見《詩傳遺說》卷二。
〔註224〕見《詩序辨說》，《邶風‧柏舟》篇下。
〔註225〕見《詩經通論》卷首，詩經論旨。
〔註226〕見《宋史》卷四三八，〈王應麟本傳〉。《南宋文範》作祖籍浚儀。
〔註227〕見《宋元學案》卷八五，〈深寧學案〉，王應麟條下。

學多宗陸氏，攝師事史彌鞏，以接陸學，又從樓昉學，以接東萊〔註228〕。應麟十九歲始從王埜、徐鳳習詞學，王、徐學從真德秀，真氏又師詹儀，詹儀傳朱子之學於四明者。由是應麟之學得接朱子之統，江貝瓊嘗云：「自厚齋尚書，倡學者以考亭朱子之說〔註229〕。」則四明學風之變陸而宗朱，應麟與有功焉。《宋史》但夸其辭業之盛，實不知辭科習氣未盡，正應麟之憾也〔註230〕。著述凡三十餘種，兼貶史評，如《通鑑答問》；箚記，如《困學紀聞》；類比，如《小學紺珠》，《玉海》；考證，如《詩地埋考》，《漢藝文志考證》，《漢制考》，《通鑑地理通釋》；輯佚，如《詩考》，《周易康成注》等。

二、內容

應麟說《詩》之作凡六種，其中《玉海紀詩》全錄《詩考》文，《詩辨》、《詩草木鳥獸廣疏》，今未見。

是書六卷本，卷首為三家詩傳授圖，卷一韓詩，卷二魯詩，卷三齊詩，卷四逸詩，卷五詩異字異義，卷六補遺，一卷本則無三家詩傳授圖。《四庫提要》云：「應麟檢諸書所引，集以成帙，以存三家逸文，又旁搜廣討異字異義，曰逸詩，以附綴其後，每條各著其所出，所引韓詩較夥，齊、魯二家僅寥寥數條，蓋韓詩最後亡，唐以來注書之家引其說者多也，卷末別為補遺，以掇拾所闕〔註231〕。」

應麟自序：「文公語門人，文選注多《韓詩章句》，嘗欲寫出，應麟竊觀傳記所述三家緒言，尚多有之，網羅遺軼，傅以《說文》、《爾雅》諸書粹為一篇，以扶微學，廣異義，亦文公之義云爾〔註232〕」。知所輯佚，蓋本朱熹《集傳》之意而廣大之，所輯凡韓詩三百八十三條，魯詩十五條，齊詩十四條。又逸詩五十一條，所以明未編入《詩經》之先秦詩作，亦有其資料價值。

三、評述

是書為最早之《三家詩》輯佚專著，此一工作至清代後有增益，如陳喬樅《三

〔註228〕據〈深寧學案〉，全祖望按云：「深寧之父，亦師史獨善，以接陸學，而深寧紹其家訓，又從王子文以接朱氏，從樓迂齋以接呂氏。」又《宋元學案補遺》卷七十二，〈麗澤諸儒學案〉，王梓材云：「李悅齋為紹興庚戌進士，厚齋尚書以嘉定癸未生，相去三十四年，且其父溫州已是幼從迂齋，尚書未必再及樓門，當是王厚齋尚書之父之偽脫耳」今從梓材說。

〔註229〕同上註，黃百家引清江氏之言。

〔註230〕同上註，全祖望云：「予之微嫌於深寧者，正以其辭科習氣未盡耳。若區區以其《玉海》之少作為足盡其底縕，陋矣。」

〔註231〕見《四庫提要》卷十五，《詩考》條下。

〔註232〕見《詩考》卷首，王應麟自序。

家詩遺說考》，王先謙《詩三家義集疏》，皆踵事增修，而終當以應麟為首庸。其書體例詳備，《四庫提要》稱其「蒐輯頗為勤摰」，董斯張亦評曰：「引諸書字義異同，及薛君《韓詩章句》，極為詳覈」，屈萬里先生則稱其存古學而不專侫其說，且為輯佚書開山之作〔註233〕。

　　唯亦不免疏略處，如范家相指其所錄逸詩，皆子書雜說，且不當錄及殷以前言〔註234〕。另有董斯張，增補十九條，胡文英《詩考補》，盧文紹等增校本，皆所以補其疏略也〔註235〕。

四、卷本

　　《文獻通考》載王應麟《詩考》五卷，《宋志》〔註236〕亦作五卷。蓋今所見大抵有六卷、一卷兩種。《經義考》作《宋志》五卷，今六卷。元泰定本作六卷。另（元）慶元路《玉海》附刻本作一卷，明毛晉汲古閣之津逮秘書本，清張海鵬之學津討原本皆據慶元路本翻刻，四庫著錄亦一卷。《楹書隅錄》云：「《玉海》通為一卷，此本（元泰定本）六卷，猶是王氏舊第」大抵不誤。至若五卷本則未見，或為別本，或為誤字，不可知。

　1、元泰定刊本

　　　《愛日精廬藏書志》、《皕宋樓藏書志》、《楹書隅錄》、《五十萬卷樓藏書目錄》、《邵目》所錄皆此本，題《韓魯齊三家詩考》六卷。

　　　是書無王應麟自序及後序，而有景定五年文及翁及延祐甲寅胡一桂序。每半葉十一行，行二十二字，大黑口，卷前有「泰定丁卯仲冬翠嚴精舍新刊」木記。又北京圖書館、日本靜嘉堂文庫皆藏有此本。

　2、玉海附刻十三種

　　　據《皕宋樓藏書志》，著錄是書元刊元印本一部。中央圖書館、台北故宮博物院皆藏元慶元路本，即此本。

　　　另此本有明萬曆間補刊本，《國防研究院善本書目錄》載此書明萬曆刊本一部，迨即此本矣。

　　　又此本另有乾隆間補刊本，浙江書局本，成都志古堂本。

　3、舊鈔本

〔註233〕詳見《詩經釋義》，敘論，八、歷代詩學的演變。
〔註234〕同註231。
〔註235〕按董斯張所補，見津逮秘書本《詩考》所附。胡文英增訂本北京圖書館藏一部，二冊。
　　　　盧文弨增校手抄本，見丁丙《善本書室藏書志》，又中央研究院史語所亦藏一部。
〔註236〕見《宋志・不著錄之部》。

《善本書室藏書志》錄《詩考》六卷，題舊鈔本，振綺堂汪氏藏書，浚儀王應麟撰集，范陽盧文弨增校，前後有王應麟自序，文、胡二序則無。

4、津逮秘書本

國立中央圖書館及臺大圖書館，皆藏明毛晉汲古閣刊此書一部，爲津逮秘書第一集所收。

又有民國六十九年，中文出版社影印本。

5、明刊本

中央研究院史語所藏一部。

6、文淵閣四庫全書本

7、四庫薈要本

8、學津討原第二集本

9、叢書集成初編本（覆津逮秘書本）

《五經論》　車似慶撰

一、作者

車似慶，字石卿，號隘軒，黃巖人。瑾子，潛心理學，隱居樂道，年已及耄，觀書猶至夜分。釋經評史，榷古商今，不襲簡策陳言，迥出新意，自成一家，著有《五經論》、《閒居錄》、《隘軒集》〔註237〕。

二、內容

是編所言，大抵論「詩無邪」之旨，與夫邪詩之所由作也。其云：「詩之未刪，邪正雜揉，不知其幾，自夫子正之，刪其蕪穢，筆之簡冊者，皆正詩也，而邪詩習熟於邪人之口耳，布傳於私室之簡冊者，猶在天下，夫子豈能刪之哉〔註238〕？」則今《詩經》之有邪詩者，乃因取天下口傳之詩，以補秦火之餘，至於風雅頌之正者，出孔氏之手，蓋皆爲正詩也。

三、評述

蓋似慶所言，於邪詩之所存，孔子所云「思無邪」之旨，與夫邪詩雜入《詩三百》之原由，皆言之甚詳，乃宋人淫詩說一派理論之創始者。又其孫若水云：「邪詩之說，先祖固言之矣，先祖自信其家學，不曾往見文公……然其所見乃暗與文公合

〔註237〕見《宋元學案》卷六六，車似慶條下。
〔註238〕見《赤城後集》卷二七所引《詩論》。

〔註239〕。」知其言雖不與熹相爲謀，卻有暗合處。唯其言本爲草創，所論既欠透澈，理亦不甚完備。

四、卷本

陳耆卿端平三年（1236年）序似慶《隘軒集》云：「隘軒年八十一而五經始論，後三年五月，若水始袖畀余〔註240〕。」知是書成於似慶晚年，時亦不甚傳。《經義考》載之，無卷數，曰佚。據所錄謝鐸言，知有抄本行世〔註241〕，今未見。

今有續台州叢書甲集本。

又《赤城後集》，卷二十七，錄有《詩論》一篇，即《五經論》之一。

《詩辨說》　　王柏撰

一、作者

王柏，字會之〔註242〕，一字仲會，婺川金華人，寧宗慶元三年（1197年）生，卒於度宗咸淳十年（1274年），年七十八，諡文憲〔註243〕。

柏祖師韓愈，從楊時習《易》、《論語》，父瀚學從祖謙。柏十五歲而孤，依長兄桐，初習時文，既而爲偶麗之文，後習古文詩律。少慕諸葛亮，自號長嘯。年踰三十，始知家學之原，捐去俗學，與友汪開之著《論語通旨》。一日愓然曰：「長嘯非聖門持敬之道」亟更以魯齋〔註244〕。

嘗自造朱熹門人如劉炎、徐僑請益，已遇楊與立，告以何基嘗從黃幹得熹之傳，即往從之。以立志居敬之旨，作〈魯齋箴〉勉之，有疑必從基質之，宗信熹之學，可謂篤矣。於《論語》、《孟子》、〈大學〉、〈中庸〉、《通鑑綱目》，標注點校尤甚精密。自是以後十年間，與郡人倪公度，公武兄弟，講學於縣南罳思山季原堂〔註245〕，來學者眾，其教必先以〈大學〉。後蔡杭〔註246〕、楊棟相繼守婺，趙景緯守台〔註247〕，

〔註239〕見《腳氣集》卷二。
〔註240〕見《台學統》卷二十。
〔註241〕見《經義考》卷二四五。
〔註242〕《宋史》卷四三八，〈王柏傳〉作會之，另一字，見王柏〈詩準詩翼序〉，自稱「王柏仲會父」，又朝鮮本《增刪濂洛風雅》，姓氏目次同此。
〔註243〕同上註。另《四明文獻集》卷五，王柏特贈承事郎詔。《仁山集》卷一，〈告魯齋先生諡文〉，知德祐間，賜諡憲，元世祖至正二十六年，門人金履祥等加「文」，私諡爲「文憲」。
〔註244〕此爲宋理宗端平元年事。見《王魯齋先生正學編》卷上。
〔註245〕見《金華縣志》卷一。
〔註246〕淳祐十一年，蔡杭知婺，聘爲麗澤書院山長。見《金華徵獻略》卷十七。

聘爲麗澤、上蔡兩書院師。著述甚豐，凡《讀易記》等四十餘種。

二、內容

是書二卷，卷一爲劄記式短文，凡五十三條，每條間若不相屬，且無序文，顧頡剛以爲未及身親定，後人隨手編次者，乃因《詩經》篇次重爲排列，定爲風、雅、頌、總說各節〔註248〕。今檢其文，首言〈行露〉首章、二章意全不貫，遂據劉向《列女傳》，以首章爲亂入，下或明詩旨，或論作者，或言體制，往往隨想隨寫，說風章段，忽轉論二雅，說雅之節次，突接頌之體制，誠「比次失倫，裒定紛錯」〔註249〕，甚而議刪詩三十一篇，次第錯亂至《王風》兩篇隔離，《秦風》置於齊前，殆屬稿未竟之作矣〔註250〕。

又總說七條，除末三條言詩之三變及刪詩外，餘皆評宋人詩說，凡程顥、朱熹、張載、顏之推等。

卷二，據柏自序云：「因讀《詩》而薄有疑〔註251〕，遂作十辨，一曰毛詩辨，二曰風雅辨，三曰王風辨，四曰二雅辨，五曰賦詩辨，六曰豳風辨，七曰風序辨，八曰魯頌辨，九曰詩亡辨，十曰經傳辨。」其言大抵與卷一相近，唯不似前卷積極。

三、評述

總觀柏詩說有三端：一、疑經，二、主義不主樂，三、刪淫詩。蓋宋人之疑經至柏而最甚，其說并經文、《左傳》記事、〈詩序〉、《傳箋》乃至師說朱熹之言而疑之〔註252〕。此《四庫提要》稱「自有六籍以來第一怪變之事」〔註253〕並云：「柏何人斯，敢奮筆而進退孔子哉，至於謂〈碩人〉第二章，形容莊姜之色太褻，《秦風·黃鳥》乃淺識之人所作，則更直排刪定之失，不復託辭於漢儒，尤爲恣肆。」知柏之言不容於清代學風，亦誠疑經派過火之作〔註254〕。

其書所疑以經文竄亂，標題錯誤者居多，其言又大抵立論於漢儒竄入，至言〈行

〔註247〕景定三年秋，趙景緯知台州，循上蔡書院山長楊棟之請，聘柏爲書院堂長，見《王文憲公集》卷十，〈魯齋先生壙記〉。

〔註248〕見辨僞叢刊本《詩疑》卷前，顧頡剛序文。

〔註249〕此借柏評朱子詩篇之語以評其書也。見《王文憲公集》卷十三，〈朱子詩選跋〉。

〔註250〕於此，程元敏師嘗列五項理由，以說明《詩疑》卷一乃柏未及身完成之作，詳見《王柏之詩經學》第二章，第二節。

〔註251〕見《詩疑》卷二，王柏自序。

〔註252〕見《詩經研究史概要》，宋學詩經研究中的幾個問題。

〔註253〕見《四庫提要》卷十七，《詩疑》條。

〔註254〕見《詩經釋義》卷前，敘論。

露〉首章亂入〔註255〕，〈下泉〉末章錯簡，提要尙稱「猶著其疑」〔註256〕，唯如調整三衛篇次，論標題之得失，皆欠實證，失之主觀〔註257〕。至於義理詩歌之辨，風雅頌本據樂調以分，柏主義理，遂有移《小雅》入《王風》，分頌體爲正變之誤〔註258〕，皆未能掌握分際矣。

又其議刪詩三十一篇〔註259〕，乃本朱熹「淫詩說」〔註260〕，唯所言過激，立論又泥於詩教、道統，蓋失之妄者矣。

四、卷本

據《宋志》，《授經圖》載王柏《詩辨說》二卷，《澹生堂書目》則載《詩疑》二卷。

《經義考》從《宋志》著錄，注云：「或作《詩疑》。《四庫存目》，並今通行本皆作《詩疑》。納蘭成德序通志堂本《詩疑》云：「繹其辭，殆即《詩辨說》，因公於書有《書疑》，遂比而同之也。」又據方回〈詩可言集序〉，引魯齋詩說之語，正可見今本卷上，或卷上部分本名《詩說》。又今本下卷爲詩十辨，首冠〈詩辨序〉，則下卷或可名《詩辨》，如此則名曰「詩辨說」者，當有所據〔註261〕

1、通志堂經解本
2、藝海珠塵本
3、金華叢書本（覆通志堂經解本）
4、叢書集成初編本（覆藝海珠塵本）
5、顧頡剛點校本
　有民國十九年北平景山書社排印本，爲《古籍辨僞叢刊》第一集所收。又有民國五十八年開明書店排印本。

〔註255〕蓋〈行露〉一時有錯簡亂入情形，柏之前已有人提出，如王質《詩總聞》卷一所云。後世學者皆視爲定論。
〔註256〕同註253。
〔註257〕柏之疑經乃照宋代理學的觀點改造傳統經學。故其立論往往空疏，不若漢學之嚴謹，至其立論欠週詳處，可參見《王柏詩疑評介》，第三章，第一小節。
〔註258〕關於柏移《小雅》入《王風》，分頌體爲正變二項錯誤，近世學者辨之甚詳。參見《詩經研究史概要》、《詩疑評介》。
〔註259〕據柏於此條前言，則欲刪者三十二篇，唯檢其所列篇目則僅三十一篇，不知爲漏列或筆誤。
〔註260〕詳見《詩經通論》，姚際恒自序。
〔註261〕據《鄭堂讀書記》卷八，以卷一爲《詩辨說》，《宋志》作二卷，乃混《詩疑》、《詩辨說》爲一書，誤矣。關於此二卷成書先後，詳見《王柏之詩經學》，第二章。

《詩辨說》　趙惪撰

一、作者

趙惪〔註262〕，宋宗室，博學工文，舉進士第。宋亡，隱居南昌之東湖，自號鐵峰，有《四書箋義》、《五經辨說》行於世〔註263〕。

二、內容

是書原本七卷，今所見唯附《詩經疑問》後一卷者。所論凡二十八則。篇中間有采章，皆標注其下，凡取章如愚《山堂考索》者五，呂祖謙《讀詩記》、林氏者各一。觀其所論，文往往引述諸家言，而斷以各家得失優劣，所引如朱熹、呂祖謙、項安世、唐仲友，大抵以宋儒詩說為主。至所以考訂地名，論證世次，乃至禮儀典制，皆有所引據，始論其是非。

篇中所言，每則皆有一主題，且標其目於各則前。所論二南者三則。以為二南之詩，皆文武盛時，德化深入於人心，而見之歌詠者，並言二南有武王時詩，而《周南》無周公之詩。所論三頌者六則，以論《魯、商頌》何以皆列於周，僖公何以獨有頌，並為周頌、商頌章句。所論〈詩序〉者一則，並兼論正、變說之謬。所論詩重名者一則，以明詩之名同者，其義亦相類。餘於風無楚詩，詩次先後皆有所言。

三、評述

是編所論，大抵言簡易賅，頗切要旨，殆即黃虞稷所謂其撮要者〔註264〕。至所辨說，疏證分明，凡關乎《詩三百》之疑難，有所疑亦有所辨，如言三頌，直指《魯、商頌》，乃頌之變體，至何以為頌，孔子故耳。又國風何以無楚詩，非楚地無詩也，以其地被王化，其詩遂入《二南》，至〈離騷〉之作，則古詩之體變矣。另於辟雍之樂何以見於〈靈臺〉，〈七月〉詩何以始於七月，〈大武〉詩何以有六章，皆有疏論，於後人觀詩，頗有啟發。

唯所言，亦有考之不詳者，如知《魯頌》乃頌之變體，又云僖公歿後，魯人述陳其功，未知《魯頌》之作，正當僖公之世矣。又知魯、宋無風，卻不知《魯頌》即宋風也。

四、卷本

《千頃堂書目補》載《詩辨疑》〔註265〕七卷云：「一作十卷，附朱倬者，其撮

〔註262〕《授經圖》、《千頃堂書目補》、《宋史翼》皆作趙德。按惪，德之古字也。

〔註263〕參見《宋史翼》卷三十五。趙惪條下。

〔註264〕見《千頃堂書目》卷一，詩類補，趙惪條下。

〔註265〕《千頃堂書目》、《授經圖》皆作《詩辨疑》，《經義考》作《詩辨說》。唯今所見本，

要，此則全編也。」知原本七卷，《經義考》引之，注曰闕，今所見唯朱倬《詩疑問》所附一卷。

　　1、通志堂經解本

　　　　朱記榮跋是書云：「國朝納蘭氏刊《通志堂經解》時，祇刻《詩經疑問》七卷，而不及此，以故世罕獨見。」考今本《通志堂經解》仍以《詩辨說》附《詩經疑問》後，且比槐盧叢書本多近六百字〔註266〕。

　　2、文淵閣四庫全書本

　　　　據《四庫提要》朱倬《詩經疑問》條云：「末有趙惠《詩辨說》一卷，其書與倬書略相類，殆後人以倬忠烈，惠高隱，其人足以相配，故合而編之歟〔註267〕？」

　　　　《續修四庫提要》以《通志堂經解》、《文淵閣四庫全書》皆不收，失之。

　　3、四庫薈要本

　　4、別下齋叢書本

　　5、槐盧叢書本

　　6、朱氏經學叢書本（覆別下齋叢書本）

　　7、叢書集成初編本（覆別下齋叢書本）

第五節　通論雜纂

　　既錄訓詁、考辨專著於前。唯宋人著書喜言大旨，自理學家起而有語錄，自安石起而有經筵講義，其間通論詩旨，雜考名物，或以借抒家國之感，或為備舉業發題之作，統歸於茲，是為通論雜纂之屬。又有文字音義，表譜圖說，既屬詩學專著，唯檢存書，僅各一種耳，既不足以獨立成章節，亦一併於此。

《七經小傳》　　劉敞撰

一、作者

　　劉敞，字邍父，一作原父，號公是，臨江新喻人。慶曆六年（1046 年）進士，知制誥，奉使契丹，改集賢院學士，判御史台，熙寧元年（1068 年）卒，年五十

　　　　皆附朱倬《詩經疑問》後，不標書名，故未知孰是。

〔註266〕見《續修四庫提要》，經部，《詩辨說》條下。

〔註267〕見《四庫提要》卷十五，《詩經疑問》條下。

〔註 268〕。

　　敞學問淵博，自佛老、卜筮、地志、天文皆究知大略，歐陽脩每有疑，輒以書問之。其學尤長於《春秋》，有《春秋權衡》、《春秋傳》、《春秋意林》、《春秋說例》。另著有《七經小傳》、《公是弟子記》、《公是集》〔註 269〕。

二、內容

　　是書乃敞雜論經義之語，其間體例亦多駁雜失旨處〔註 270〕。今據通志堂本，分三卷，卷上為講論《尚書》、《毛詩》之語，其中《毛詩》部分，凡三十則。首引子夏正變之說，而論以《周》、《召》為正風，《邶》以下為變風，乃褒貶錯謬，實無文可據，未足以傳信。次就各詩擇可議論者述之，有駁毛、鄭之誤者，如〈卷耳〉下云：「吾於此義殊為不曉。」〈伐木〉下云：「毛鄭說俱非是也。」有離析章句者，如〈伐木〉、〈小旻〉、〈北山〉、〈小明〉、〈假樂〉諸篇，大抵據詩意、文理考之，以定舊有章句之誤。有考訂誤字者，如〈常棣〉四章下云：「此詩八章，七章合韻，唯此戎字不合韻，疑戎當作戌，戌亦禦也，字既相類，傳寫誤也。」〈北山〉下云：「博士讀厎為邸，非也，厎當作瘠，讀如緝，病也，字誤耳。」餘則大抵言詩旨，述時事。

三、評述

　　《晁志》云：「元祐史官謂慶曆前，學者尚文詞，多守章句注疏之學，至敞始異諸儒之說〔註 271〕。」《陳錄》亦評之曰：「前世經學，大抵祖述注疏，其以己意言經著書行世，自敞倡之〔註 272〕。」今僅就《毛詩》部分觀之，其言大抵不守毛鄭，而以己意說詩。且往往依己意改訂誤字錯簡，則其不僅開廢〈序〉一派詩說，且為宋人疑經改經之始。

　　至觀所言，固有較前人高明處，然不免改字以就己說，且說詩往往穿鑿〔註 273〕，如〈葛覃〉下云：「葛之茂盛，則有人就而刈之，以為絺綌，如后妃在家，德美充茂，則王者就而聘之，以為后妃。」又其說雖去〈序〉言，然仍守后妃美刺之論，故不免有強為之說之謬。

四、卷本

〔註 268〕參見《宋史》卷三一九，〈劉敞本傳〉。《東都事略》卷二六，〈劉敞傳〉。
〔註 269〕見《宋元學案》卷四，〈廬陵學案〉，劉敞條下。
〔註 270〕見《四庫提要》卷三三，《七經小傳》條下。
〔註 271〕見《郡齋讀書志》卷四，《七經小傳》條下。
〔註 272〕見《直齋書錄解題》卷三，《七經小傳》條下。
〔註 273〕同註 270。

是書《陳錄》、《通考》、《四庫提要》俱作三卷，《晁志》、《宋志》作五卷，今考其書，實僅三卷。五卷者，或爲字誤，或另一傳本，今未見。

1、宋刊本

《天祿後目》載北宋本一部云：「書中匡字、殷字闕筆，桓字不闕筆，可證爲北宋本，傳庋唐寅、曹溶、徐乾學、朱彝尊家〔註274〕。」今見涵芬樓影宋本，書末有張元濟跋云：「舊藏天祿琳琅，見後編卷三，所記諸經條數，《周禮》、《禮記》、《論語》各減一，蓋計算偶誤也。惟以匡字、殷字闕筆，桓字不闕筆，遂定爲北宋刊本，則殊未確，卷下，第十六葉前七行，「敦其若樸」句，敦字末筆已闕，是至早亦在光宗之世，版刻之先後，當以筆法鐫工爲斷，而不能專於避諱求之，是本即無敦字之證，亦不能不認爲南宋所刻〔註275〕。」

2、通志堂經解本

3、文淵閣四庫全書本

4、同治間刊本

師大圖書館藏有一部。

5、四部叢刊續編本（覆天祿琳琅舊藏宋本）

6、續古逸叢書本

《詩說》　程頤撰

一、作者

程頤，字正叔，河南人，顥之弟也。與顥同受學於周敦頤，年十八，上書闕下，欲仁宗黜世俗之論，以王道爲心。游太學，著〈顏子好學論〉，胡瑗大驚異之，即延見，處以學職，同學呂希哲即以師禮事之。治平、元豐間，大臣屢薦，皆不起。哲宗初，司馬光、呂公著共疏其行義，詔爲西京國子監教授，力辭，尋召爲秘書省校書郎，既入見，擢崇政殿說書，每進講，色甚莊，繼以諷諫。

頤學本於誠，以〈大學〉、《語》、《孟》、〈中庸〉爲標指，而達於六經，動止語默，一以聖人爲師。大觀元年（1107年）卒，年七十五，學者稱伊川先生，嘉定十三年（1220年）賜諡正。著有《易春秋傳》、《語錄》、《文集》〔註276〕。

二、內容

〔註274〕見《天祿琳琅續目》卷三。

〔註275〕見四部叢刊續編所收《七經小傳》卷末，張元濟跋語。

〔註276〕參見《宋史》卷四二七，〈程頤本傳〉，《宋元學案》卷十五，程頤條下。

　　是書除《春秋傳》爲未成之專著外，《詩書解》、《論語說》殆皆出於一時雜論，而非專著也〔註277〕。其中卷三、四兩卷爲〈詩解〉，《晁志》以爲程頤門人記其師所談之經也〔註278〕。卷三講論《國風》凡四十五則，卷四講論《大、小雅》，凡十九則，《三頌》闕焉。其說大抵謹守毛鄭，如〈碩人〉下云：「大人尊賢之稱。」〈子衿〉下云：「衿青學者之服，青青舉家之辭，世亂學校不修，學者棄業，賢者念之而悲傷，故曰悠悠我心。」〈蒹葭〉下云：「蘆葦眾多而強，草類之強者，民之象也，葭待霜而後成，猶民待禮而後治，所以興焉。」餘皆類此，殊乏新意。

三、評述

　　朱熹嘗評頤之《詩說》曰：「〈詩大序〉只有六義之說是，而程先生不知如何，又卻從別處去。」又云：「程先生詩傳取義太多，詩人平易恐不如此〔註279〕。」觀其說大抵不脫漢儒窠臼，故每每由政教立說，至其言〈大、小序〉，以爲「夫子慮後世之不知詩也，故序〈關雎〉以示之，學詩而不求〈序〉，猶欲入室，而不由戶也。」又釋《風》云：「風以動之，上之化下，下之風上，凡所刺美皆是也。」釋《雅》云：「言天下之事，謂之雅，事有大小，雅亦分焉。」皆據〈序〉以言，故其書所以推演毛鄭之說耳。

四、卷本

　　《陳錄》、《宋志》俱載程氏《河南經說》七卷，據《陳錄》云：「繫辭說一，書一，詩二，春秋一，論語一，改定大學一〔註280〕。」《四庫提要》所載與此本同，是爲宋舊本矣。另明徐必達編《二程全書》，併〈詩解〉二卷爲一卷，而別增〈孟子解〉、〈中庸解〉各一卷。遂別有八卷本。唯據康紹宗之言，謂〈孟子解〉，乃後人纂集遺書、外書而成，至〈中庸解〉之出呂大臨，朱子辨證甚明，亦不得竄入〔註281〕。

　　又《晁志》、《文獻通考》、《經義考》皆載有〈伊川詩說〉二卷，當是從經說七卷中別出單行者。今未見。

1、呂留良寶誥堂刊本

2、文淵閣四庫全書本

3、二程全書本

　　今可見《二程全書》，傳本頗多，名稱亦各有異同，不及備載。如《西京清麓

〔註277〕見《四庫提要》卷三三，程氏經說條下。
〔註278〕見《郡齋讀書志》卷二，伊川詩說條下。
〔註279〕見《朱子語類》卷八十。
〔註280〕見《直齋書錄解題》卷三，河南經說條下。
〔註281〕同註277。

叢書》、《四部備要》、洪氏《唐石經館叢書》等叢書皆有收錄。

《詩說》　張耒撰

一、作者

張耒，字文潛，號柯山，楚州淮陰人。弱冠第進士，歷官太學錄，以范純仁薦，居三館八年，顧義自守，泊如也，紹聖初以直龍圖閣知潤州，坐黨謫官，徽宗立，起爲通判黃州，崇寧初復坐黨落職，主管明道宮，晚節愈屬，監南嶽廟，主管崇福宮，卒，年六十一。建炎初，贈集賢殿修撰〔註282〕。

耒幼穎異，十三歲能文，年十七作〈函關賦〉，已傳人口，游學於陳，學官蘇轍愛之，因得從軾游，世稱蘇門四學士之一，尤長騷詞，及誨人作文，以理爲主，晚歲務平淡〔註283〕。著有《兩漢決疑》、《詩說》。

二、內容

是書一卷，僅十二條，觀其文，乃從《宛丘集·論詩雜說》十四首合併而成，知耒之原意本爲雜說，後人抄輯成卷，遂視爲經學之作〔註284〕。

蓋耒從蘇軾學，平生因黨籍二度落職，所作《論詩雜說》，大抵借抒熙寧時事，故多不涉經義〔註285〕。至所述皆《大雅》、《頌》文，不言經文，直抒所感，殆即隨感隨發之作，如〈抑〉篇「愼爾出話」一條，蓋爲蘇軾烏臺詩案所發〔註286〕，而言曰：「蓋邦無道矣，惟危行言遜，可以免於禍故也。」又如〈卷阿〉篇「爾土宇昄」章，蓋爲熙河之役而發〔註287〕，以爲「所謂治得於內，則人附之者眾……土小地削非政之病。」

三、評述

是書之作既別具懷抱，所言旨在寄興，故所言不免強作引申，如〈駉〉篇「思馬斯臧」條，耒云：「思馬斯臧，良馬也，故曰臧，思馬斯才，戎馬也，故曰才……思馬斯徂，駑也，故曰徂。」蓋是詩四章所言皆以美良馬也，耒強分爲四種之馬，

〔註282〕見《宋史》卷四四四，〈張耒本傳〉。
〔註283〕見《宋元學案》卷九九，張耒條下。
〔註284〕是書乃陶氏刊《說郛》時，始抄出別行。納蘭成德刊《通志堂經解》嘗跋是書云：「《宛丘集》今不甚傳，此亦經學一種，校而梓之。」
〔註285〕見《四庫存目》卷十七，《詩說》條下。
〔註286〕同上註。
〔註287〕同上註。

實過於牽強，他篇所言亦大抵類此。知其書之作意寄諷諭，雖得詩人之旨，究非《詩經》學專著。

四、卷本

　　《經義考》、《四庫存目》並載之。據納蘭成德跋云：「文潛〈詩說〉一卷，雜論雅頌之旨，僅十二條，已載《宛丘集》中，後人鈔出別行〔註288〕。」所指乃陶氏刊《說郛》所收矣。

　　1、說郛本〔註289〕
　　2、通志堂經解本
　　3、藝海珠塵草集本
　　4、叢書集成初編本（覆藝海珠塵本）

《經筵詩講義》　　張綱撰

一、作者

　　張綱，字彥正，一字彥政，晚號華陽老人，丹陽人，入太學，政和四年（1114年）試內舍第一，次年舉進士，除太學官，建炎初官給事中，以秦檜用事致仕。檜卒，起吏部侍郎，乾道二年（1166年）卒，年八十四。諡文定，一諡章簡。

　　綱工爲文，有《張氏書解》、《六經辨疑》、《確論》、《華陽集》、《聞見錄》〔註290〕。

二、內容

　　是編爲經筵講義之屬，今本二卷，所言止於〈螽斯〉。大抵輪値講筵所作，非爲《詩經》專著。編爲《華陽集》卷二十四、二十五。卷二十四，述〈大序〉，自「故詩有六義焉」以迄「是以〈關雎〉樂得淑女以配君子」〔註291〕，別爲六義、風教之本、變詩之所由作、變詩之旨、風雅頌之體、二南之詩、王者之治數則以言。大抵謹守漢儒詩論。

　　卷二十五，釋詩篇，凡〈關雎〉、〈葛覃〉、〈卷耳〉、〈樛木〉、〈螽斯〉等五詩，各詩先言〈小序〉，次錄經文。各詩皆分章以述，大抵以闡明詩旨爲主，偶亦兼及名物訓詁。

〔註288〕見通志堂經解本書後跋語。又《鄭堂讀書記》作十一條，誤矣。
〔註289〕《說郛》之傳本極複雜，其間增損可參考昌彼得師撰〈說郛考〉。至《詩說》可見於
　　　　張宗祥校明鈔本《說郛》，及四庫全書本《說郛》
〔註290〕參見《宋史》卷三九〇，〈張綱本傳〉，《南宋文範·作者考》卷上，張綱條。
〔註291〕見《華陽集》卷二四。

三、評述

是編所以謹守〈序〉言者，所言尤特重政教之附麗。如述賦比興之辨，在於詩人之言，或美，或刺，或規，或諷，直陳無害者賦之，避佞畏斥者比之，感發所寓則謂之興，大抵不敢稍離美刺之說。至述周召王化之基云：「風自火出家人，風者化也，火者取象于離神所麗也，化出于人，故能妙萬物而不見其迹〔註292〕。」如此引《易經》以述《二南》居國風首之原因，實屬牽強。

四、卷本

《經義考》載《周南講義》一卷，曰存，並按云：「講義載《華陽老人集》，始〈詩序〉至〈螽斯〉章，」蓋即《華陽集》卷二十四、五兩卷所載〈詩講義〉，今未見一卷單行本。

1、文淵閣四庫全書本
2、四部叢刊三編本（景印北平圖書館藏明刊本）

《左氏詩如例》　李石撰

一、作者

李石，字知幾，號方舟，資州人，官成都倅，紹興二十一年（1151 年）進士，任太學博士，直情徑行，不附權貴，出主石室，閩越之士萬里而來，刻石題諸生名者，幾及千人〔註293〕。

石好學能屬文，少從蘇符遊，其淵源出於蘇氏，詩文皆以閎肆跌宕見長，著有《方舟易學》、《續博物志》、《方舟集》〔註294〕。

二、內容

據石《左氏詩如例》，卷上云：「詩之有例，杜預之說也。」又云：「預之立例曰：詩人之作各以情言，君子論之不以文害意，《春秋》引詩不皆與今說詩者同，他皆倣此。此如例也。嗚呼此說舊矣。凡所援據，緣情為類，左氏所載一件一事，裒拾之，得百六十八篇，作《詩如例》〔註295〕。」知其所由作也。所述先列詩句，次言《左傳》事例。

並為詩補遺，以繼詩之刪，〈序〉所不及者。凡為占筮詞八、賦一、童謠二、

〔註292〕同上註。
〔註293〕見《宋史翼》卷二八，〈李石傳〉。
〔註294〕見《宋元學案補遺》卷九九，李石條下。
〔註295〕見《方舟集》卷二一，《左氏詩如例》上。

銘三、誦四、謳三、答一、虞箴一、古人言一、投壺詞二、歎一、歌五、謬隱語三、誅詞一、共三十六事〔註296〕。

三、評述

是書所論，雖非詩學本旨，唯《左傳》引詩，一以見時人外交辭令，與夫引《詩》抒志之習慣。子曰：「誦詩三百，授之以政，不達，使之四方，不能專對，雖多亦奚以為〔註297〕。」知亦詩教之一耳。另以存逸詩矣。大抵皆據事以言，不失平正〔註298〕。又其整理袞輯之功，所述類例明晰，於詩學、春秋學之研究，頗多助益。

四、卷本

《續修四庫提要》載李石《方舟經說》六卷。《四庫全書》雖未著錄是書，唯於存目載有《方舟易學》、《左氏君子例》、《左氏詩如例》、《詩補遺》等四書，今檢《方舟經說》，則上述四書俱在，是《四庫總目》分列，而《續修四庫提要》據別下齋本合之。

又《詩如例》見《方舟集》卷二十一、二十二、二十三。

（一）方舟經說

1、別下齋叢書本

2、涉聞梓舊本

3、叢書集成初編本（覆別下齋本）

（二）方舟集

1、文淵閣四庫全書本

2、舊抄本

中央圖書館藏一部，為兩宋名賢小集之一。

《詩解鈔》　唐仲友撰

一、作者

唐仲友，字與政，號說齋，金華人，紹興二十一年（1151年）進士〔註299〕，通判建康府，上萬言書論時政。除著作郎，疏陳「正心誠意」之學，知信州，以善政聞，

〔註296〕見《方舟集》卷二四。
〔註297〕見《論語》卷十三，子路篇。
〔註298〕見《續修四庫提要》，經部五經總義類，《方舟經說》條下。
〔註299〕見《宋元學案》卷六十，〈說齋學案〉。

鋤治奸惡甚嚴，朱熹爲浙東提刑，劾之，復劾之愈力〔註300〕，遂奉祠。仲友素亢直，既處摧挫，遂不出，益肆力於學，淳熙十五年（1189年）卒，年五十三〔註301〕。

　　仲友以經術史學，負重名于乾淳間〔註302〕。其學上自象緯、方輿、禮樂、刑政、軍賦、職官，以至一切掌故，本之經史，參之傳記，旁通于貫，極之繭絲牛毛之細〔註303〕，痛闢佛老，反當時之言心學者，從遊嘗數百人，與呂祖謙、陳傅良、薛季宣齊名〔註304〕，台州案後，浙東學者遂絕口不及〔註305〕。著有《六經解》、《孝經解》、《九經發題》、《諸史精義》、《陸宣公奏議解》、《經史難答》、《乾道秘府群書新錄》、《天文詳辯》、《地理詳辯》、《愚書》、《說齋文集》、《帝王經世圖譜》等。

二、內容

　　是書首述四始六義，述四始大略云：今之次夫子刪詩之所定也。二南之風也，商微而周將興也，王之風也，周降而詩之將亡也。述六義，則以爲《大雅》亦有風，《周南》已有雅，有賦、比、興以爲風，亦有以爲雅頌，一篇而二義者有之。

　　次釋詩篇，凡〈兔罝〉、〈載驅〉、〈漢廣〉，〈野有死麕〉、〈行露〉、〈小宛〉……等三十五條，大抵以類相從，釋〈漢廣〉、〈野有死麕〉，以言雁奠之禮；釋〈氓〉、〈谷風〉，以爲君臣之喻也，〈氓〉詩可以戒，〈谷風〉可以鑑矣；釋《王風》、《鄭風》、《唐風》〈揚之水〉三篇，以喻弱之不能制強也；釋〈六月〉、〈采芑〉，以爲皆勞還卒之樂章。頗具新意。

三、評述

　　戚雄曰：「唐說齋讀經，於《詩》最有發明，如以〈碩鼠〉爲愛君之至，眞有精思卓識〔註306〕。」觀其言確有獨到之處，所論不依附〈序〉言，唯毛鄭可取者亦采之，如釋〈采葛〉云：「〈采葛〉之議毛鄭釋之甚精，孔氏汩之矣。」至釋詩采依類相從之法，亦前人所未言也。

〔註300〕見《宋史翼》卷十三，唐仲友條，時熹爲浙東提刑，入州倅高文虎之僭劾之，仲友即馳疏自辨，時仲友已擢江西提刑，熹疑王淮右之，劾之愈力。
〔註301〕仲友生卒年，史料皆闕載，唯從其文中推之，詳見《唐說齋研究》，第一章第三節。
〔註302〕見《鮚埼亭集外編》卷二四，〈唐說齋文鈔序〉。
〔註303〕見《宋元學案補遺》卷六十，引周益公曰。
〔註304〕同註302，所謂台州案，乃淳熙九年間，朱熹彈劾唐仲友事件，此案後演成「慶元黨禁」，遂令仲友之學遭棄，乃至元修《宋史》而不載〈仲友傳〉。事件始末詳見周學武撰《唐說齋研究》，第二章，朱唐台州公案考述。
〔註305〕楊維楨云：「余聞婺學在宋有三氏，東萊以性學紹道統，說齋以經世立治術，龍川以皇帝王霸之略志事功。」見《宋文憲公集‧楊維楨序》。
〔註306〕見《經義考》卷一○六引。

又所言，亦有興之所至，抒發所感者，如釋〈谷風〉以閔陸贄事，〈吉日〉下云：「所美者微，而寓意則大。」又〈鶴鳴〉下云：「雖全是興義，最易曉。」蓋皆平日讀《詩》有所感之語，非嚴肅解經之作也。

四、卷本

《經義考》已載仲友《六經解》，又別出《書解》、《詩解》。所載《詩解》無卷數，並注曰佚。今所見有續金華叢書本一卷。據書後跋語，知乃從《六經解》中別出者。

1、續金華叢書本
2、叢書集成三編本（覆續金華叢書本）

《詩傳遺說》　朱鑑撰

一、作者

朱鑑，字子明，婺源人，熹孫，以蔭補迪功郎，累遷湖廣總領，寶慶間遷居建安之紫霞州，建熹祠於居所之左，著有《朱文公易說》、《詩傳遺說》〔註307〕。

二、內容

是書成於理宗端平二年（1235年）〔註308〕，據鑑〈詩傳遺說後序〉云：「（詩集傳）而后山讎校爲最精，第初脫稿時，音訓間有未備，刻版已竟不容增益，欲著補脫，終弗克就，未免仍用舊版，葺爲全書〔註309〕。」又云：「今文集、書問、語錄所記載，無慮數十百條，彙次成編，題曰「遺說」，後之讀《詩》者，能兼考乎此而盡心焉。」則補闕纂輯之意明矣。今觀其文：卷一綱領、卷二序辨、卷三六義及思無邪問答，卷四、五、六則錄熹所解風雅頌各篇之旨，末附逸詩、叶韻及《儀禮經傳通釋》所載之樂譜。

三、評述

《四庫提要》稱是書乃「以朱子之說，明朱子未竟之義」〔註310〕，蓋朱熹詩說影響廣泛，唯其言幾經變異，且散見各典籍中，此書正可備熹詩說之研究。另據鑑〈後序〉知其嘗補《集傳》之音訓，而《集傳》叶音之誤向爲人詬病，或即鑑之

〔註307〕參見《閩中理學淵源考》卷十五。
〔註308〕見《詩傳遺說》，〈朱鑑後序〉。
〔註309〕同上註。
〔註310〕見《四庫提要》卷十五，《詩傳遺說》條下。

誤，實亦宋代《詩經》音韻學不脫叶音說之窠臼矣。

四、卷本

是書一名《朱氏詩說補遺》〔註311〕、《宋志》、《經義考》俱著錄六卷。

1、通志堂經解本

2、文淵閣四庫全書本

3、四庫薈要本

《六經圖》　楊甲撰

一、作者

楊甲，字鼎卿，一字祠清，昌州人。乾道二年（1166年）進士，爲國子學錄。其學與唐仲友並守劉光祖之說。著有《六經圖》〔註312〕。

二、內容

是書經明人刊刻竄亂，各經圖數皆有增損，唯詩圖不變〔註313〕。今據四庫全書本，卷三爲〈毛詩正變指南圖〉。先譜後圖，譜之部，首爲詩篇名，列三百五篇篇名，並各詩〈小序〉首句。次作詩時世，凡二南譜等十七譜。次世次，述周公世次、召公世次等九國世次。次族譜，次十五國風譜。

圖之部，首爲十五國地理圖。次計時器圖，凡公劉對陰陽圖、楚丘揆日圖、日居月諸圖、齊國風挈壺氏圖等。次爲田制圖五，狩獵圖一，宮制圖四，小戎圖二，王畿圖一。再次釋名及四詩傳授圖。

三、評述

是書載《詩經》圖譜極爲詳盡。蓋宋代於詩譜之作，僅歐陽脩〈詩譜補闕〉傳世，甲是書於世次，正變亦大抵本乎《鄭譜》。至於詩圖、《通志略》有〈小戎圖〉二卷，今未見，觀甲之書，於計時器、田制、宮制，與夫小戎圖皆繪製精詳，並取唐、宋制對照之〔註314〕。頗裨益學者了解周代社會，惜於草木鳥獸，僅釋其名，未見其圖。

〔註311〕見《宋史藝文志》，《詩傳遺說》條下。

〔註312〕見《宋元學案補遺》卷七九，楊甲條下。

〔註313〕毛邦翰所增之數，葉仲堪重編之數及今所見本圖數，詳見《四庫提要》卷三三，《六經圖》條下。

〔註314〕見《六經圖》卷三，齊國風挈壺氏圖。

四、卷本

是書《陳錄》云七卷，楊甲撰，毛邦翰補，葉仲堪重編之本，並引《館閣目錄》，述毛氏增補之數〔註315〕。《經義考》、《四庫提要》所載，並今所見皆六卷本，考各經圖數，既不同於毛氏增補之數，亦非葉氏重編之數，蓋明刊所竄亂矣。

1、宋刊本

據明吳氏刊本，卷前有乾道元年（1165 年）苗昌言序云：「陳大夫（陳森）爲撫之期年，取《六經圖》編類爲書，刊之於學〔註316〕。」知有乾道元年刊本，後爲新都吳繼仕所得〔註317〕，今未見。

2、萬曆間吳氏刊本

《天祿琳琅後目》載一本，篇目與宋刊同，每經目錄下刻明新都吳繼仕考校，卷首刻熙春堂藏版摹刻宋版《六經圖》後云云，末注改正二百八十九處〔註318〕。台北故宮博物院藏一部，爲萬曆四十三年（1615 年）吳氏刊本，即此本。

3、南京戶部刊本

《天祿琳琅書目》載一本，前有顧起元序，次載校刊姓氏，次苗昌言原序。據起元序云：「新都吳氏購得宋本，始授梓人，計部大夫汝南方公，覽而善之，謀於同寮諸大夫，出帑羨復刻而存於署。」則是本之刻當在吳氏刊《六經圖》甫成之後。即萬曆間方應明刊於南京戶部者〔註319〕。

又《天目》載二本，篇目皆同此本，唯闕顧序及校刊姓氏，疑爲書賈見其撫刻精良，割去序文並名氏以充宋本矣〔註320〕。

4、明修吉堂本

《天祿後目》載一本，篇目皆同吳氏本，惟各經圖末刻修吉堂考校，並各經皆有改正。蓋即吳氏所摹宋本，後歸修吉堂也〔註321〕。今據甘鵬雲手書題記，知是書明刊有三，除上述二本外，另一爲萬曆丙辰（1616 年）郭若維所刊，當即此本。

葛斯德東方圖書館藏一部，乃甘氏得於太原者，爲吳氏刊本，所闕〈周易圖〉，

〔註315〕見《直齋書錄解題》卷三，《六經圖》條下。
〔註316〕見《天祿琳琅書目》卷一，《六經圖》條下引。
〔註317〕見方氏刊本《六經圖》，顧起元序。
〔註318〕見《天祿琳琅後目》卷十三。
〔註319〕見普林斯敦大學，《葛斯德東方圖書館善本書目》，《六經圖》條下引甘鵬雲手書題記。
〔註320〕見《天祿琳琅續目》卷七。
〔註321〕見《天祿琳琅書目》卷十三。

復據郭刻殘本補之〔註 322〕。

5、康熙間潘氏刊本

周中孚云：「然其書（方應明本）長尺有五，廣二尺餘，潘宋鼎以其不便玩讀，乃於康熙壬寅（1722 年）改梓〔註 323〕。」是本《邵目》載之，今未見。

6、文淵閣四庫全書本

《山堂詩考》　章如愚撰

一、作者

章如愚，字俊卿，號山堂，金華人，慶元二年（1196 年）進士，累官國子博士，出知貴州，開僖初被召，上疏極陳時政，以忤韓侂冑罷歸，結草堂山中，與士子講學，時稱山堂先生，有山堂群書考索〔註 324〕。

二、內容

是書大抵雜論詩學，凡《毛詩》始末、〈詩序〉、序詩之次、詩樂、六義、四始、五際、章句音韻、卷帙、孔子讀詩、賦詩、二南之詩、平王降爲國風、豳詩與列國不同、豳詩倫風雅頌、《魯頌》先《商頌》、三家言詩不同、大小毛公詩、鄭氏箋、逸詩、訓詁傳授、文中子續詩、晉東哲補六亡詩、許叔牙詩纂義、草木蟲魚圖等二十四條。

觀所言，兼及四家詩，如五際，《齊詩》也。三家言詩不同，訓詁傳授則皆及四家，唯大旨仍本毛氏，故云：「獨《毛詩》率與經傳合。」〔註 325〕餘如六義、四始、詩次皆本乎〈序〉說也。於〈詩序〉問題則采程氏言，以爲〈序〉首一句，太史叙美刺之意也，餘則非一人之言，故辭重複〔註 326〕。

三、評述

《經義考》云：「章氏書皆采諸家之說，非自撰，惟因援引諸書刊本多失載，於是唐氏稗編所錄，直言如愚姓名矣。」〔註 327〕就《詩考》一卷言，其所論確以引述諸家言居多，唯所引皆標出處，除賦詩一條引盧蒲癸言賦詩斷章注，不明何書外，

〔註 322〕同註 319。
〔註 323〕見《鄭堂讀書記》卷二，《六經圖》條下。
〔註 324〕參見《宋元學案補遺》卷七九，章如愚條下。
〔註 325〕見《山堂詩考》，三家言詩不同條下。
〔註 326〕同上註，〈詩序〉條下。
〔註 327〕《經義考》卷二四四，群書考索經說下，朱彝尊按語。

餘則大抵引〈序〉言及宋儒詩說。至所論，於六義皆采〈大序〉，其中比、興、雅則間采程氏言；於詩次，首引歐陽脩〈詩譜〉，又爲二南之詩，平王降爲國風，豳詩與列國不同，豳詩倫風雅頌，《魯頌》先《商頌》以言；於賦詩，除采盧氏言外，並采《左傳》賦詩例多條以述，故其書雖非發明己意之作，亦不可視爲剽竊之言也。

四、卷本

《經義考》載群書考索經說三十二卷，曰存，並按云：「書共六十六卷，內言經籍圖書，前集凡九卷，別集凡十一卷，續集凡十二卷。」乃將經說之部別出著錄矣。又明鍾惺編《古名儒毛詩解十六種》，將《詩經》之部別出，名曰：「山堂詩考」。

1、明刊本

《古名儒毛詩解十六種》所收，國立中央圖書館藏一部。今有新興、大化兩書局影印本。

2、文淵閣四庫全書本

所收爲《群書考索》六十六卷。

《六經正誤》　毛居正撰

一、作者

毛居正，字義甫，一作渲父，號柯山，衢州江山人〔註328〕。晃子。免解進士，承其家學，研究六書。嘉定十六年（1223年）詔刊正經籍，當事者聘司校讎，已釐定四經，會有目疾罷歸〔註329〕。著有《六經正誤》，《增修禮部韻略》。

二、內容

據魏了翁序云：「義甫馳書弊致之，盡取六經三傳諸本，參以子史字書，選粹文集研究異同，凡字義音切，毫釐必校……以病目移告，其事中綴。或者謂縱令盡正其誤，而諸本不同，何所取證，豈若錄其正誤之籍，而刊傳之，後學得以參考。」〔註330〕知是書撰集始末。其書凡《易》、《書》、《詩》、《禮記》、《周禮》、《春秋》、《左傳》各一卷。其中卷三爲《毛詩》正誤，分風雅頌、釋文、音辯三部分。首校各本《毛詩》經、注文，有刊刻衍誤者，如〈關雎〉下：「注王道興衰之所由，王作三誤。」〈羔羊〉下：「注不失其制，失作夫誤。」〈木瓜〉下：「瓜作爪誤。」又其所訂正者，

〔註328〕見《宋元學案補遺別附》卷二，毛居正條下。

〔註329〕見《六經正誤》，魏了翁序。按《四庫提要》云：「楊萬里作序，述其始末甚詳。」所指當即魏了翁序，誤作楊萬里矣。

〔註330〕同上註。

以偏旁之疑似而誤者居多。如〈關雎〉下：「睢作睢，從且不從目也，從目者，音吁爲反。」〈小星〉下：「注三月時作冃誤，冃音舟。」除校正俗寫之積非成是者外，亦頗助經旨之釐清。如〈天保〉下：「如月之恒作恒誤……即非諱字不當迴避，亦不當去下畫也，今場屋士子恐與胡登反恒字相類，乃以常字代之，殊不知月恒之恒訓直……代以常字全失經旨。」

音辯之部，大抵訂正反切誤字，所訂正又以反切上字居多。如〈甘棠〉下：「蔽徐方四反，又方計反，方皆當作邦。」〈君子偕老〉下：「摘，丁革反，當作張革反。」

三、評述

《陳錄》稱是書所校，大抵多偏旁之疑似〔註331〕。《四庫提要》亦評之曰：「今觀是書校勘異同，訂正僞謬，殊有補於經學，其中辨論既多，不免疏舛者〔註332〕。」蓋是書所校皆側重偏旁之誤。其中如且誤作目，厂誤作广，未誤作末，於俗寫僞誤之訂正，頗有助益。唯亦有引據不當，迂曲爲說者，實與經義無關，如遲、遟古文本一字，而居正爲說者，凡三則，餘如享，古文作亯，隸變作享，或省作亨，居正乃謂享字訓祭，亨字訓通兩不相溷。皆不免強爲之說。

至於音辯部分，誠如周中孚所云：「惟其譏陸氏偏於土音，因輒取他字以易之，後人信其說者，遂據以改《釋文》音切，皆此書有以誤之也。」〔註333〕觀所言，不論反切下字，亦鮮及韻部問題，大抵以校上字之誤。

四、卷本

《陳錄》、《文獻通考》、《四庫提要》、《經義考》俱載是書六卷，唯《宋志》、倪氏《宋志補》皆失載。

1、宋刊本

《瞿目》著錄宋本一部，前有魏了翁序，半葉十行，行二十二字，宋諱讓、貞、恆，等皆闕筆。僅存卷一、二、六。餘鈔補全。並謂通志堂本即從此本出〔註334〕。

2、元刊本

北京圖書館藏一部，板式不詳。

3、明嘉靖間郝梁刊本

〔註331〕見《直齋書錄解題》卷二，《六經正誤》條下。

〔註332〕見《四庫提要》卷三三，《六經正誤》條下。

〔註333〕見《鄭堂讀書記》卷二。

〔註334〕見《鐵琴銅劍樓藏書目錄》卷六。

北京圖書館藏一部。

4、精抄本

台北故宮博物院藏一部。

5、通志堂經解本

6、文淵閣四庫全書本

7、四庫薈要本

《詩義指南》　　段昌武撰

一、作者

段昌武，字子武，廬陵人，生平無考。

二、內容

是書一卷，自〈關雎〉以迄〈鳧鷖〉，或取詩中一章、一節發其義，自〈公劉〉以下闕焉。朱彝尊稱其為舉業發題之作〔註335〕。觀所言，不依〈序〉言，亦不采諸家，大抵斷取章節，依己意言之，了了數言，如釋〈關雎〉云：「物之和者以類而相處，人之賢者，以類而相從。」釋〈七月〉云：「惟民之務農，各有以戒其事，則上之重農，自有以動乎情。」所言大凡類此。

三、評述

《四庫未收書目》嘗評是書云：「語簡而深，義約而盡。」〔註336〕觀其所論則未必盡然。蓋其所言，本斷章而言之，所述既非一詩之大旨，所論又無特出之處，大抵依附政論，而述聖人、有德者之業。如言「知君子服之美，當知君子德之美。」自〈淇澳〉以下凡六稱其意〔註337〕，則朱氏稱其為舉業發題之作，良是不誣，或得詞章之盛，終非關詩學閎旨。

四、卷本

《經義考》載《詩義指南》一卷，注曰存。

1、抄本

台北故宮博物院藏一部，為清嘉慶間阮元進呈本。

2、宛委別藏本

〔註335〕見《詩義指南》卷末，朱彝尊識語。
〔註336〕見《四庫未收書目》卷五，《詩義指南》條下。
〔註337〕見《詩義指南》、〈淇澳〉、〈緇衣〉、〈羔裘〉條下。

前有朱彝尊跋云：「康熙甲子五月購於慈仁寺。」

3、知不足齋叢書本

4、叢書集成初編本（覆知不足齋叢書本）

《困學紀詩》　　王應麟撰

一、作者

王應麟，見本文第二章，第四節《詩考》敘錄。

二、內容

是書乃就應麟《困學紀聞》，卷三詩，百五十七條，全錄於此。《困學紀聞》乃應麟晚年精力所萃，雖何焯每詬其為詞科之作，然其言實較《玉海》多精義〔註338〕，又非如《詩考》、《地理考》為考據之作，故多義理之闡述。其云：「孔子於烝民加四字，而意自明，於緡蠻曰於止，知其所止，可以人而不知鳥乎？此說詩之法。」又云：「以意逆志，一言而盡說詩之要，學詩必自《孟子》始。」故其謂毛之說簡而深，鄭之釋繁塞而多失〔註339〕，知應麟《詩》說之旨，非在於屑屑之訓釋也〔註340〕。

又其言詩之體制，以為「隨篇求之，有兼備者，有偏得一二者。」言刪詩問題則引周子醇、朱子發言，以為不祇刪全篇者，有刪章、刪句、刪字者。唯應麟於開卷，即不取孔子刪詩之說，於此或尚有辯正，今失之〔註341〕。另於逸詩問題、詩之次第、詩樂問題、叶音問題，應麟亦多有所論。其中格物之學，與《地理考》諸多相合處，唯於此論之更詳。

三、評述

是書乃箚記之屬，故其言雖不乏精義，唯所涉內容過於龐雜，有僅一言帶過者，如論叶音，引朱熹言，述而不斷。又如言詩樂，涉此問題者甚多，如言《周、召南》為房中樂，古樂有倡歎散聲、間歌，〈鹿鳴〉、〈伐檀〉、〈騶虞〉、〈鵲巢〉、〈白駒〉為五首琴曲等，唯分散篇中，各不相屬，頗令人有殘叢小語之感。

另其引論亦時而有失檢處，《續修四庫提要》云：「如近世說詩條，張超謂〈關雎〉為畢公作，出《初學記》，誚〈青衣賦〉，乃云未詳所出。又云，或唱得之蔡邕，

〔註338〕見《續修四庫提要·經部·詩類》，《困學紀詩》條下。

〔註339〕見《困學紀聞》卷三，詩。

〔註340〕同上註，王應麟曰：「韓子（愈）於菁菁者莪，屑屑訓釋，蓋少作也。」知其正不欲如此。

〔註341〕詳見《王應麟之經史學》，經學第三節論詩。

按邕雖亦有〈青衣賦〉，並無此語……載〈周頌〉三十一章，自〈清廟〉至〈般〉盡錄〈詩序〉，何云黃初始行〔註342〕。」至其考訂精詳者，則又勝於《地理考》，蓋因晚年之作，後出較精矣〔註343〕。篇中並多引宋人《詩》說，頗取當代研究之長。

四、卷本

《續修四庫提要》載《困學紀詩》一卷，明胡文煥纂，格致叢書本。是書係就王應麟《困學紀聞》卷三，詩百五十七條，全錄於此。

又有《古名儒毛詩解》十六種所收。

《佩韋齋輯聞詩說》　　俞德鄰撰

一、作者

俞德鄰，字宗大，號大玉山人，永嘉人，咸淳間進士，宋亡不仕，遯跡以終，著有《佩韋齋輯聞》、《佩韋齋文集》〔註344〕。

二、內容

《經義考》載是書一卷，並引曹溶曰：「《佩韋齋輯聞》中有詩說一十三條〔註345〕。」檢今本佩韋齋輯聞，卷二，有詩說十四條，《經義考》當是據此著錄。

是書大抵以己意說詩，凡〈序〉言誤考則辨之。所釋凡〈卷耳〉、〈采葛〉、〈小弁〉、〈四牡〉、〈狡童〉、〈無衣〉、〈黍離〉、〈簡兮〉、〈式微〉、〈凱風〉、〈將仲子〉、〈遵大路〉、〈風雨〉、〈淇澳〉等十四詩。其中直指毛鄭之誤者，如〈卷耳〉下云：「說者承〈小序〉誤，故遷就而為之辭耳。」〈將仲子〉下云：「毛氏之說失之矣。」〈狡童〉下云：「〈序〉謂刺鄭忽而作，諸家皆祖其說，惟岷隱戴氏，謂〈山有扶蘇〉，指『狡童』謂在朝之小人，今此詩不當以為昭公意，當時必有用事如董賢者。」則亦廢〈序〉一派言也。

其言大抵釋詩旨也，唯釋〈淇澳〉則引《史記》及顏師古注，《述異記》，梁元帝竹詩，而證淇澳從來產竹明矣。略異其體例。

三、評述

雖僅十四條，然多前人所未言者，如〈卷耳〉下云：「夫行役於外，其室家閔

〔註342〕同註338。
〔註343〕同註341。
〔註344〕見《南宋文範‧作者考》卷下。
〔註345〕見《經義考》卷一一○引。

其勤勞而作也。」此說後爲方玉潤《詩經原始》所本〔註346〕。唯其中亦不免牽合處，如言〈將仲子〉，雖明〈序〉言之誤，然又以「鄭伯克段於鄢」爲說，亦失之矣，此殆因不能盡棄美刺說故耳。

四、卷本

《經義考》載是書一卷，曰存，又引曹溶語，知即《佩韋齋輯聞》所收。《輯聞》今有：

1、舊抄文

國立中央圖書館藏一部，未知抄於何時。

2、文淵閣四庫全書本

3、讀書齋叢書庚集本

4、學海類編本

5、叢書集成初編本（覆學海類編本）

6、筆記小說大觀六編本

《四如六經講稿》　黃仲元撰

一、作者

黃仲元，字善甫，號四如，莆田人。咸淳七年（1271 年）進士，授國子監簿，不赴。宋亡，更名淵，字天叟，號韻鄉老人，皇慶元年（1312 年）卒，年八十二〔註347〕。

仲元少刻志讀濂洛關閩及其父所傳陳、潘二家書，遂探朱熹之正緒，其說經間與先賢異同，文亦艱深奇古不可句。晚年教授鄉里以終，著有《四書講稿》、《經史辨疑》、《四如文稿》〔註348〕。

二、內容

是書六卷，兼及六經、四書。其中卷四爲《詩經》，首述詩二南，以爲詩與他經不類，皆隸於聲，南者古樂名也。又言周召之地，爲二公采邑，而非因二公名也，牽於二公之說者誤矣。另就合樂看，二南諸詩槩出於小夫、賤隸、婦人之言，明白易見，大率三章、四章，一章大率四句。所言頗得鄭樵「主聲不義」之精髓。

次述〈淇澳〉，〈賓之初筵〉，〈抑〉三詩，以爲看三詩當作三節看，〈賓之初筵〉

〔註346〕見《詩經原始》，〈卷耳〉下。

〔註347〕見《宋史翼》卷二五，〈黃仲元傳〉。

〔註348〕見《宋元學案》卷七十，黃仲元條下。

是武公晦過時節,〈抑〉詩是武公修德時節,〈淇澳〉是武公成德時節。

三、評述

周中孚嘗評是書曰:「其說汪洋恣肆,頗多朱子之緒論,而亦時抒心得,曲暢旁通,雖不必一一精確,而非通貫全經,亦不能如是之辯才無礙也〔註349〕。」觀其言,確時發新義,乃前人所未及者,如據詩〈鼓鐘〉及內傳季札觀樂,謂南即是樂。又言〈麟趾〉三章,首尾皆以麟形容之,意味又最深遠,其音韻尙可求也。唯其言按之經義,又非一一脗合矣。大抵爲好學深思,能自抒所見者也〔註350〕。

四、卷本

倪氏《宋志補》載仲元《四書六經講稿》六卷,《經義考》止作《四書講稿》,無卷數,並曰未見。今考其書,並及說經,不得止謂四書,蓋沿《福建通志》之誤耳〔註351〕。四庫著錄作《四如講稿》,即此書矣。

1、明嘉靖刊本

國立中央圖書館藏一部,爲嘉靖丙午(1526年)黃文炳所刊。亦即《四庫提要》所云:「其裔孫文炳家藏,已有殘闕,嘉靖丙午始雕板印行」者。

2、文淵閣四庫全書本

3、舊抄本

《愛日精廬藏書志》載舊抄本一部,板心有「繡佛齋藏本」五字,卷前並有四如先生事述,及仲元九世孫文炳跋。或據孫文炳刊本影抄也〔註352〕。

《讀詩一得》　黃震撰

一、作者

黃震,字東發,慈溪人〔註353〕,學者稱於越先生〔註354〕。寶祐四年(1256年)進士,度宗時任史館檢閱,與修寧宗、理宗兩朝《國史實錄》,以直言出判廣德軍,改提點刑獄,多惠政,晚年,自官歸,居定海靈緒澤山〔註355〕,宋亡,餓於寶幢而

〔註349〕見《鄭堂讀書記》卷二,《四如講稿》條下。
〔註350〕見《四庫提要》卷三三,《四如講稿》條下。
〔註351〕同註349。
〔註352〕見《愛日精廬藏書志》卷六。
〔註353〕見《宋史》卷四三八,〈黃震本傳〉。
〔註354〕見《宋元學案》卷八十六,〈東發學案〉。
〔註355〕同上註,震本籍定海,晚年,自官歸,復居此,已而僑寓鄞之南湖,已而遷寓桓溪,已而又避地同谷,又澤山本名櫟山,震始改名焉。

卒，門人私諡文潔。元至正中，學者建澤山書院以祀之。

　　蓋四明之學，宗朱氏者，以震爲最，《日鈔》百卷，躬行自得之言也〔註356〕。震本師王文貫，學源於輔廣，並傳呂學之緒。又從王遂遊，得接張栻之學矣。其於祖謙之學頗推崇，獨於陸學則無所取〔註357〕，著有《黃氏日鈔》、《古今紀要》、《紀要逸編》。

二、內容

　　據震自序云：「學者當以晦庵《詩傳》爲主，至其改易古說，間有於意未能遽曉者，則以諸家參之，庶乎得之矣。」觀其說凡百七十六條，綜採《毛傳》以來諸說，而折衷於朱子。並於南渡後集解派詩說如李樗、呂祖謙、段昌武、嚴粲等云：「諸家之要者多在焉。」故其解《詩》必引某家詩說，蓋師此派解詩之意也。

　　至言〈詩序〉之誤，則多據朱氏之說而闡發，唯其又云：「雪山王公質、夾漈鄭公樵，始皆去〈序〉而言詩，與諸家之說不同，晦庵先生因鄭公之說，盡去美刺，探求古始，其說頗驚俗，雖東萊不能無疑焉」，遂發「一旦盡去自昔相傳之說，別求其說於茫冥之中，誠亦難事」之論。

　　於《鄭箋》云：「《毛詩》注釋簡古，鄭氏雖以禮說《詩》，於人情或不通，及多改字之弊，然亦多有足裨《毛詩》之未及者，至《孔疏》出，而二家之義遂明。」其言蓋本歐陽脩《本義》，至言《鄭箋》多改字之弊，實鄭學之通病也。

三、評述

　　蓋黃震說《詩》，首標宗旨，以《詩傳》爲主。然於熹說不能無疑處，又欲參諸家以補之，故論〈序〉說之失，多本朱熹，遂知〈序〉說不可信，又明〈小序〉不可盡廢，遂知朱熹驚俗處。至《朱傳》未及處，如六笙詩條，朱熹以其言「笙」，不言「歌」，則本無辭明矣，震復以古者「亡」即「無」，非亡佚也，輔證之。又《魯頌·駉》條，朱熹以其事實無可考，震則詳考其事之無稽，並以《魯頌》本非頌，以駁季孫行父請命，史克作頌之誤，實有勝於熹者。此錢穆所謂「能深得朱子奧旨者，殆莫踰於黃氏。」又云：「東發之能糾正朱子，乃正見其善學也。」

　　至諸家所解，則疑者存疑，如載獫歇驕條，歷述王、嚴、戴三家言，而結以未知然否，又納禾稼條，述王質之言，而按云：「此說不與眾同姑錄之」此其書所以持平而不迂也。

〔註356〕同上註，全祖望案引姚其昌曰：「五經朱子於《春秋》、《禮記》無成書，東發取二經爲之集解，其義甚精，蓋有志補朱子未備耳。」
〔註357〕震之師承，交遊，詳見林政華撰，《黃震之經學》。

四、卷本

《經義考》載黃震《讀詩一得》一卷，存，蓋即《黃氏日鈔》卷四《讀毛詩》也。

（一）《黃氏日鈔》

1、題宋刊本

北平圖書館藏一本，存首三十卷，宋諱缺筆；有「紹定二年菊月積德堂校正刊」木記，並有玉蘭堂、古吳王氏、汲古閣、季滄葦藏書印、士禮居、石銘秘芨等藏印。是本舊題宋刊，實元末明初修補本。

2、元刊本

國立中央圖書館藏一本，存九十四卷，書前有順帝至元三年沈遠序，版式、行款、諱字皆同上本。

另鐵琴銅劍樓藏一元本，每半頁十二行，行二十二字。又皕宋樓亦藏一元本，每半頁十三行，行二十四字。

3、明正德重刊本

國立中央圖書館藏一本，為明正德年間，建陽龔氏明實書堂重刊本，書中鈐有牌記多處，知正德十三年始刊，明年竣工。

另台北故宮博物院亦藏此本一部。

4、汪氏附刊古今紀要本

此本為汪佩鍔珠樹堂所刊，前有乾隆三十二年沈起元序。楊守敬以此本實就明本翻刻矣。臺大文學院圖書館、中央研究院傅斯年圖書館均有藏本。

5、文淵閣四庫全書本

6、四庫薈要本

（二）《讀詩一得》

《讀詩一得》一卷，《古名儒毛詩解》十六種所收。

《九經疑難》　　張文伯撰

一、作者

張文伯，樵陽人，宋末人。文伯幼承家學，嘗取五經三傳，與夫《語》、《孟》究其大槩，著有《九經疑難》〔註358〕。

二、內容

〔註358〕參見《宋元學案補遺》，別附、卷二，張文伯條下。

　　據張文伯自序云：「予自幼趨庭，先君鱣堂授以麟經，涉獵之餘，亦嘗取五經三禮與夫《語》、《孟》，講究其大概，凡平日得於先儒之議論者，寸長片善靡有不錄，今取其切於場屋之用者，纂爲一書，題曰《九經疑難》〔註359〕。」知其纂述之旨。是書今存四卷，其中卷四專論《毛詩》，首爲總論，凡二十一條，次言詩篇，除擇其有疑難者，述其辨駁外，凡其說之新奇，意之高遠者，亦錄焉〔註360〕。

　　所言各則，先標其目，次引諸家言，凡一標目下有二則者，先頂格書之，次降一格，並皆明其出處。觀所引述，除鄭玄、孔穎達、歐陽脩等重要詩說外，餘如林蔪《四詩考異》，失傳久矣〔註361〕，藉此得見其崖略。

　　至所言，如孔子刪《詩》去取，次第，論詩〈大、小序〉，詩之訓詁傳授，總論詩有四始。又釋〈關雎〉則有，論序詩人異同，詩以〈關雎〉爲始，或以爲刺康后，大抵所以備場屋之需也。

三、評述

　　蓋是書之作，既所以爲習舉業者所收資〔註362〕，行文之際綱目清晰，所言大旨，言簡意賅，一目了然。舉凡詩學之疑難，集於一編，頗利學者。

　　至所論，本欲取新奇之說，高遠之意。文中亦有抒己見者，如論〈大、小序〉云：「蓋自漢以來，詩合爲四，故所訓、爲傳、爲雜記者紛紛出焉，齊魯韓三國各皆有……則〈詩序〉者，訓詁之學……彼孔穎達不究大意，謂鄭氏不曰序而曰譜者，所以避子夏之〈序〉，可謂不知本矣。」又如論風雅頌三體，以爲直古人作詩之體耳。論詩之章句音韻，以爲風雅之篇無一章者，頌者述成功以告神，故一章而已，《魯頌》不一章者，乃美僖公事，非告神之歌。凡此皆先儒所未及，而有裨經義者矣。

四、卷本

　　《經義考》載之十卷，並曰未見，蓋十卷全本，今亦未見，唯有四卷殘本傳世。

1、澹生堂抄本

　　《愛日精廬藏書志》，《瞿目》俱載是本，殘存目錄一卷，總序、《周易》、《尚書》、《毛詩》四卷，板心有澹生堂抄本五字。書前並有嚴元照跋云：「按正夫名文伯，《經義考》作伯文，恐誤。辛亥孟冬，不佞游武林，得是本於書坊，僅首四卷，乃山陰祁氏澹生堂抄本〔註363〕。」

〔註359〕見《九經疑難》卷首，〈張文伯自序〉。
〔註360〕同上註。
〔註361〕見《九經疑難》卷四，〈凱風〉，以美而爲自責條所引。
〔註362〕見《鐵琴銅劍樓藏書目錄》卷六。
〔註363〕見《愛日精廬藏書志》卷六，《九經疑難條》下所引。

2、錄澹生堂本

　　此本乃阮元依澹生堂本，錄以進呈，今藏台北故宮博物院。

3、宛委別藏本

《纂圖互注毛詩》

　　《經義考》載是書二十卷，曰存。

　　據陸元輔序云：「此書不知何人編輯，鋟刻甚精，首之以毛詩舉要圖二十五……上下各圖，或引注疏，或引禮書，詳注其下，傳校圖則按漢三史而爲之者也。次之以《毛詩》篇目，每詩題下釆《毛詩》首句注之，其卷一至終則全錄〈大、小序〉及《毛傳》、《鄭箋》、陸氏《釋文》，而釆《左傳》、三禮有及於《詩》者爲互注，又標詩句之同者爲重言，詩意之同者爲重意，蓋唐宋人帖括之書也〔註364〕。」知其大略。

　　台北故宮博物院藏有一本，爲宋紹熙間建陽書坊刻本，附有舉要圖一卷。

〔註364〕見《宋元學案》卷六八。

第三章 輯佚書錄

　　鄭樵〈校讎略〉云：「書有亡者，有雖亡而不亡者，有不可以不求者，有不可求者，文言略例雖亡，而《周易》具在，漢魏吳晉鼓吹曲雖亡，而樂府具在……，凡此之類，名雖亡而實不亡者。」蓋輯佚者，古籍既佚，旁求於今有之書，搜輯成帙之謂。昔以王應麟《三家詩考》爲輯佚之始，雖未必盡然，然其學肇端於宋，則大抵不誣。迨及乾隆三十八年（西元 1773 年），朱筠奏開四庫館，嘗上摺子云：「臣在翰林，常翻閱前明《永樂大典》，其書編次少倫，或分割諸書以從其類，然古書之全，而世不恒觀者輒具在焉，臣請敕擇其中古書完者若干部，分別繕寫，各自成書，以備著錄。」凡所輯三七五種，兼賅四部，闕功甚偉。今檢宋人《詩》說，佚者四居其三，亟待輯佚，以備斯學，是編所錄著述九種，其中輯自《永樂大典》者六種，略備於茲。

《詩經新義》　　王安石等撰

一、作者

　　《三經新義》之修撰，始於熙寧五年（西元 1072 年），神宗欲一道德，成習俗，遂謂安石以所著，可頒行，令學者定於一，安石對曰「《詩》已令陸佃、沈季長作義」〔註1〕。六年，置經義局，訓釋《詩》、《書》、《周禮》義，共立提舉、修撰、同修撰、檢討官凡二十餘人〔註2〕，知《三經新義》非出一人之手。其中《詩經新義》，據安石自序，乃王雱訓其辭，而安石訓其義〔註3〕，並有呂升卿撰〈詩序解〉，義未

〔註1〕見《資治通鑑長編紀事本末》卷七四。
〔註2〕安石設局置官事，見《資治通鑑長編紀事本末》卷七四。至於參與修撰之二十餘人傳略及參與本末，詳見程元敏師撰，〈三經新義修撰人考〉。
〔註3〕見《直齋書錄解題》卷二。

盡善，安石改訂後進上〔註 4〕。除陸佃、沈季長傳略另見外，述王安石、王雱及呂升卿傳略：

王安石，字介甫，撫州臨川人，生於天禧五年（西元 1018 年），慶曆二年（西元 1042 年）登進士甲科，神宗立，起知江寧府，明年始造朝入對，三年（西元 1070 年）拜同中書門下平章事，依嘉祐三年（西元 1058 年）所上萬言書，行新法，一時物議沸騰，遭舊黨大臣反對，七年罷爲觀文殿大學士，八年復拜相，三經義成。安石之再相也，屢謝病求去，及子雱卒，尤悲傷不堪，力請解幾務，元豐元年（西元 1078 年）改集禧觀使，封舒國公，三年改封荊，哲宗立，加司空，元祐元年（西元 1086 年）卒，年六十八，紹聖中謚曰文〔註 5〕。

王雱，字元澤，安石子，性敏甚，未冠已著書數萬言，治平四年（西元 1067 年）舉進士，睥睨一世，不能作小官，作策二十餘萬，極論天下事，又作〈老子訓傳〉及〈佛書義解〉，亦數萬言，除太子中允崇政殿說書，受詔註《詩》、《書》義，書成遷龍圖閣直學士，以病辭，熙寧九年（西元 1076 年）卒，年三十三，贈左諫議大夫〔註 6〕。

呂升卿，字明甫，泉州晉江人，熙寧三年（西元 1070 年）進士，六年，以安石薦，召爲館閣校勘，提舉詳定修撰經義所檢討。升卿素無學術，每進講，多舍經而談財穀利害營繕等事，及王雱進《尚書義》，升卿奏乞不更刪改，欲以媚安石，復於神宗前訐安石之短，坐親詛其母降受太常寺太祝，紹聖中出爲京東路轉運副使，元符二年（西元 1099 年）權知越州，改守江寧，進直秘閣〔註 7〕。

二、內容

是書久佚，今據程元敏師所輯，得略知其梗概〔註 8〕。蓋依安石自序，知是書成，所以賜太學，布之天下也〔註 9〕，又觀其所論科考，以爲「初本經，次兼經並大義十道，務通義理，不須盡用注疏〔註 10〕。」是亦重大義不守舊注者。是書釋《詩

〔註 4〕見《資治通鑑長編》卷二七五。
〔註 5〕參見《宋史》卷三二七，〈王安石本傳〉，及近人梁啓超撰，《王荊公》。
〔註 6〕見《宋史》卷三二七，〈王安石傳附王雱本傳〉。
〔註 7〕參見《宋史翼》卷四十，〈呂升卿傳〉。
〔註 8〕據《詩經新義輯考彙評一詩大序及周南召南各篇》。知程師據宋人文集、史籍、類書及宋元人筆記，現存宋元明清四朝《詩經》學專著，共輯《詩經新義》佚文千又二十六條。
〔註 9〕見《郡齋讀書志》卷二。
〔註 10〕見《續資治通鑑長編》卷二二〇。

三百》，并〈詩序解義〉，有訓其辭者，如〈關雎〉下云：「悠者，思之長也〔註11〕。」〈桃夭〉下云：「夭夭，少好貌〔註12〕。」偶有突出新意者，如〈樛木〉下云：「南，明方，木，仁類者〔註13〕。」有訓其義者，大抵另定詩旨，逐字生義，所解皆大異前人，誠王氏一家之學也。

三、評述

　　蓋經義之學，慶曆前，學者尚文詞，多守章句注疏之學，至敞《七經小傳》，始異諸儒之說〔註14〕，安石新義亦所謂以意逆志者，稍尚新奇，務脫漢儒窠臼。雖未能盡得聖人之意，然比諸儒注疏之說，深淺有間矣〔註15〕，至觀其文，言簡意賅，慎言闕疑，此乃安石經說之長也〔註16〕。

　　唯所言務求義理，用意太過，謂〈詩序〉國史所作，臆度懸斷，無所依據〔註17〕，其失之一也。雖知本〈詩序〉，至於比興，穿鑿苛碎，釋〈采蘩〉而有荇、蘋、蘩、藻、沼、沚、澗、洲之別，是其穿鑿無異於宰予〔註18〕，其失之二也。至其解經，隨文生義，更無含蓄，學者讀之，更無可消詳處，更無可致思量處〔註19〕，釋〈旄丘〉，取其前高後低，以譬衛之於藜〔註20〕。釋〈淇奧〉「充耳琇瑩」，以論道義，其化無方，其成不易〔註21〕，其失之三也。又謂《周南》，其詩聖人之事，《召南》，其詩賢人之事，〈殷其靁〉未若〈汝墳〉之盛，故繫之《召南》〔註22〕。釋〈江有汜〉，必則汜、渚、沱之大小皆多生分別，非詩人本意矣〔註23〕，其失之四也。

四、卷本

　　《宋志》、《晁志》俱著錄王安石《詩經新義》二十卷，《文獻通考》據《陳錄》作三十卷。

　　蓋是書自安石歿後即失傳，未見傳本，今據《續資治通鑑長編》，知是時《詩

〔註11〕同註8，〈關雎〉條下。
〔註12〕同註8，〈桃夭〉條下。
〔註13〕同註8，〈樛木〉條下。
〔註14〕見《四庫提要》卷三三，《七經小傳》條下。
〔註15〕同註8，卷三九○，上官均元祐元年十月日。
〔註16〕見《王安石經學概論初稿》，溯源一。
〔註17〕見《詩童子問》卷首。
〔註18〕見《李黃詩解》卷三。
〔註19〕見《呂氏童蒙訓》卷中。
〔註20〕見《詩經新義輯考彙評—三衛詩各篇》，〈旄丘〉下。
〔註21〕同上註，〈淇奧〉條下。
〔註22〕同註8，〈殷其靁〉條下。
〔註23〕同註8，〈江有汜〉條下。

－89－

經》義凡二次改本、三次鏤板：熙寧八年（西元 1075 年）三經義成，欲以副本送國子監鏤板頒行，旋安石罷相，居金陵，閱詩義八月，惠卿兄弟乃於經局改竄昔日所定經義，同年九月，安石上箚請改復，詔許，并呂升卿所解〈詩序解〉刪正以聞，十二月，安石上再撰〈詩關雎義解〉，詔付國子監鏤板施行，此第一次改本，第二次鏤板矣〔註 24〕，元豐三年（西元 1080 年）安石箚乞改正三經誤字，旨令國子監依所奏照會改正，此第二次改本，第三次鏤板矣〔註 25〕。

惜是書久佚，程元敏師重爲校輯，成《詩經新義》佚文千又二十六條，及評論二百五十四條。

又《宋志》著錄《舒王詩義外傳》十二卷，或係後人將安石所訓摘出別行，唯《晁志》、《陳錄》均未見載，復考《湘素雜記》引安石說，或作《舒王新傳》，或作《舒王經義》，或作《新傳》，多與宋元人引《詩經新義》同〔註 26〕。

《詩傳》　鄭樵撰

一、作者

鄭樵，字漁仲，興化軍莆田人。生於徽宗崇寧三年（西元 1104 年）。平生舉孝廉者三，舉遺逸者二，皆不就〔註 27〕。紹興三十年（西元 1160 年），上殿奏言：臣處山林三十餘年，修書五十種〔註 28〕，皆已成，其未成者，臣取歷代之籍，始自三皇，終于五季，通爲一書，名曰《通志》〔註 29〕。因言班固以來，歷代爲史之非，授右迪功郎禮兵部架閣，力乞還山。又二年，帝自建康命以《通志》繳進，會病卒，年五十九，學者稱夾漈先生，又自號溪西遺民〔註 30〕。

樵好著書，不爲文章，自負不下向、雄。初居夾漈山，謝絕人事，久之，乃遊名山大川，遇藏書家必借留，讀盡乃去〔註 31〕。志在讀古人之書，通百家之學，討六藝

〔註 24〕詳見《資治通鑑長編》卷二七一。
〔註 25〕同上註，卷三〇七。
〔註 26〕詳見〈三經新義修撰人考〉，四提舉，王安石條下。
〔註 27〕見《興化府莆田縣志》卷二一，〈鄭樵傳〉。
〔註 28〕同上註，又可見鄭樵〈獻皇帝書〉，稱十年爲經旨之學，三年爲禮樂之學，五、六年爲天文地理之學，八、九年爲討論之學。又〈寄方禮部書〉，且詳言著書之種類，卷數。上述二文見《夾漈遺稿》卷二。
〔註 29〕同註 27。
〔註 30〕同註 27。
〔註 31〕見《宋史》卷四三六，〈鄭樵本傳〉。

之文爲羽翼〔註32〕。與兄原，世所稱溪東、溪西二先生，以稽古之學傳其家〔註33〕。

觀其著述，明古人制字之義，皆有證據，疑者闕之，足辨宋儒私意穿鑿之失〔註34〕。於書則按伏生孔壁之舊，與漢儒所傳，唐世所易，以辨其古今文字之所以訛傳；於《春秋》則首三家之文，參以同異；說《詩》則辨〈大、小序〉之文，別風雅頌之音；詩文之屬有《溪西集》〔註35〕。惟《宋史》稱其成書雖多，大抵博學而寡要。

二、內容

是書久佚，唯從鄭樵〈寄方禮部書〉，《通志‧樂略》，〈昆蟲草木略序〉，得見其大略。觀其〈寄方禮部書〉云：「學者所以不識《詩》者，以〈大、小序〉與毛鄭爲之蔽障也。」又虞集〈詩傳序〉云：「集之幼也，嘗從詩師得鄭氏經說，以爲〈大序〉不出於子夏，〈小序〉不出於毛公，蓋衛宏所爲，而康成之爲說如此。」〔註36〕知其棄〈序〉不觀，以己意逆之者。

鄭氏詩說另一重大見解，在於主聲不主義，《通志‧樂略》云：「漢儒說詩既不論聲，亦不求興，故鳥獸草木之學廢矣。」又〈昆蟲草木略序〉云：「夫樂之本在詩，詩之本在聲。」「臣之序詩，專爲聲歌，欲以明仲尼之正樂，臣之釋《詩》，深究鳥獸草木之名，欲以明仲尼教小子之意……已得鳥獸草木之眞，然後傳詩。」知所以究仲尼詩教之本也，而其本又在於聲，在於鳥獸草木之名。

三、評述

朱德潤〈詩傳序〉云：「莆田林子發氏摘宋鄭夾漈先生《詩傳訓詁》，謂德潤曰：先生昔在閩中，紬繹之暇，集爲此書，其間摘詩傳之幽隱，辨事物之名義，眞所謂發宋儒所未發者。」又云：「鄭氏之學博，故其理詳〔註37〕。」

四、卷本

據鄭樵〈寄方禮部書〉、《通志‧昆蟲草木略序〉，皆稱已得鳥獸草木之眞，然後傳《詩》，知嘗爲《詩傳》。今見《陳錄》著錄《夾漈詩傳》二十卷；朱德潤序稱《詩傳訓詁》二十卷；《宋志》、《文獻通考》、朱氏《授經圖》皆作《詩傳》二十卷〔註38〕。唯馬氏《文獻通考》，於《詩傳》，《詩辨妄》已未見，故其批評隔膜甚多，其餘亦只

〔註32〕見〈獻皇帝書〉，詳註28。
〔註33〕見《宋元學案》卷四十，鄭樵條下。
〔註34〕見《文定集》卷六，〈薦鄭樵狀〉。
〔註35〕同註27。
〔註36〕見《存復齋文集》卷四，〈詩傳序〉。
〔註37〕見《經義考》卷一○六引。
〔註38〕見《授經圖》卷四，傳類載樵《詩傳》二十卷，問辨類復載《詩傳辨妄》二十六卷。

抄《陳錄》而已〔註39〕。至《經義考》則明注曰未見。

　　元虞集〈鄭氏詩傳序〉云：「中歲備員勸講，有阿魯灰叔仲，自守泉南，入朝為同官，始得其錄本讀之。」是其幼已得聞鄭氏經說，唯未見其書，中歲始得之。又其云：「西夏斡公克莊，嘗以禮經舉進士……其僉憲淮西也，以項氏《易玩辭》，足補程朱之遺，誃于集也，為序其說而刻之〔註40〕。」

　　知其書有元刻本，唯今不見傳，又顧頡剛以《詩經大全》，凡朱子一派經說，集錄甚多，唯未及樵書，可見是書流傳不廣，雖經學家亦不易見，斡克莊即有刊本，行之亦不甚廣。

《詩辨妄》　鄭樵撰

一、作者

　　鄭樵，見前《詩傳》敘錄。

二、內容

　　是書久無傳本，《永樂大典》、《古今圖書集成》各錄若干，有顧頡剛輯本。

　　經籍考錄〈詩辨妄自序〉一篇，《集成》所錄即此篇，頗申鄭出，三家遂廢，「致今學者只憑毛氏，且以〈序〉為子夏所作，更不敢擬議。」然《通考》未見原書，僅就〈藝文略〉按語刪節而成，實不可信〔註41〕。

　　《集成》所錄凡二十三篇，大抵與《六經奧論》同〔註42〕。唯今所見皆非原本，或於成化九年《永樂大典》編成前，另有一本，後世集結遂有出入〔註43〕，觀乎二十三篇，大抵云《詩》《書》可信，然不必字字可信。

三、評述

　　朱熹嘗云：「〈詩序〉實不足信，向見鄭漁仲有《詩辨妄》，力詆〈小序〉，其間言語太甚，以為皆村野妄人所作。」〔註44〕是書之主旨本在反毛鄭，唯其最遭詬病，而

〔註39〕見《鄭樵著述考》。
〔註40〕同註36。
〔註41〕詳見《鄭樵著述考》。
〔註42〕《古今圖書集成》所錄二十三篇為：四家詩、二南辨、關雎辨、國風辨、風有正變辨、雅有正變辨、豳風辨、風雅頌辨、頌辨、商魯頌辨、逸詩辨、諸儒逸詩辨、亡詩辨、樂章辨、刪詩辨、詩序辨、詩箋辨、讀詩法、詩有美刺、毛鄭之失、詩亡然後春秋作、秦以詩廢而亡、序草木類兼論詩聲。
〔註43〕同註41。
〔註44〕見《朱子語類》卷八十。

致其書不傳者亦在此。《陳錄》云：「辨妄者，專指毛鄭之妄，謂〈小序〉非子夏所作可也，盡削去之，而以己意爲之序可乎？樵之學雖自成一家，而其師心自是，殆非孔子所謂不知而作者。」周孚撰《非詩辨妄》，雖多意氣之言，然亦可見時尙之一斑。

　　四庫提要云：「鄭樵恃其才辨，無故而發難端。」又云：「決裂古訓，橫生臆解，實汨亂經義之渠魁〔註45〕。」樵固有言過之處，然非無的放矢。蓋其論點往往建立在事實的基礎，如論六亡詩，明言有其義，而無其辭，何得爲秦火前人語。至廢〈序〉之議，自鄭樵、王質起，影響後世詩說極大。

四、卷本

　　《通志・藝文略》云：「臣爲作《詩辨妄》六卷，可以見其得失。」《四庫提要》毛詩正義條，亦云朱子從鄭樵之說，專攻〈小序〉。《陳錄》、《宋志》、《文獻通考》俱載之。

　　可知宋代頗有傳本，久已亡佚。今可見者有《古今圖書集成・經籍典》，存樵自序，並其說二十三條，其中除序草木類兼論詩聲外，餘皆見於《六經奧論》卷三，殊不足信。

　　有顧頡剛輯佚評點本，較完整。爲民國二十二年樸社排印本。

《絜齋毛詩經筵講義》　　袁燮撰

一、作者

　　袁燮，字和叔，鄞縣人。生而端粹專靜，少長，讀〈東都黨錮傳〉，慨然以名節自期。淳熙八年（西元 1181 年）進士，寧宗黨禁興，以論去。復爲禮部侍郎，與史彌遠議，罷歸。起知溫州進直學士。嘉定十七年（西元 1224 年）卒，學者稱絜齋先生，後諡正獻。

　　初燮入太學，陸九齡爲學錄，同里沈煥、楊簡〔註46〕、舒璘皆在學，以道義相切磨，後遇陸九淵於都城，九淵即指本心洞徹通貫，遂師事〔註47〕。著有《絜齋家塾書鈔》，《絜齋毛詩經筵講義》。

〔註45〕見《四庫提要》卷十五，〈詩序〉條。
〔註46〕方回跋〈絜齋年譜〉略曰：「自公之得諸師傳家授以來，象山此心也，慈湖此心也，絜齋此心也。」蓋象山門人往往楊、袁並稱，唯楊簡泛濫夾雜，袁燮之言有繩矩，實不可連類而語。
〔註47〕見《眞文正公集》卷四七，眞德秀撰〈袁正獻公行狀〉云：「東萊呂成公，接中原文獻之正傳，公從之遊，所得益富。」知燮嘗師祖謙，而究其歸宿則陸九淵也。

二、內容

是書四卷，乃四庫館閣大臣自《永樂大典》中輯出，皆《國風》〔註48〕，自〈卷耳〉以迄〈碩鼠〉，凡釋詩四十七篇，并論〈詩序〉二則。

觀其體例，實經筵講章之屬，其言則因經文而有所推闡也，於篇末每曰人主觀此蓋亦知所警矣，君天下者蓋致思焉云云，是為人君言之，意存法戒，故作丁寧反覆之辭。至釋詩篇，則於振興恢復之事，尤再三致意，如論〈式微〉篇，則極稱太王句踐轉弱為強，而貶黎侯無奮發之心，論〈黍離〉則直以汴京、京廟、宮闕為言，論〈詩序〉則闡述王道之盛衰，與乎詩樂之正變，是亦抒胸中憂憤之作也。

三、評述

清乾隆帝嘗評是書云：「講義要當重切磋，絜齋不事頌辭阿，解經依注無為異，取古誡今有足多〔註49〕。」《四庫提要》亦稱云：「理明詞達，無所矯揉，可謂能以古意資啟沃〔註50〕。」蓋是書乃本溫柔敦厚之教以進講筵，雖議論平和，無浮夸鄙倍氣習，然每論皆以「臣聞」發其端，以為人君言之意明矣，復感靖康之恥，寧宗湖山宴樂，曾無奮發之心，所言每寓故宮黍離之痛，振興恢復之志，與謝枋得《詩傳註疏》，旨趣同矣。既視《詩》為諷諫教化之具，則詩人本意盡失。

四、卷本

是書《宋志》、《陳錄》、《經義考》皆不載，惟《永樂大典》頗載其文，知失傳久矣。四庫館臣從《永樂大典》錄出，自〈詩序〉以迄〈碩鼠〉，凡四十七篇，釐為四卷。至於雅頌諸篇，則《永樂大典》闕，或輪番進講變未當值，未可知矣〔註51〕。

1、四庫全書本

2、武英殿聚珍版叢書本

　　乾隆四十年刊，今藏台北故宮博物院。

　　另有乾隆四十二年福建刊，道光、同治遞修本。

　　又《四明叢書》第四集所收，《叢書集成初編》所收，皆為覆聚珍版叢書本。

3、反約篇本

4、榕園叢書甲集本

5、復性書院叢刊本

〔註48〕見《四庫提要》卷十五，《毛詩經筵講義》條下。
〔註49〕見四庫全書本《毛詩經筵講義》卷前，御製題詩。
〔註50〕同註48。
〔註51〕同註48。

《毛詩講義》　林岊撰

一、作者

　　林岊，字仲山，福州古田縣人〔註52〕，淳熙十五年（西元1188年）進士〔註53〕，開禧二年（西元1207年）除著作佐郎，以避祖諱，改除秘書丞。嘉定間守全州，至郡即定先賢祠祭禮，修復清湘書院，建率性堂〔註54〕，日偕諸生講學，與魏了翁相友善，在郡九年，民戴其惠，祀之柳侯廟〔註55〕。

二、內容

　　是書十二卷，皆講論《毛詩》之語，觀其體，蓋在郡時所講授，而門人錄之成帙者，卷一至卷十，釋詩篇，大抵簡括箋疏，依文訓釋〔註56〕，至釋〈關雎〉則云：「毛氏〈小序〉傳用數則字，發明風人之義極分曉……至鄭氏則所箋差矣〔註57〕。」知所以取裁毛鄭，而折衷其異同也。卷一諸篇皆標其體，本諸毛鄭，偶於《朱傳》亦有所采，又釋〈氓〉，以為私奔者自言〔註58〕，亦取《朱傳》言。

　　末二卷，則專論〈詩序〉，以為〈大序〉乃論詩之音也，〈虞書〉乃論樂之音也，論六義則以為有一篇中各得其一義者，有一篇中而全具者，有一篇中而兼具者。至釋各篇〈小序〉，則皆本〈序〉說而推闡矣。

三、評述

　　《四庫提要》嘗評是書云：「雖範圍不出古人，然融會貫通，要無枝言曲說之病，當光寧之際，廢〈序〉之說方盛，岊獨力闡古義，以紹後生，亦可謂篤信謹守者矣〔註59〕。」誠如所言，岊書乃承漢儒一派之作，至述〈小序〉，不敢稍離古人，實因循之作耳。又觀其釋詩篇，論〈大序〉，則往往頗采《朱傳》，蓋一時風氣所致

〔註52〕見《福建通志》卷七十。《四庫提要》卷十五，《毛詩講義》條、《宋元學案補遺》卷八十，林岊條所引皆同此。唯《南宋館閣續錄》作長樂人。

〔註53〕《南宋館閣續錄》載岊，淳熙十五年進士。《福建通志》則云：紹熙元年特奏名，嘉定間守全人，頗有出入。又《儀顧堂題跋》，《毛詩講義》條下，引《福建通志》作，嘉泰間守全州，誤矣。

〔註54〕見《鶴山大全集》卷四十八，魏了翁撰，〈全州清湘書院率性堂記〉云：「吾友林仲山岊，守全日，得柳侯仲塗氏讀書遺世，乃鉏荒築室。」又《洺水集》，〈賜名清湘書院記〉云：「前守林侯岊，亦嘗即其地作新書堂。」

〔註55〕見《宋元學案補遺》卷八十，林岊條。

〔註56〕見《四庫提要》卷十五，《毛詩講義》條。

〔註57〕見《毛詩講義》卷一，〈關雎〉條下。

〔註58〕同上註，卷三，〈氓〉條下。

〔註59〕同註56。

矣。唯終致令前後所述詩旨相矛盾〔註60〕，亦失之察也。

四、卷本

是書《宋志》、《文獻通考》、《文淵閣書目》、《授經圖》俱載之五卷〔註61〕。《經義考》據《宋志》作五卷，並曰佚。

蓋是書自明初以來，久無傳本，今所見乃四庫館閣大臣從《永樂大典》抄出之十二卷本。據《四庫提要》云：「今從《永樂大典》各韻所載，次第彙輯，用存其概，《永樂大典》所原軼者，則亦闕焉，因篇帙稍繁，謹釐爲一十二卷，不復如其舊〔註62〕。」又《愛日精廬藏書志》，《皕宋樓藏書續志》皆載文瀾閣傳抄本十二卷，《善本書室藏書志》，江蘇省立國學圖書館皆載抄本，殆即此本矣。

1、文淵閣四庫全書本
2、四庫珍本一集本

《詩解》　楊簡撰

一、作者

楊簡，字敬仲，慈溪人，孝宗乾道五年（西元 1169 年）進士，授富陽簿，調知樂平縣，興學訓士，邑人以訟爲恥，夜無盜警，路不拾遺，民呼楊父〔註63〕。簡雖傳金谿之學，持論入禪，然歷官治績皆可紀〔註64〕。官至寶謨閣學士，大中大夫，寶慶二年（西元 1226 年）卒，年八十六，諡文元。嘗築室德潤湖上，更名慈湖，遐方僻嶠，婦人孺子皆知有慈湖先生矣。咸淳間制置使劉黻，即其居作慈湖書院〔註65〕。

乾道五年（西元 1169 年），會陸九淵道遇富陽，夜集雙明閣，答問有契，遂稱弟子〔註66〕。蓋象山之門，必以甬士四先生爲首，而壞其教者實慈湖〔註67〕。黃榦

〔註60〕所指乃卷一至卷十，所釋各篇，與末二卷，全依〈序〉言者而言。
〔註61〕同註 56。
〔註62〕同註 56。
〔註63〕見《宋史》卷四〇七，〈楊簡本傳〉。時簡知樂平縣，興學訓士，諸生聞其言有泣下者。楊石二少年爲民害，簡實獄中，諭以禍福，咸感悟頓自贖，由是邑人以訟爲恥。
〔註64〕見《南宋文範‧作者考》卷下。
〔註65〕見《宋元學案》卷七四，〈慈湖學案〉。
〔註66〕同上註，時簡爲富陽主簿，嘗反觀覺天地萬物通爲一體，非吾心外事。象山數提本心二字，簡問何謂本心，象山曰君今日所聽扇訟，彼訟扇者，必有一是一非，若見得孰是孰非，即決定某甲是，某乙非，非本心而何。簡聞之忽覺此心澄然清明。
〔註67〕同註 65，全祖望案語。此歷代論者多矣，大抵主此說。唯謝山碧沚楊文元公書院記，以爲不然。

云:「《楊敬仲集》,皆德人之言也,而未聞道。觀其行,齋明嚴恪,非禮不動,生平未嘗作一草字,是其言不可盡從,而行則可師。於諸經皆有所著,垂老,更欲修辭以屏邪說,未就〔註68〕。著有《甲、乙稿》,《楊氏易傳》,《五誥解》,《慈湖詩解》、《冠記》、《昏記》、《慈湖遺書》等。」

二、內容

是書列釋詩篇,「至其總論列國雅頌之篇,《永樂大典》此卷適闕,無從採錄,其〈公劉〉以下詩十六篇,則不載其傳,豈亦如呂祖謙之《讀詩記》,獨闕〈公劉〉以下諸篇,抑在明初已殘闕耶。」〔註69〕。

觀其言,大抵在發明詩旨,闡述文義,訓詁名物,考訂音韻。言大旨則去〈序〉不觀,以〈毛詩序〉差誤既多,既甚,理難盡信〔註70〕,〈小序〉出自衛宏不可信。又詆子夏小人儒〔註71〕,譏鄭康成不善屬文。每所闡言,必言本心,釋〈關雎〉云:「此誠確無偽之心,不忌不妒之心,即道心,即天地之心,鬼神之心,百聖之心。」釋〈行露〉云:「此貞女不可干犯之正心,即道心。」釋〈螽斯〉云:「止言子孫眾多,則義味不深,故推及之,吁此正學者面牆之見,不語道,不離於平常。」諸如上述,無一不及陸派心學。

至述文義,言名物,考制度,必博采諸家。此樓氏云:「詩人諷詠,或有包于事實制度,名數不盡合乎禮典,先王皆在商世,難拘以《周禮》,文干以服事商不應作禮樂,如此類未易檃括,皆前輩之所未發者〔註72〕。」觀其言草木鳥獸之名,必毫毛俱在,考訂音韻,則必先引補音,先秦典籍,漢魏詩文用韻,隋唐韻書。惜乎往往以古說難盡信,斷以己意又諸多牽合。

三、評述

簡是書,大抵發明無邪之思,一貫之旨。觀乎自序云:「變化之為興觀群怨,孰非是心,孰非是正,人心本正,起而為意而後昏,不起不昏直而達之。則〈關雎〉求淑女以事君子,本心也,〈鵲巢〉昏禮天地之大義,本心也。」此章太炎所以云:「觀其論議,能信心矣,故于《孔叢》所稱『心之精神是謂聖』一語,無一篇不道及,明儒所謂立宗旨者,實始於此。」〔註73〕唯其學出陸九淵,釋詩必揚經人之心,

〔註68〕見《吳都文粹續集》卷四,淳熙四年四先生祠堂碑文。
〔註69〕見《四庫提要》卷十五,《慈湖詩傳》條。
〔註70〕見《慈湖詩傳》卷一,《葛藟》條。
〔註71〕見《慈湖詩傳·自序》。
〔註72〕見《攻媿集》卷六七,樓鑰撰,〈答楊敬仲論詩解〉。
〔註73〕見《五十萬卷樓藏書目》,《慈湖詩傳》條下。

每以〈序〉中不合陸派心學者，斥之殊爲害道，至是不免失釋詩之本，而爲宣揚思想之工具。

　　至其謂古書難盡信，雖載之《左傳》不可據，《爾雅》亦多誤，〈大學〉所引亦有牽合，〈詩序〉多失經意，《釋文》多好異音，而詆子夏小人儒，皆前人所未發。然高明之過，至於放言自恣，無所畏避。又云聊樂我員之員爲姓，六駁爲赤駁之譌，往往附會穿鑿〔註74〕。

　　至於一名一物，一字一句，必斟酌去取，其考核六書，則自《說文》，《爾雅》、《釋文》及史傳之音注，無不悉蒐，其考訂訓詁，則自齊魯毛韓以下，至方言雜說無不博引，此樓鑰尚稱其詳〔註75〕，唯不免迂曲冗解之言。又往往以今物釋古語〔註76〕。另《四庫提要》云：「補音久佚，唯此書所引，尚存十之六七，然往往以漢魏以下之韻牽合古音，其病與韻補相等〔註77〕。」皆不察之失。

四、卷本

　　是書原本二十卷，焦氏《經籍志》，《千頃堂書目補》尚載其名，《經義考》注曰已佚。今所見唯《永樂大典》鈔輯本，據《四庫提要》云：「今從《永樂大典》所錄，裒輯成編，仍勒爲二十卷，又從《慈湖遺書》內補錄〈自序〉一篇，總論四條，而以《攻媿集》所載，樓鑰與簡〈論詩解書〉一通附於卷首，其他論辨若干條各附本解之下。」

　　《愛日精廬藏書志》，《皕宋樓藏書續志》皆載有文瀾閣傳鈔本，五十萬卷樓亦有一部，每卷均鈐有「吹網」二字朱文印，疑爲葉廷琯所藏，不知何處所鈔。

　　又江蘇省立國學圖書館藏一部，僅題抄本，不知何處所抄。

　　又故宮博物院藏文淵閣寫本《四庫全書》，今有商務印書館影印本行世。

　　另有《四明叢書》第四集所收。

《詩集傳舊傳》　　朱熹撰

一、作者

　　朱熹，見本文第二章，第二節《詩集傳》敘錄。

〔註74〕同註69。
〔註75〕同註72，〈鵲巢〉維鳩居之條下，樓氏云：「多識草木鳥獸之名，考之當如此之詳。」
〔註76〕《慈湖詩傳》中如此者極多，如，〈七月〉條釋霽發、栗烈二語，又〈巷伯〉釋幡幡一語。詳見樓氏〈答楊敬仲論詩解〉。
〔註77〕同註69。

二、內容

今本《詩集傳》，卷首序文，據朱鑑跋語〔註78〕，又考之〈讀詩記後序〉及〈讀桑中篇〉〔註79〕，是爲舊序無疑。其文曰；「昔周盛時，上自郊廟朝廷，而下達於鄉黨閭巷，其言粹然，無不出於正者，聖人固已協之聲律，而用之鄉人，用之邦國，以化天下。」又云：「善者師之，而惡者改焉……是則詩之所以爲教者然。」知撰述之旨，本乎〈詩序〉政教美刺之說矣。

至其所言，僅就潘重規先生所輯「詩序舊說」六十五條觀之〔註80〕，以闡發〈序〉言者居多，如〈關雎序〉下云：「周公取以爲《周南》之首篇，以教天下後世，以明凡后妃者，其德皆當如是也。」〈騶虞序〉下云：「文王之化，始於〈關雎〉，而至於〈麟趾〉，則其化之入人深矣……故〈序〉以〈騶虞〉爲〈鵲巢〉之應，而見王道之成，其必有所傳矣。」唯亦非全守〈序〉言也，遇疑者則存其疑，如〈關雎序〉下云：「然正變之說，今無明文可考，今故從之。」〈伯兮序〉下云；「先儒以此詩疑此時作（衛宣公），然無明文可考。」遇不當者亦改易之，如〈雄雉〉，〈序〉以國人所作，熹則以爲怨女之辭也。

三、評述

《詩傳遺說》云：「熹向作詩解文字，初用〈小序〉，至解不行處，亦曲爲之說。」〔註81〕朱熹亦自謂是書乃少時淺陋之說〔註82〕，大抵皆貶抑之，故待《詩集傳》一出，而此書遂廢矣。蓋以二書相較，最大不同點乃在對〈序〉說的態度，《舊傳》曰：「詩之始作，多發於男女之間，而達於父子君臣之際。」如此欲達詩教功用，自不免全守〈序〉言，而強爲之說，如〈谷風序〉下云：「宣姜有寵而夷姜縊，是以其民化之。」又云：「所謂一國之事繫一人之本者如此。」然亦有〈序〉言全合詩意者，雖《詩集傳》之作亦不能改焉，此即潘氏所謂「實多精到之言」者。

又《詩集傳》既廢〈序〉說，視風詩乃里巷歌謠，自不得牽附正變之說，然觀所釋詩，往往受制於正變觀念〔註83〕。今據舊傳所言，於正變之說已存疑，知熹早年於〈序〉說已有懷疑，然基於政教立場，不得不存之矣。故舊傳雖熹已棄之，實有助學者了解其觀念之演變。

〔註78〕見《詩傳遺說》卷末，朱鑑跋語。
〔註79〕見《呂氏家塾讀詩記》卷末，朱熹後序。
〔註80〕見《朱子詩序舊說》敘錄。
〔註81〕見《詩傳遺說》卷二。
〔註82〕同註79。
〔註83〕詳見本文，第二章，第一節《詩集傳》敘錄。

四、卷本

據〈呂氏家塾讀詩記後序〉云：「此書所謂朱氏者，實熹少時淺陋之說，而伯恭父誤有取焉。」又《詩傳遺說》朱鑑跋云：「《詩傳舊序》，此乃先生丁酉歲，用〈小序〉解經時所作，後乃盡去〈小序〉。」知朱熹舊說書成於丁酉年（西元 1177 年）。又其答程允夫書云：「近見延平先生，始略窺門戶……又爲《詩集傳》，方了《國風》、《小雅》。」蓋所指即此書矣，知亦名「詩集傳」。近人吳其昌據熹〈答呂伯恭書〉云：「熹所集解，當時亦甚詳備，後以意定，所餘才此耳。」遂定熹舊說名曰「毛詩集解」，殆誤有取焉矣。

又其〈答李公晦書〉云：「詩說近修《國風》數卷，舊本且未須出，甚善。」知舊傳距成書後十餘年尚存矣，而各家書目未載，今未見。僅《遂初堂書目》載《詩集傳藁》一部，疑即是書。

今有潘重規先生，自《呂氏家塾讀詩記》，嚴粲《詩緝》中，輯成朱子《詩序舊說》一卷，凡六十五條，始得見是書大略。

《續讀詩記》 戴溪撰

一、作者

戴溪，字肖望〔註84〕，永嘉人，少有文名，淳熙五年（西元 1178 年）爲別頭省試第一〔註85〕。領石鼓書院山長〔註86〕，歷官實錄院檢討官，工部尙書，文華閣學士。以龍圖閣學士致仕，嘉定八年（西元 1215 年）卒，贈特進端明殿學士，紹興間追諡文端〔註87〕，學者稱岷隱先生。

開僖間，由禮部郎中凡六轉爲太子詹事，兼秘書監，景獻太子命以講〈中庸〉、〈大學〉，復命類《易》、《詩》、《書》、《春秋》、《論語》、《孟子》、《資治通鑑》，各爲說以進。溪之學似止齋，以經學行義爲重〔註88〕，著有《易注總說》、《曲禮口義》、《學記口義》、《詩說》、《續讀詩記》、《春秋說》、《通鑑筆議》、《石鼓論語、孟子答

〔註84〕《宋史》卷四三四，〈戴溪本傳〉作「肖望」，〈黃氏日抄〉同。唯沈光義作〈春秋講義序〉，稱字「少望」。震、溪同時人也，不應有誤，溪子栩刊父遺書。乞光爲序，亦不當有誤。或溪有二字矣。

〔註85〕見《宋史》卷四三四。

〔註86〕《宋史》不錄，見《宋人傳記資料索引》，戴溪條下。

〔註87〕同上註。並錄有一諡曰文靖。

〔註88〕見《宋元學案》卷五三。

問》、《岷隱文集》等〔註89〕。

二、內容

是書為說凡三卷。卷一讀《十五國風》，分標各國之名，下依序論述各篇。卷二讀《小雅》。卷三讀《大雅》及《三頌》，論例皆同卷一。

其解詩，不言〈小序〉。每篇先述詩篇主旨，如〈關雎〉云：詩人述后妃之意而作；〈螽斯〉云：觀詩人之意，以螽斯喻子孫，非喻后也；〈渭陽〉云：送舅氏也，序詩者稱其念母，原其意也。

次於每篇往往標作者，如〈螽斯〉云：亦媵妾作也；〈兔罝〉、〈莆田〉云：國人作也；〈鵲巢〉云：為諸侯夫人作也。

至其解詩，則重在求篇內之微旨，詞外之寄託，大抵皆平正通達。

三、評述

《陳錄》云：「其書出於呂氏之後，謂呂氏於字訓章已悉，而篇意未貫，故以續記為名，其實自述己意，亦多不用〈小序〉〔註90〕。」知其書不甚主〈小序〉，然大抵皆平心靜氣，玩索詩人之旨，與預存成見，必欲攻毛鄭而去之者，固自有殊。

又其雖名曰續呂氏之書，然已非墨守呂氏之說，此戚雄所謂：「戴岷隱謂〈有狐〉為國人憫鰥夫，則表國人之仁心，固勝於剖寡婦之淫志，其謂〈摽有梅〉，父母之心也，求我庶士乃擇婚之辭，至哉言乎，恐聖人復起，不易斯言矣〔註91〕。」

大抵溪之學本止齋，《溫州志》稱其平實簡易，求聖賢用心，不為新奇可喜之說，於此書可見一斑。

四、卷本

《宋志》著錄戴溪《續讀詩記》二卷，焦氏《經籍志》、朱氏《經義考》皆同。《四庫全書》著錄《岷隱續讀詩記》三卷、《通考》同，大約書名略異，而卷數皆同。

其書《經義考》注曰未見，知久不傳矣，今可見者皆輯錄而成者。

1、四庫全書本

據《四庫提要》云：「原本三卷，久佚不傳，散見於《永樂大典》中，尚得十之七八，謹綴緝成帙，仍釐為三卷。《永樂大典》，詩字一韻，闕卷獨多，其原序、總綱無從補錄，則亦姑闕焉。」

2、四庫全書珍本二集所收

〔註89〕同上註。
〔註90〕見《直齋書錄解題》卷二。
〔註91〕見《經義考》卷一〇六引。

3、武英殿聚珍本

《邵目》載覆閩本一部，江蘇省立國學圖書館載福州刊本、江西刊本。當皆
據此本覆刊。

4、墨海金壺本

5、經苑本

6、清芬堂叢書本

《詩傳注疏》　　謝枋得撰

一、作者

謝枋得，字君直，號疊山，信州弋陽人。寶祐四年（西元 1256 年）進士，為
人豪爽，觀書五行俱下，性好直言，一與人論古今治亂國家事，必掀髯抵几，以忠
義自任，徐霖稱其如「驚鶴摩霄，不可籠縶」。五年，考試建康，摘賈似道政事為問
目，言兵必至，國必亡，謫居興國軍。德祐初，以江東提行知信州，元兵東下，信
州不守，乃變姓名入建寧唐石山。宋亡，居閩中，劉夢炎薦之，不起，遺書曰：「吾
年六十矣，所欠一死耳，豈復有他志哉。」

至元二十六年，福建參政魏天祐強之而北，至都不食死，年六十四，門人私諡
文節〔註92〕，世稱疊山先生，著有《詩傳注疏》、《易說》、《十三卦取象》、《批點陸
宣公奏議》、《文章軌範》、《疊山文集》〔註93〕。

二、內容

是書久佚，今所見乃自《永樂大典》所載元人《詩經》纂注，并諸書中所輯三
百又一條，略分三卷〔註94〕，其中又以卷中《小雅》之什論之最詳，蓋因枋得生板
蕩之朝，抱黍離之痛，說詩見志，於《小雅》憂傷哀怨之什，恒致意焉〔註95〕。

觀乎所言，說〈葛覃〉而繫后妃之德，釋〈漢廣〉而論文王之化，是亦守〈序〉
說者，唯於忠逆之辨，時世之艱，百姓之困每痛切言之，尤特感於〈黍離〉、〈無衣〉
二詩〔註96〕，則欲借詩人之酒杯，一澆胸中塊壘者矣，殆非致力於詩旨發明之作也。

〔註92〕據《宋元學案》馮雲濠案云：「郭青螺言文節之諡，《疊山集》以為私諡，鄭汝璧《臣
　　　諡類鈔》，以為景泰年諡，未知孰是。」今據《疊山集》。

〔註93〕見《疊山集》卷十六。〈疊山先生行實〉。

〔註94〕見《詩傳注疏》卷前，吳長元弁言。

〔註95〕同上註。

〔註96〕見《詩傳注疏》卷上，〈黍離〉條下。

三、評述

　　吳長元嘗評是書云：「於經義發明透徹，又非空作議論者比〔註97〕。」阮元亦稱之「然據理解經，亦絕非橫發議論，若胡安國之《春秋傳》可比〔註98〕。」觀其言，大抵逐章以解，至疏〈蓼莪〉四章，詳明愷惻，引〈中庸〉以釋不愧屋漏，誠是精當。唯解〈無衣〉寓高宗南遷之失，論「皇父」，刺似道誤國之姦，言〈凱風〉而直陳蘇文忠公詔獄寄弟詩，釋〈君子陽陽〉，而知今不如古也。此所以陳時事也。至釋〈園有桃〉，以陳國亡主辱之痛，解〈小宛〉而述賢不肖同朝之狀，論〈白駒〉而恨時之不明也，皆所以抒憂憤也。此吳氏所謂：「孔子興觀群怨，事父事君之旨，先生蓋深有契焉，讀是編者，可以論世可以知人矣〔註99〕。」然究非《詩經》學之範疇。

　　又其言，往往述理、氣之論，釋〈揚之水〉而謂「天不言而能制萬物之命，純乎天理而已矣。」釋〈十月之交〉，而極言陰盛陽微之理，釋〈崧高〉而論非常之山，有非常之神氣，皆理學家者言，非所以釋詩也。

四、卷本

　　是書《宋志》不載，《經義考》則云已佚，今所見本，有乾隆間吳氏識語云：「原本久佚，卷帙無考，元人解詩，互相徵引，刪節詳略亦各不同，今於《永樂大典》各韻所載元人《詩經》纂注中，採錄一百六十四條，歷搜諸書，又得一百三十七條，存詳去略，編為三卷。」

　　1、阮元進呈本

　　　　台北故宮博物院藏一部，為嘉慶間阮元進呈抄本。據《四庫未收書目提要》，知此本即乾隆間仁和吳元長從《永樂大典》鈔輯本。

　　2、知不足齋叢書本

　　　　此為覆吳氏輯本，今有民國五十四年，興中書局影印本行世。

　　3、宛委別藏本

　　4、謝疊山先生評注四種合刻本

　　5、抱經樓叢刊本

　　6、叢書集成初編本（覆知不足齋叢書本）

〔註97〕同註94。
〔註98〕見《四庫未收書目提要》卷一，《詩傳註疏》條下。
〔註99〕同註94。

第四章　未見書錄

　　古籍散佚，昔有「十厄」之論，然考歷代書目，典籍浩瀚，於今十不存一，其因何止於斯。明二王孫，藏書甚富，惜睦樉所藏盡付黃流，謀埠所藏亦遭劫火，天災如斯，復以著述之汰舊更新，板刻流傳之不易，今更以臺灣地處海隅，訪書益難。考宋代《詩經》著述，未見者百五十餘種，大抵見諸《經義考》，亦有載之史傳、公私書目者，其間不乏「名亡而實不亡者」，以未及見，總歸於茲，一依時代爲序，並述作者傳略，板本出處，凡序跋尚存，及他書徵引之文，後人評騭之語，就所見亦兼述之，一以窺是書大略，再以爲他日訪書之參考。

《皇帝詩解》

　　宋徽宗，名佶，神宗十一子，繼哲宗立。好道教，自稱教主道君皇帝，工書畫，通百藝，頗知學問。唯無治世之才，任用蔡京、童貫，朝政日非，靖康二年（西元 1127 年），金兵陷汴京，被虜北去，紹興五年（西元 1135 年），殂於五國城，年五十四〔註1〕。

　　據《玉海》載，紹興二十四年，十一月，十七日，實錄院奉詔編次徽宗御集成，其中有《詩解》九卷。又《經義考》載五卷，曰佚。今未見。

《演聖通論》

　　胡旦，字周父，渤海人，博學能文，太平興國三年（西元 978 年）進士，歷官秘書監，數上書言時政利弊，旦喜讀書，既喪明，猶令人誦經史，隱几聽之，不少輟。著有《漢春秋》、《五代史略》、《將帥要略》、《演聖通論》、《唐乘家傳》〔註2〕。

　　《宋志》、《晁志》、《陳錄》、《玉海》、《崇文總目》皆載是書六十卷。《經義考》

〔註1〕見《宋史》卷十九，〈徽宗本紀〉。
〔註2〕參見《宋史》卷四三二，〈胡旦本傳〉。《宋元學案補遺》卷六，胡旦條下。

據《宋志》載,曰佚。

據《晁志》云:「其所論《易》十六卷,《書》七卷,《詩》十卷,《禮記》十六卷,而《春秋論》別行,天聖中嘗獻於朝,博辨精詳,學者宗焉〔註3〕。」又《崇文總目》載其撰述之旨云:「以《易》、《詩》、《書》、《論語》,先儒傳注得失參糅,故作論辨正之〔註4〕。」知其書大略。

《毛詩正紀》、《毛詩外義》

宋咸,字貫之,其先洪州南昌人,徙居建陽,天聖二年(西元1024年)進士,知邵武軍,立學置田以養士,慶曆元年(西元1041年)除太常博士。知瓊州,奏請設學,賜經史以變夷風,遂集諸生讀五經於先聖廟,建尊儒閣。移守韶州,奏除悍卒,境內肅然,狄青經制廣西,移咸為漕,官至都官郎中。

咸總角好書,不同群兒,其母每謂:此子必興宋氏,及長從江拯學,著有《易訓》、《毛詩正紀》、《毛詩外義》、《論語增注》、《法言注》、《孔叢子注》、《朝制要覽》等〔註5〕。

《宋志》、《授經圖》〔註6〕皆載咸《正紀》三卷。《通志》、《國史經籍志》則作一卷。《經義考》據《宋志》以載,曰佚。

《宋志》、《通志》、《國史經籍志》、《授經圖》皆載《外義》二卷,《經義考》據《宋志》以載,曰佚。

二書今皆不傳,據《玉海》引《中興書目》云:「《正紀》三卷,天僖中,宋咸撰,四十四篇,論詩名,篇數,風雅正變之類,又《外義》二卷〔註7〕。」知其大略。

《詩折衷》

劉宇,字閎中,侯官人,寔弟,政和二年(西元1112年)進士,終文林郎京畿運管〔註8〕。

《宋志》、《陳錄》、《通志》、《玉海》、《國史經籍志》、《文獻通考》皆載是書二十卷,《經義考》據《宋志》以載,曰佚。

〔註3〕見《郡齋讀書志》卷四。
〔註4〕《經義考》卷二四二,《演聖通論》條下引。
〔註5〕宋咸,《宋史》不載,見《福建通志》卷一八七,〈宋儒林・宋咸傳〉。
〔註6〕《授經圖》作朱咸,或因字形相近誤「宋」作「朱」也。
〔註7〕見《玉海》卷三十八。
〔註8〕據《陳錄》作「皇祐中,莆田劉宇撰。」今據淳熙《三山志》有劉宇,未知是否即此人。

陳振孫曰：「皇祐中，莆田劉宇撰，凡毛鄭異義折衷從一，蓋仿唐陳岳《三傳折衷論》之例，凡一百六十八篇。」

《毛詩大義》

蘇子才，生平無考。

《通志》、《玉海》、《授經圖》皆載是書三卷。《經義考》據《通志》載，並引王應麟曰「皇祐中，武功蘇子才，采《鄭譜》、《孔疏》僅二百條，分爲三卷〔註9〕。」知是書大略，今佚。

《毛詩小傳》

梅堯臣，字聖俞，宣州宣城人，工詩，以深遠古淡爲意，歐陽脩與爲詩友，自以爲不及。仁宗召試，賜進士出身，官至員外郎，預修《唐書》，嘉祐五年（西元1060年）卒，世稱宛陵先生，著有《唐載記》、《毛詩小傳》、《宛陵集》、《注孫子》等〔註10〕。

《經義考》據堯臣墓誌銘載是書二十卷，曰佚，又《玉海》亦載是書二十卷。

《周詩義》

茅知至，仙遊人，高潔孤介，不求聞達，隱於縣之西山，倡六經孔孟之道，著二十一史繹，註十三經旁訓，以授鄉里，景祐中龐籍薦於朝，補國子助教，未幾仍歸隱〔註11〕。

《宋志》、《授經圖》皆載是書二十卷，《經義考》據《宋志》載，曰佚。

《詩說》

周堯卿，字子俞，永明人〔註12〕，天聖二年（西元1024年）進士，官至太常博士，慶曆五年（西元1045年）范仲淹薦其經行可爲師表，未及用而卒，年五十一。堯卿警悟強記，以學行知名，其學長於毛鄭詩、左氏春秋，著有《詩春秋說》、文集等〔註13〕。

《經義考》載是書三十卷，曰佚。

據《隆平集》云：「堯卿之學，不惑傳注，問辨思索，以通爲期，其學詩以孔子所謂：《詩三百》一言以蔽之曰思無邪，孟子所謂：說《詩》者以意逆志，是爲得之。考經指歸而見毛鄭之得失。曰毛之傳欲簡，或寡於義理，非一言以蔽之

〔註9〕 見《經義考》卷一○四引。
〔註10〕 參見《宋史》卷四四三，〈梅堯臣本傳〉。《宋元學案》卷四，梅堯臣條下。
〔註11〕 參見《宋元學案補遺別附》卷一。
〔註12〕 據《歐陽文忠公全集》卷二五，歐陽脩撰〈周君墓表〉，作永寧人。
〔註13〕 參見《宋史》卷四三二，〈周堯卿本傳〉。《宋元學案補遺》卷三，周堯卿條下。

－107－

者也。鄭之箋欲詳，或遠於性情，非以意逆志者也。是可以無去取乎〔註14〕。」
略知其論說之旨。

《詩集》

魯有開，字元翰，譙人，宗道從子。好禮學，通《左氏春秋》，皇祐五年（西元
1053年）進士，富弼薦之，以爲有古循吏風。熙寧間，以乖異安石之問，出杭
州通判。著有詩集〔註15〕。

《宋志》載是書十卷，《經義考》據《宋志》以載，曰佚。

《詩傳》

李常，字公擇，建昌人，皇祐進士，熙寧初，爲秘閣校理。王安石與之善，時安
石立新法，常極言不便。哲宗時，官御史中丞，兼侍讀，加龍圖閣直學士，元祐
五年（西元1090年）卒，年六十四。常少讀書廬山白石僧舍，既擢第，留所抄
書九千餘卷於室，名曰李氏山房。有文集、奏議、《元和會計錄》傳世〔註16〕。

《宋志》、《授經圖》皆載是書十卷，《經義考》據《宋志》載之，曰佚。

《毛詩關言》

黃君俞，字庭僉，莆田人，幼少強學，游居寢食以書自隨。登進士第居冠，及
試禮部被黜，鄭獬、滕甫等交薦，始得試舍人院，歷官撫州司戶參軍、國子監
直講、館閣校勘，元豐二年（西元1079年）卒，年五十五。君俞平生著書二百
卷，其說汪洋，刺六經失傳，正史氏不當，名論世合變，劉敞於揚州，得其所
著書，以爲似兩漢儒者〔註17〕。

是書《通志》、《國史經籍志》、《授經圖》、《經義考》均載之二十三卷，今未見。

《毛詩箋傳辨誤》

周式，湘陰人，以行義著，爲嶽麓書院山長。大中祥符間，召拜國子主簿。式
講道著書，爲詩、書名儒，覆尚簡潔，學問無厭，著有《論語集解辨誤》〔註18〕。

《經義考》據《宋志》載是書八卷。作者皆作周軾。又《紹興書目》有周式《毛
詩箋傳辨誤》二十卷。或即同一書，卷數略有不同。又檢式生平，有《論語集
解辨誤》，是書或亦其所作。周軾，生平無可考。

〔註14〕見《經義考》卷一〇四，《詩說》條引。
〔註15〕參見《宋史》卷四二六，〈魯有開本傳〉。《東都事略》卷一一二。《宋元學案補遺》
　　　　卷三，魯有開條下。
〔註16〕參見《宋史》卷三四四，〈李常本傳〉。《宋元學案》卷十九，李常條下。
〔註17〕參見《莆陽比事》卷二，〈黃君瑜傳〉。《宋元學案補遺》卷六，黃君瑜條下。
〔註18〕見《宋元學案補遺》卷六，王梓材按語。

《周詩集解》

丘鑄，宋縣人，爲蘇轍同調〔註19〕。《經義考》作邱鑄，誤矣。

《宋志》、《通志》、《國史經籍志》、《授經圖》皆載是書二十卷，《經義考》據《宋志》以載，曰佚。

據鄭樵曰：「宋朝丘鑄注，只取〈序〉中第一句，以爲子夏作，後句則削之。」蓋取〈小序〉首句之論，起於唐成伯璵《毛詩指說》，至蘇轍則盡刪後序，據此而鑄之書在蘇轍之前，取〈序〉首之論已定矣。惜未見其書，不知其詳也。

《詩講義》

沈季長，字道原，吳興人。登進士甲科，歷官披縣丞，國子監直講，遷大理寺丞，除天章閣侍講，以事謫朝奉郎遣秀州。季長王安石妹婿也，雖黨附安石，而常非王雱、王安禮及吉甫所爲，以謂必累安石，雱等深惡之，故不甚進用，元祐二年（西元 1087 年）卒，年六十一，著有《周易新義》、《詩講義》、《論語解》、《對問》等〔註20〕。

是書《經義考》載之，十卷，並云佚。今未見，唯據《宋元學案補遺》云：「沈子平所續《詩傳》者，即《詩講義》也〔註21〕。」又《經義考》據《宋志》著錄沈銖《詩傳》二十卷，並引《揚州府志》云：「《詩傳》二十卷，沈季長撰，銖續成之〔註22〕。」

今據《宋大事記講義》，熙寧四年（西元 1070 年），建大學，選用學官：陸佃、黎宗孟、葉濤、曾肇、沈季長。佃等夜在安石家授口義，且至學講之〔註23〕。又《續長編紀事本末》云：「安石曰：《詩》已令陸佃、沈季長作義，上曰：恐不能發明，安石曰：每與商量〔註24〕。」則季長是書或成於此時，所言則承安石之學也。

《詩傳補注》

范百祿，字子功，成都華陽人，第進士，累官翰林學士，爲哲宗言，分別邪正之目，凡二十餘條，以龍圖閣學士知開封府，紹聖元年（西元 1094 年）卒，諡

〔註19〕見《宋元學案補遺》卷九九。
〔註20〕參見《王魏公集》卷七，〈沈公墓誌銘〉。
〔註21〕見《宋元學案補遺》卷九八，王梓材按語。
〔註22〕見《經義考》卷一○四，《詩傳》條引。
〔註23〕詳見《宋大事講義》卷十六。
〔註24〕見《續長編紀事本末》卷二二九。

文簡。著有《詩傳補注》、文集、內外制、奏議〔註25〕。

《經義考》載是書二十卷，曰佚。

據哲宗獎諭詔云：「卿博識洽聞，留心經術，討論之外，尤深於《詩》，鑑商周之盛衰，考毛鄭之得失，補注其略，紬次成書，眞得作者之微，頗助學官之闕〔註26〕。」略知其貌。

《詩論》

李清臣，字邦直，安陽人，皇祐五年（西元1053年）進士，神宗時召爲兩朝國史編修官，撰河渠、律曆、選舉諸志，文直事詳，人以爲不減史漢。徽宗時徙門下侍郎，尋爲曾布所陷，出知大名府，崇寧元年（西元1102年）卒。清臣以儉自持，惜志在利祿，致操守背謬。歐陽脩壯其文，以比蘇軾。著有詩文、奏議、《平南書鑒》〔註27〕。

《經義考》載其《詩論》二篇，曰存。今未見。

《詩正變論》

張方平，字安道，自號樂全居士，應天宋城人。少穎悟絕倫，景祐元年（西元1034年）進士，官至參知政事。元祐六年（西元1091年）卒，諡文定。著有《樂全集》、《玉堂集》、注仁宗樂書等〔註28〕。

《經義考》載是書一篇，曰存。今據《樂全集》卷十七，有〈詩變正論〉一篇，與《經義考》所載篇名略異，唯所指當是同一篇。

其言大抵闡述《二南》爲正始之道，王化之基，並論諸國何以無正風。略云：「政出一人，遠近一體，王澤流而頌聲作，則是治定之功，歸乎天子，列國安得有正風哉。」

《詩說》

朱長文，字伯原，號樂圃，蘇州吳縣人，未冠，與嘉祐四年（西元1059年）進士，築室樂圃坊，著書不仕，吳人化其賢，元祐中召爲秘書省正字，元符元年（西元1098年）卒，年六十。著述甚富，六經皆有辨說，有《書贊》、《詩說》、《易意》、《中庸解》、《琴臺志》、《春秋通志》等〔註29〕。

《經義考》載是書，無卷數，曰佚。

〔註25〕參見《宋史》卷三三七，〈范百祿本傳〉。《宋元學案》卷十九，范百祿條下。
〔註26〕見《經義考》卷一〇四，《詩傳補注》條引。
〔註27〕參見《宋史》卷三二八，〈李清臣本傳〉。《宋元學案》卷九六，李清臣條下。
〔註28〕參見《宋史》卷三一八，〈張方平本傳〉。《宋元學案》卷三，張方平條下。
〔註29〕參見《宋史》卷四四四，〈朱長文本傳〉。《宋元學案》卷二。朱長文條下。

《詩傳》

　　鮮于侁，字子駿，閬中人，景祐五年（西元 1038 年）進士，神宗時，上書論時政，專指王安石，後除集賢殿修撰，元祐二年（西元 1087 年）卒，侁刻意經術，為詩平淡淵粹，尤長於《楚辭》，著有文集、《詩傳》、《周易聖斷》、《典說》、《治世讜言》、《諫垣奏稿》、《刀筆集》〔註30〕。

　　《宋志》、《授經圖》皆載是書六十卷，《經義考》據《宋志》以載，並按云：「范鎮作墓誌，秦觀撰行狀，俱云二十卷。《文淵閣書目》暨葉氏《菉竹堂目》均載有是書〔註31〕。」

《詩說》

　　孔武仲，字常父，臨江新喻人，嘉祐八年（西元 1063 年）進士，元祐間歷官國子司業，嘗論科舉之弊，詆王氏學，請復詩賦，又欲罷大義，而益以諸經策。以坐元祐黨奪職，居池州，卒，年五十七。著有《詩書論語》、《金華講義》、內外制、雜文共百餘卷〔註32〕。

　　《宋志》、《授經圖》皆載是書二十卷，《經義考》據《宋志》以載，曰佚。

《詩解》

　　范祖禹，字淳夫，一字夢得，嘉祐八年（西元 1063 年）進士，從司馬光編修《資治通鑑》，書成，薦除秘省正字。宣仁太后崩，祖禹慮小人乘間害政，諫章累上，不報，後以忤章惇，連貶紹州別駕，元符元年（西元 1098 年）卒。嘗進《唐鑑》、《帝學》、《仁皇政典》，又有《太史集》〔註33〕。

　　《遂初堂書目》、《宋志》、《授經圖》皆載是書一卷，《經義考》據《宋志》載，曰未見。

《詩傳》

　　王巖叟，字彥霖，大名清平人，應明經科、省試、廷對皆第一，官至樞密院，元祐八年（西元 1093 年）卒，諡恭簡。著有《易傳》、《詩傳》、《春秋傳》、《大名集》、《韓魏公別錄》〔註34〕。

　　是書《經義考》載之，無卷數，曰佚。

〔註30〕參見《宋史》卷三四四，〈鮮于侁本傳〉。《東都事略》卷九二。《宋元學案》卷六九，鮮于侁條下。

〔註31〕《經義考》卷一〇四，《詩傳》條引。

〔註32〕參見《宋史》卷三四四，〈孔武仲本傳〉。《宋元學案》卷十二，孔武仲條下。

〔註33〕參見《宋史》卷三三七，〈范祖禹本傳〉。《宋元學案》卷二一，范祖禹條下。

〔註34〕參見《宋史》卷三四二，〈王巖叟本傳〉。《宋元學案》卷十九，王巖叟條下。

《詩義》

彭汝礪，字器資，鄱陽人，治平二年（西元 1065 年）進士，王安石見其詩義，補國子直講。神宗時為監察御史裡行，首陳十事，指擿利害，多人所難言者。紹聖元年（西元 1094 年）卒，著有《易義》、《詩義》、《鄱陽集》〔註35〕。

《宋志》、《授經圖》皆載是書二十卷。《經義考》據以載之。曰佚。

《詩說》

張載，字子厚，大梁人，占籍郿縣橫渠鎮。少孤自立，喜談兵。年二十一，移書謁范仲淹，仲淹勸讀〈中庸〉，載猶以為不足，又訪求釋老，反求之六經。嘉祐二年（西元 1057 年）進士，官至崇政院校書，尋屏居南山下，與諸生講學，熙寧十年（西元 1077 年）卒。諡獻。著有《正蒙》、《西銘》、《易說》。傳其學者稱為「關學」〔註36〕。

《宋志》、《授經圖》皆載是書一卷，《遂初堂書目》亦載之，《經義考》據《宋志》以載，曰存，今未見。

今從《張子全書》卷二，〈正蒙樂器篇〉中，得其詩說十三條，所釋凡〈采菽〉、〈卷耳〉、〈蓼蕭〉、〈商頌〉、〈采芑〉……等，又卷五禮樂，亦有論淫詩一條；另〈經學理窟篇〉中，有釋〈靈臺〉、〈七月〉兩條，大抵以為〈詩序〉周人所作矣。又其言往往基於政教立場說詩，當屬舊說一派。

《毛詩講義》

喬執中，字希聖，高郵人，入太學，補五經講書。王安石為群牧判官，見而器之，命子弟與之游。擢進士。安石為政，引執中編修《熙寧條例》，官至寶謨閣待制，紹聖二年（西元 1095 年）卒，著有《毛詩講義》〔註37〕。

《宋志》、《授經圖》皆載是書十卷，《經義考》據以載，曰佚。

《毛詩統論》

郭友直，字伯龍，華陽人。和裕淳懿，善與人交，喜藏書，多至萬餘卷，盡為佳本，詔求書，上千餘卷，皆秘府未有。景祐中，被薦至尚書省，不第歸。熙寧四年（西元 1071 年）卒，著有《劍南廣記》、《毛詩統論》、《歷代沿革樂書》等〔註38〕。

〔註35〕參見《宋史》卷三四六，〈彭汝礪本傳〉。《宋元學案》卷一，彭汝礪條下。

〔註36〕參見《宋史》卷四二七，〈張載本傳〉。《史質》卷九七，〈張載傳〉。《宋元學案》卷十七，張載條下。

〔註37〕見《宋史》卷三四七，〈喬執中本傳〉。

〔註38〕見《宋元學案補遺》卷六，郭友直條下。

《經義考》據〈郭君墓誌銘〉載是書二十卷〔註39〕，曰佚。

《柯山詩傳》

張耒，見本文第二章，第五節，張耒《詩說》敘錄。

是書諸家藏書目錄均未見載，唯《續修四庫提要》著錄一卷，並云：「《柯山集》卷三十九，有詩雜說十四首，而無詩傳，蔣光焴《東湖叢記》載宋紹興刊本〈張右史集序〉，爲單父張表臣作，其序目亦未及此，是本有〈抑傳〉、〈桑柔傳〉、〈雲漢傳〉、〈崧高傳〉、〈江漢傳〉、〈常武傳〉、〈文王傳〉凡七篇。〈抑〉與〈桑柔〉，雜說中亦有之，而與傳不同〔註40〕。」今未見。唯據《蘇門六君子文粹》卷十六、十七，載有《詩傳》八篇，與《四庫續目》所載大抵相同，唯多〈臣工傳〉，或別出時遺漏。

又據《續修四庫提要》，知著作之意，乃在諷切時政，故詩中惟闡大義不釋全詩，如〈抑傳〉中，反復於哲人之愚亦惟斯戾，蓋爲君者至於使哲人皆愚，人才盡矣。〈桑柔傳〉，以爲是書大要，止于告爾憂恤，悔爾序爵，而憂恤與序爵亦非兩端。凡如此類，提要於七篇內容皆有所言。

《詩傳》

沈銖，字子平，其先武康人，徙眞州。少從王安石學，熙寧六年（西元 1073 年）進士，以龍圖閣待制知宣州，卒〔註41〕。

《宋志》、《授經圖》皆載是書二十卷，《經義考》從之，並據《揚州府志》，以是書季長撰，銖續成之。

《詩集》

毛漸，字正仲，衢州江山人，治平四年（西元 1067 年）進士。以秘閣校理爲陝西轉運使，未幾攝帥涇原，破夏人於沒煙砦。進直龍圖閣，卒，年五十九〔註42〕。

《宋志》載是書十卷，《經義考》據《宋志》以載，曰佚。

《毛詩講義》

趙令滑，生平無考。

《宋志》、《授經圖》皆載是書二十卷，《經義考》據《宋志》以載，曰佚。

《毛詩訓解》

〔註39〕見《丹淵集》卷三九，〈郭君墓誌銘〉。
〔註40〕見《續修四庫提要》，經部，詩類，《柯山詩傳》條下。
〔註41〕參見《宋史》卷三五四，〈沈銖本傳〉。《宋元學案補遺》卷九八，沈銖條下。
〔註42〕見《宋史》卷三四八，〈毛漸本傳〉。

李撰，字子約，唐宗室，世居陳留，遷福建連江，熙寧六年（西元 1073 年）進士，受業曾肇，爲江州彭澤令，仕終朝奉大夫。大觀三年（西元 1109 年）卒，著有《毛詩訓解》、《孟子講義》、文集、史論〔註 43〕。

《經義考》據張泉曰，載是書二十卷〔註 44〕，曰佚。

《詩解》

吳駿，字希遠，浦城人，元豐八年（西元 1085 年）進士，政和初通判饒州，著有《詩解》、文集〔註 45〕。

《經義考》載是書二十卷，曰佚。

《詩義》

趙仲銳，生平無考。

《宋志》、《授經圖》皆載是書三卷，《經義考》據《宋志》以載，曰佚。

《毛詩判篇》

劉泉，生平無考。

《宋志》、《授經圖》皆載是書一卷，《通志》、《國史經籍志》、《紹興書目》則作二卷。《經義考》據《宋志》以載，曰佚。

《詩重文說》

吳良輔，生平無考。

《宋志》、《通志》、《國史經籍志》、《授經圖》皆載是書七卷，《經義考》據《宋志》以載。曰佚。

《毛詩義方》

洪林範，生平無考。

《宋志》載《毛詩義方》二十卷，不標作者。《通志》、《國史經籍志》、《授經圖》皆載是書二十卷，並繫林洪範〔註 46〕，《經義考》據《通志》載，曰佚。

《三十家毛詩會解》

吳純，生平無考。

《宋志》著錄是書一百卷，題吳純編〔註 47〕，王安石解義，《經義考》據《宋

〔註 43〕 參見《宋史翼》卷十九，〈李撰傳〉。《宋元學案》卷四，李撰條下。
〔註 44〕 《經義考》卷一〇四，《毛詩訓解》條引。
〔註 45〕 《經義考》卷一〇四，《詩解》條引。
〔註 46〕 《授經圖》卷四，作林洪範，傳寫誤矣。
〔註 47〕 《授經圖》卷四，以之繫林岊名，誤矣。

志》以載，並曰佚，今未見。

據是書之名，當為彙集三十家詩說之集注本，始創宋代《詩經》學集注體例。又其書乃元祐以後所編，時朝廷從大臣議，科舉命題不專主一家，三經義與諸儒並行，或吳氏取《詩經新義》，與另二十九家合編，題安石解義，以為場屋之需〔註48〕。

《毛詩講義》

周紫芝，字少隱，自號竹坡居士，宣城人。少居陵陽山南，兩以鄉貢赴禮部，下第，紹興二十年（西元1142年）進士，以迪功郎掌禮、兵二部，十七年為樞密院編修官，後以和御製詩諷秦檜，二十一年，知興國軍，為政簡靜，終日焚香課詩，而事不廢秩，滿乞祠，寓九江之盧山以終。

紫芝得詩法于張耒、李端叔，清麗典雅，在江西派中為小宗，著有《竹坡詩話》、《太倉稊米集》〔註49〕。

是書《經義考》載之，無卷數，曰佚。

《經義考》錄其自序云：「自孔子而下深於《詩》者，蓋可一二數也，孔子聖人明乎詩之道也，子夏、子貢則學乎孔子，而明乎詩之義者也，孟子則與孔子同道，明乎詩之志者也，漢魯申公，楚元王交以詩為倡而知詩之學者也。」又云：「諸君子有意於學詩，願以孔子、孟子、子夏、子貢為之師，以求詩人之大體，而更以荀卿為戒焉，則庶乎其有得也〔註50〕。」略知其說詩之旨。今據《太倉稊米集》卷五十一，載〈毛詩解義序〉一首，與《經義考》所載書名略有出入。

《詩物性門類》

陸佃，字農師，號陶山，越州山陰人，熙寧三年（西元1070年）擢甲科，安石以佃不附己，專附以經術，不復咨以政。稍遷集賢校理，崇政殿說書，進講《周官》，神宗稱善，始命先一夕進稾，同修起居注。徽宗即位，召為吏部尚書，讒者詆佃名在黨籍，不欲窮治正恐自及，遂罷，為中大夫，知亳州，數月卒，年六十一，追復資政殿學士〔註51〕。

佃居貧苦學，嘗受經於王安石，與王子韶修定《說文》，因進書入對，神宗論物性，恨未有著書者，佃進〈說魚〉、〈說木〉二篇，自是益加論撰，為《埤雅》，

〔註48〕見〈三經新義修撰人考〉，程元敏師按語。
〔註49〕參見《宋史翼》卷二七，〈周紫芝傳〉。《宋元學案補遺》卷三，周紫芝條下。
〔註50〕《經義考》卷一○五，《毛詩講義》條引。
〔註51〕見《宋史》卷一○二，〈陸佃本傳〉。

中多引安石《字說》〔註52〕。當其居禮部侍郎，持議多爲安石隱諱，此黃庭堅所以目爲佞史〔註53〕，著書二百四十二卷，於禮家名數之說尤精，有《埤雅》、《禮象》、《春秋後傳》、《鶡冠子注》、《陶山集》等。

是書《宋志》、《陳錄》、《通志》、《國史經籍志》皆作八卷。《經義考》據《宋志》以載，曰存，或就《埤雅》言耳，今未見。

據《陳錄》云：「不著名氏，多取《說文》，今考之，蓋陸農師所作《埤雅》藁也〔註54〕。」又於《埤雅》條下云：「陸佃撰，曰釋魚，釋獸，以及於鳥蟲馬木草，而終之以釋天，所以爲《爾雅》之輔也。此書本號《物性門類》，其初嘗以〈釋魚〉、〈釋木〉二篇上之朝，編纂將就，而永裕上賓，不及再上，既注《爾雅》，遂成此書，其於物性精詳，所援引甚博，而亦多用《字說》〔註55〕。」

《詩辨疑》

楊時，字中立，將樂人，學者稱龜山先生。熙寧九年（西元1077年）進士。杜門不仕者十年，久之，歷瀏陽，餘杭、蕭山三縣，皆有惠政。復以有使高麗者，國主問龜山安在，使回以聞，召爲秘書郎，遷著作郎。徽、欽時。屢上疏言事，高宗即位，除工部侍郎，丐外，以龍圖閣直學士提舉杭州洞霄宮，已而告老，以本官致仕，優游林泉，以著書、講學爲事，紹興五年（西元1136年）卒，年八十三，諡文靖〔註56〕。

先，時以師禮見顥於潁昌，相得甚歡，其歸也，顥送之曰吾道南矣。顥卒，又見頤於洛，時張載作《西銘》，二程深推服之，時疑其近於兼愛，與頤辨論往復，聞理一分殊之說，始豁然。暨渡江，東南學者推爲程學正宗〔註57〕，晚居諫省僅九十日，凡所論之大者，則闢王氏經學，排靖康和議，使邪說不作，至紹興初崇尚元祐學術，而朱熹〔註58〕、張栻之學得程氏之正，其源委脈絡皆出於時

〔註52〕見《宋元學案》卷九八，陸佃條下附錄。

〔註53〕同註52。馮雲濠案云：「予讀其所著《埤雅》〈說魚〉，〈說木〉二篇，元豐間經進御覽首一條云：今相士謂曾公亮得龍之脊，王安石得龍之睛，夫姑布之言何關故實，況進御之書尤乖理體，此爲佞不既多乎。」

〔註54〕見《直齋書錄解題》卷二。

〔註55〕同上註，卷三。至引用《字說》部分，詳見本文第二章，第三節，蔡卞《毛詩名物解》敍錄。

〔註56〕見《宋史》卷四二八，〈楊時本傳〉。

〔註57〕同上註。

〔註58〕《宋元學案》卷二五。二程得孟子不傳之秘於遺經，而升堂覩奧，號稱高弟者，游、楊、尹、謝、呂其也。顧諸子各有所傳，而獨龜山之後，三傳而有朱子，使此道大光。

也，著有《三經義辯》、《二程粹言》、《龜山集》。

是書一卷，《宋志》、《晁志》、《文獻通考》、《授經圖》俱載之，《經義考》注曰存。今未見。

觀乎《龜山集》卷八，經解，載時解詩義三條。又《宋元學案補遺》，亦錄其詩論三條，並附王阮亭評語〔註59〕。以二者較之，除〈叔于田〉一條同外，〈將仲子〉一條雖皆有之，唯說解不同，另《龜山集》有〈狡童〉一條，《宋元學案補遺》則爲〈木瓜〉。

其說大抵皆以政教之立場申論〈序〉說〔註60〕，如〈將仲子〉，〈序〉以刺莊公也，時曰：「共叔段繕甲治名，國人說而歸之，而詩人以刺莊公何也，曰：叔段以不義得眾，其失在莊公不制其早也。」此正守〈序〉者，迂曲解詩者也。又其說往往略言事蹟，概論大旨，正王阮亭謂其意有未盡者。惜其書未見，莫知其詳。

《詩二南義》

游酢，字定夫，建州建陽人，師事程頤兄弟，元豐五年（西元 1082 年）進士，爲太常博士，宣和五年（西元 1123 年）卒，諡文肅，學者稱薦山先生，亦稱廣平先生，著有《易說》、《詩二南義》、《中庸義》、《論語‧孟子雜解》、《薦山文集》〔註61〕。

《宋志》載是書一卷，《經義考》不載。

是書今未見。唯據《薦山集》卷三，有〈論二南詩〉一篇。略云：「《二南》之詩，蓋聖人取之以爲天下國家之法，使邦國、鄉人皆得歌詠之也。」又云：「〈關雎〉詩所謂窈窕淑女，即后妃也。故〈序〉以配君子，所謂樂而不淫，哀而不傷，蓋〈關雎〉之義如此，非謂后妃之必然。」

《廣川詩故》

董逌，字彥遠，山東東平人，靖康中爲國子監祭酒，建炎元年（西元 1127 年）四月率諸生至南京勸進，除宗正少卿，二年五月除江東提刑，旋召爲中書舍人，充徽猷閣待制〔註62〕。逌當亂世，竊祿於朝，惟以存身爲念，至爲張邦昌效奔

〔註59〕見《宋元學案補遺》卷二五，楊時條下。
〔註60〕見《詩經研究》，黃振民按語。
〔註61〕見《宋史》卷四二八，〈游酢本傳〉。《宋元學案》卷二六，游酢條下。
〔註62〕據《建炎以來繫年要錄》卷十五，建炎三年七月，中書舍人董逌充徽猷閣待制，則逌之官待制，在南渡從駕以後，《提要》以爲政和中，誤矣。又逌之官司業，具有日月可考，詳見余嘉錫，《四庫提要辨證》。

走而不知恥，且指古來忠直之士爲率天下而禍仁義，誠小人無忌憚之尤者矣〔註63〕。著有《廣川易學》、《廣川詩學》、《廣川書跋、畫跋、藏書志》〔註64〕。是書四十卷，《宋志》、《陳錄》、《文獻通考》俱載之。《經義考》注曰佚。今不傳。

《中興藝文志》以逌是書，乃據毛氏以考正於三家，且論〈詩序〉決非子夏所作。並云：「建炎中，逌載是書而南其志，公學博，不可以人廢言〔註65〕。」又陳振孫云：「逌說兼取三家，不專毛鄭，謂《齊詩》尚存可據，按逌藏書志有《齊詩》六卷，今館閣無之，逌自言隋唐亦已亡久矣，不知今所傳何所來，或疑後世依托爲之，然安得便以爲《齊詩》尚存也，然其所援引諸家文義與毛氏異者，亦足以廣見聞，續微絕矣〔註66〕。」朱熹曰：「黃彥遠《詩解》，其論〈關雎〉之義，自謂暗與程先生合，但其文晦澀難曉〔註67〕。」

《毛詩辨學》

王居正，字剛中，江都人，宣和三年（西元1121年）進士，高宗時除太常博士。與秦檜善，檜爲執政，與居正論天下事甚銳，既相，所言皆不酬，居正疾其詭，檜亦銜之，尋奪職奉祠，檜死，始復故職，紹興二十一年（西元1151年）卒。居正之學根據六經，楊時器之，學者稱竹西先生，著有《春秋本義》、《竹西論語感發》、《孟子疑難》、《竹西集》、《西垣集》〔註68〕。

《經義考》載是書二十卷，曰佚。

《詩經講義》

廖剛，字用中，號高峰，順昌人，少從陳瓘、楊時學，登崇寧五年（西元1106年）進士。擢監察御史，論奏無所避，歷拜御史中丞，秦檜銜之，改工部尙書，致仕，紹興十三年（西元1143年）卒。著有《高峰文集》〔註69〕。

《經義考》載是書二卷，曰存，朱彝尊考其書載《高峰集》中，唯檢今本《高峰集》並無《詩經講義》。未知何據。蓋是書約成於南宋初年，乃最早以「詩經」爲籤題著〔註70〕。

〔註63〕同上註。
〔註64〕見《宋史翼》卷二七。
〔註65〕《經義考》卷一○五，《廣川詩故》條引。
〔註66〕見《直齋書錄解題》卷二。
〔註67〕同註65。
〔註68〕參見《宋史》卷三八一，〈王居正本傳〉。《宋元學案》卷二五，王居正條下。
〔註69〕參見《宋史》卷三七四，〈廖剛本傳〉。《宋元學案》卷二五，廖剛條下。
〔註70〕見《詩經釋義》，敘論，二、詩經的名稱。又考之宋人《詩經》著述，以「詩經」命

《放齋詩說》

曹粹中，字純老，定海人，宣和六年（西元 1124 年）進士。李光婿也。秦檜在位，欲因光見之，粹中辭焉。後光貶南海，粹中自是隱居，終秦之世。自號放齋，著有《放齋詩說》〔註 71〕。

是書《宋志》著錄三十卷，《經義考》據《宋志》以載，並曰未見，《千頃堂書目》載十卷。

今據王應麟《困學紀聞》，錄曹氏《詩說》凡四條，以爲《齊詩》當先〈采蘋〉後〈草蟲〉，又據《漢地理志》以釋旱山，據《爾雅》、《本草》以釋苦蔞，至釋唐棣之華，以爲華當音敷，蓋皆名物訓詁之屬。另《宋元學案補遺》載《放齋詩說》凡六條，亦頗論詩旨，至釋〈羔羊〉，取〈小序〉與《毛傳》相較，以爲〈序〉出不早於毛公，晚則至衛宏以後，且非出一人之手〔註 72〕。蓋貶〈詩序〉甚矣。

王應麟《四明七觀》，於經學首推粹中之詩，以其說一出，而楊簡、輔廣繼起也〔註 73〕。

《詩解》

羅從彥，字仲素，南劍人，篤志性理之學，從楊時學於蕭山，官滿，入羅浮山靜坐，絕意仕進，朱熹謂「龜山倡道東南，士之游其門者甚眾，於潛思力行，任重詣極如仲素，一人而已」，紹興五年（西元 1135 年）卒，學者稱豫章先生。著有《遵堯錄》、《春秋毛詩語解》、《中庸說》、《春秋指歸》、《豫章集》〔註 74〕。

《經義考》載是書，無卷數，曰佚。

《詩解義》

邱稅，字爲高，南豐人，入太學，建炎初伏闕上書，乞徙都金陵，以圖恢復，著有《詩解義》〔註 75〕。

《經義考》載是書，無卷數，曰佚。

《詩解》

陳鵬飛，字少南，永嘉人。紹興十二年（西元 1143 年）進士，時秦檜寓永嘉，

名者三。
〔註 71〕見《宋元學案》卷二十，曹粹中條下。
〔註 72〕見《宋元學案補遺》卷二十。
〔註 73〕同註 71，全祖望案語。
〔註 74〕參見《宋史》卷四二八，〈羅從彥本傳〉。《宋元學案》卷三九，羅從彥條下。
〔註 75〕《經義考》卷一〇五，《詩解義》條引。

其子憘學于鵬飛，遂召對太學博士。後忤秦檜〔註76〕，又其講筵多引尊君卑臣之義，崇抑予奪有所諷，遂以御史疏罷，奉祠。高宗將召之，適彗星見，有自永嘉來者，檜問鵬飛作何狀，對曰：覩妖星，聚飲爲樂耳，乃除名，居惠州，又四年，以瘴疾卒。

鵬飛自布衣，以經術文詞名當世，教學諸生數百人，于經不爲章句新說，至君父、人倫、世變風俗之際，必反覆至趨於深厚〔註77〕，著有《陳博士書傳》、《詩傳》〔註78〕、《管見集》、《羅浮集》。

是書二十卷，《陳錄》、《晁志》、《文獻通考》俱載，《經義考》注曰未見，今不傳。

《陳錄》云：「不解商、魯二頌，以爲《商頌》當闕，而《魯頌》可廢〔註79〕。」蓋《商頌》，宋人歌頌時君也，《魯頌》，祭祀魯僖公也，皆頌之變體。謝山箋曰：「不取魯頌亦非義。」惜乎詩解不傳，未知其詳矣。至王應麟云：「陳少南不取《魯頌》，然則思無邪一言亦在所去乎〔註80〕？」則《詩解》不取《魯頌》在非孔氏之編乎？又朱熹云：「陳少南於經旨既疏略不通，點檢處極多，不足據。」觀乎時人於是書似皆有微辭矣。

《毛詩叶韻補音》

吳棫，字才老，建安人〔註81〕，舉進士〔註82〕，召試館職不就，紹興間除太常丞，以忤秦檜〔註83〕出通判泉州，剛道有謀，明恕能斷。棫長髯豐頰，進止間暇，中和溫厚之氣，晬然見於面目，學者皆以「君子儒」稱之〔註84〕。

著有《書裨傳》、《詩補音》、《論語指掌考異續解》、《楚辭釋音》、《韻補》、《字學補韻》等。朱熹謂近代訓釋之學，唯才老爲優，因據以叶《三百篇》之韻〔註85〕。

〔註76〕見《葉水心集》卷十三，葉適撰，〈陳少南墓誌銘〉。
〔註77〕見《宋元學案》卷四四，陳鵬飛條。
〔註78〕見〈陳少南墓誌銘〉。唯《陳錄》、《謝山箚記》皆作《詩解》，又《經義考》引《中興藝文志》載：紹興時，太學始建，陳少南爲博士，發明理學，爲《陳博士書解》，此或爲葉氏誤記。
〔註79〕見《直齋書錄解題》卷二。
〔註80〕見《經義考》卷一〇五引。
〔註81〕見《宋元學案》卷二十二。《福建通志》卷一八七所載同此。唯王明清《揮麈三錄》，以爲舒州人。武夷徐蕆〈韻補序〉，稱棫與蕆本同里，而其祖後家同安，未知孰是。今本學案所載。
〔註82〕同上註。徐蕆〈韻補序〉作宣和六年進士，誤矣。
〔註83〕見《宋史翼》卷二四。
〔註84〕見《韻補》，徐蕆序。
〔註85〕同註81。

是書《宋志》載之十卷,《文獻通考》、《授經圖》、《經義考》俱載之,今未見。

《邵目》言「今未見其書,雪山《總聞》中所引〈聞音〉,即吳才老此書也〔註86〕。」不知何據。

《玉海》載棫自序云:「詩音舊有九家,唐陸德明以己見定為一家之學,《釋文》是也。所補之音皆陸氏未叶者,已叶者悉從陸氏〔註87〕。」又《經義考》所引曰:「其用韻已見《集韻》諸書者,皆不載,雖見韻書而訓義不同,或諸書當作此讀,而注釋未收者載之〔註88〕。」略知其撰述體例。

魏了翁云:「《詩》易叶韻,自吳才老始斷然言之〔註89〕。」顧炎武亦云:「考古之功,實始吳才老……後人如陳季立,方子謙不過襲其引用,別其次第而已〔註90〕。」知其草創之功。今據《韻補》及他書所引,知棫大抵本叶音說,以韻母為本〔註91〕,以轉聲相協,此雖較改音叶韻的方法進步,然仍不免以今律古矣。

至其研究方法,如歸納《詩經》用韻通例,分析《說文》協聲偏旁,疑者存疑,如此所定部分字音,雖清代語音學者亦不能稍動。然其書亦有不足者,楊簡評之曰:「考究精博,然亦有過差〔註92〕。」朱熹亦云:「吳才老補音甚詳,然亦有推不去者〔註93〕。」此乃以今律古之限制也。

《毛詩詁訓傳》

晁公武,字子止,號昭德先生,鉅野人,紹興二年(西元1132年)進士,乾道中,以敷文閣直學士為臨安府少尹。人稱良吏。著有《昭德文集》、《郡齋讀書志》〔註94〕。

《宋志》載是書二十卷,《經義考》據《宋志》載,曰佚。

《毛詩解義》

鄭諤,生平無考。

〔註86〕見《邵亭傳本知見書目》卷二。又《詩經研究》,黃振民云:「據傳惠棟曾存其抄本,河北省立第一圖書館存抄自惠棟抄本一部。」今未見。

〔註87〕見《玉海》卷三十八。

〔註88〕見《經義考》卷一○五引。蓋《玉海》所引僅至「悉從陸氏」,《經義考》所引較完整,然亦僅稱略曰,知非原貌也。

〔註89〕同上註。

〔註90〕見《韻補正》卷首,顧炎武序。

〔註91〕見《詩經研究》,拾、詩三百篇用韻之研究。

〔註92〕同註88。

〔註93〕見《朱子語類》卷八十。

〔註94〕見《宋元學案補遺》卷四,晁公武條下。

《宋志》、《授經圖》皆載是書三十卷，《經義考》據《宋志》以載，曰佚。

《詩學》

范處義，見本文第二章，第一節《詩補傳》敘錄。

《宋志》、《授經圖》皆載是書一卷，《經義考》據《宋志》以載，曰佚。

《解頤新語》

范處義，見本文第二章，第一節《詩補傳》敘錄。

《宋志》、《授經圖》皆載是書十四卷，《經義考》據《宋志》以載，曰佚。

據王應麟曰：「鼉鳴如鼓，《新經》之說也，《解頤新語》取之，鑿矣。」又曰：「晁景迂〈詩序論〉云：〈序‧騶虞〉王道成也，《風》其為《雅》與？〈序‧魚麗〉可以告神明，《雅》其為頌與？《解頤新語》亦云：文王之風，終於〈騶虞〉，〈序〉以為王道成，則近於《雅》矣。文王之雅，終於〈魚麗〉，〈序〉以為可告神明，則近於《頌》矣〔註95〕。」則其言或頗采諸家言矣。

《詩說》

趙敦臨，字庇民，鄞縣人，紹興五年（西元1135年）進士，授蕭山縣簿，改湖州教授，著有《語、孟、書、禮、春秋解》〔註96〕。

是書《經義考》載之，無卷數，曰佚。今未見。

《詩譜》

李燾，字仁甫，一字子真，號巽巖，丹稜人，年甫冠，憤金讎未復，著《反正議》十四篇。紹興八年（西元1138年）進士，博極群書，作《續資治通鑑長編》，用力四十年始成，進敷文閣學士，同修國史，淳熙十一年（西元1184年）卒，年七十，諡文簡。著有《易學》、《春秋學》、《六朝通鑑博議》、《說文解字音韻譜》、《巽巖文集》等，總千數百卷〔註97〕。

《宋志》、《授經圖》〔註98〕皆載是譜三卷，《經義考》據《宋志》以載，曰佚。今未見。

《毛詩說略》

余端禮，字處恭，衢州龍游人，紹興二十七年（西元1157年）進士，歷官孝宗、光宗、寧宗三朝，在相位期年，受制於韓侂冑，抑鬱不得志，嘉泰元年（西元

〔註95〕《經義考》卷一〇六，《解頤新語》條引。
〔註96〕見《宋元學案》卷二五。
〔註97〕參見《宋史》卷三八八，〈李燾本傳〉。《宋元學案》卷八，李燾條下。
〔註98〕《授經圖》誤作李壽。

1201 年）卒，年六十七，諡忠肅〔註99〕。

《義考載》是書，無卷數，曰佚。今未見。

《詩解》

羅維藩，字价卿，廬陵人，上達子，與父同薦名，而為詩學舉首，擢進士第，淳熙八年（西元 1181 年）卒，年五十二〔註100〕。

《經義考》據楊萬里撰〈羅价卿墓誌銘〉載是書二卷〔註101〕，曰佚。今未見。

《詩解》

王大寶，字元龜，其先溫陵人，後徙潮州，建炎初，廷試第二，授南雄州教授。趙鼎謫潮，大寶從講學。孝宗時遷諫議大夫，疏劾宰相湯思退主和誤國。後召為禮部尚書，乾道六年（西元 1170 年）卒〔註102〕。

是書《經義考》載之，無卷數，曰佚。今未見。

《詩解》

張淑堅，字正卿，開封人，徙衢州。研索典籍，矻矻如諸生，乾道五年（西元 1169 年）卒，著有《詩書解》，合三十卷〔註103〕。

據淑堅墓誌銘知有《詩書解》合三十卷，《遂初堂書目》載《詩解》，無卷數。《經義考》亦載之，無卷數，曰佚。

《毛詩講義》

黃邦彥，生平無考。

《宋志》、《授經圖》皆載是書三卷，《經義考》據《宋志》以載，曰佚。

《詩集善》

胡維寧，生平無考。

《經義考》載是書，無卷數，曰佚。

《詩解》

謝諤，字昌國，號艮齋，新喻人，幼敏慧而愿愨，有志聖賢之學，紹興二十七年（西元 1157 年）進士，光宗時，獻十箴，累遷御史中丞，得請奉祠。時伊洛之說盛行，各有門牆，諤未嘗與世之講學者角異同，初居竹坡，學者稱艮齋先

〔註99〕見《宋史》卷三九八，〈余端禮本傳〉。
〔註100〕見《宋元學案補遺》卷三四，羅上達條下附。
〔註101〕見《誠齋集》卷一二九，楊萬里撰，〈羅价卿墓誌銘〉。
〔註102〕見《宋史》卷三八六，〈王大寶本傳〉。《宋元學案》卷四四，王大寶條下。
〔註103〕見《呂太史文集》卷十三，〈張監鎮墓誌銘〉。

生，晚居桂山，亦稱桂山先生，紹熙五年（西元 1194 年）卒。著有《聖學淵源》、《詩書解》、《論語解》、《左氏講義》、《艮齋集》等〔註 104〕。

經義考載是書二十卷，曰佚。

《詩說》

潘好古，字敬修，一字伯御，松陽人，少遊太學，再試禮部不偶，晚年以子景珪登朝恩，授朝散郎，致仕，乾道六年（西元 1170 年）卒，年七十。生平好著書，有《詩、春秋、語、孟、中庸說》，合五十卷〔註 105〕。

是書《經義考》載之，不標卷數，曰佚。今未見。

《毛詩辨疑》

吳曾，字虎臣，崇仁人，高宗時以獻書得官，累遷吏部郎中。孝宗朝，出知嚴州，致仕，卒。所著《能改齋漫錄》，考證精核。所著另有《毛詩辨疑》、《左傳發揮》、《新唐書糾繆》、《得閒文集》、《環溪文集》〔註 106〕。

是書《經義考》載之，不標卷數，曰佚。今未見。

《詩聲譜》

陳知柔，字體仁，號休齋，溫陵人，紹興十二年（西元 1142 年）進士，授台州判官。知柔與秦檜子熺同榜，檜當軸，同年多以攀，知柔獨不阿附，故以齟齬終，淳熙十一年（西元 1184 年）卒，著有《易本旨》、《大傳》、《易圖》、《春秋義例》、《詩聲譜》、《論語後傳》〔註 107〕。

《經義考》載是書二卷，曰佚。今未見。

《詩說》

黃度，字文叔，號遂初〔註 108〕，新昌人。隆興元年（西元 1163 年）進士，知嘉興縣，多惠政，淳熙四年守監察御史，寧宗即位，任右正言，以忤韓侂胄罷歸，侂胄誅，累官煥章閣學士〔註 109〕。度以人物為己任，推挽不休，每曰無以報國，惟有此耳，知建康，救荒有法，活民百萬，官終禮部尚書，嘉定六年（西

〔註 104〕參見《宋史》卷三八九，〈謝諤本傳〉。《宋元學案》卷二八，謝諤條下。
〔註 105〕見《呂太史文集》卷八，〈朝散潘公墓誌銘〉。
〔註 106〕見《宋史翼》卷二九，〈吳曾傳〉。
〔註 107〕參見《萬姓統譜》卷十八，陳知柔條下。《宋元學案補遺》卷四四，陳知柔條下。
〔註 108〕見《宋元學案補遺》卷五三，度嘗買地於會稽之東郭，本元貞子故宅，鑿池築堂，榜曰遂初，學者咸稱遂初先生。又愛上虞小江，買山其間，自號小江釣侶。
〔註 109〕見《宋史》卷三九三，〈黃度本傳〉。

元 1213 年）卒，年七十六，諡宣獻〔註110〕。

度好讀書，秘書郎張淵，見其文謂似曾鞏〔註111〕。與朱熹，葉適相友善。蓋其志在經世，以學為本，晚年制閫江淮，著述不輟，年七十作《周易傳》，以明悔吝愛虞，進退存亡之故，究化理之原，書未訖簡而歿，另有《詩、書、周禮說》、《史通》、《藝祖憲監》、《仁皇從諫錄》、《屯田便宜》、《歷代邊防》等行世。

是書三十卷，《宋志》、《陳錄》、《文獻通考》、俱載之，《經義考》注曰未見。今不傳。

據〈葉適序〉云：「公既歿得其《詩說》三十卷……公於詩尊序倫紀，致忠遠敬，篤信古文，旁錄眾善，博厚慘怛而無迂重之累。」知其大要。

《毛詩圖》

馬和之，錢塘人，紹興中進士，官至工部侍郎。和之善畫人物，山水傚吳裝，筆法飄逸，務去華藻，自成一家。高孝兩朝，深重之，每書《毛詩》三百篇，令圖寫〔註112〕。

《經義考》載是書，曰闕，並云：「傳於世者有〈關雎〉、〈葛覃〉、〈螽斯〉、〈桃夭〉、〈漢廣〉……諸篇，然多係摹本，真蹟罕存矣〔註113〕。」凡所述七十一圖，今未見。

又據汪珂玉曰：「馬和之《毛詩圖》，《衛風》鶉奔章，不寫宣姜妹事，但寫鶉維奔疆，樹石動合，程法覽之沖然，由其胸中自有風雅也〔註114〕。」略知圖寫大旨，或意中事故，不妨象外摹寫也。

《反古詩說》

薛季宣，字士龍，一作士隆，號艮齋，永嘉人。紹興三年（西元 1133 年）生，年十七，辟為荊南書寫機宜文字，獲事袁溉，溉嘗從程頤學，盡以學授季宣，於古封建、井田、鄉遂、司馬法之制靡不研究〔註115〕，乃程門別派，學主禮樂制度，以求見之事功〔註116〕。召為大理寺主簿，除大理正，出知湖州，改常州，未上卒，時乾道九年（西元 1173 年），年四十，諡文憲。

〔註110〕見《書說》卷首，〈呂光洵序〉。
〔註111〕見《絜齋集》卷十三，袁燮撰，〈黃公行狀〉。
〔註112〕見《宋史翼》卷三十八，〈馬和之傳〉。
〔註113〕見《經義考》卷一○六，《毛詩圖》條引。
〔註114〕同上註。
〔註115〕見《宋史》卷四三四，〈薛季宣本傳〉。
〔註116〕見《宋元學案》卷五十二，全祖望按語。

著有《書古文訓義》、《詩性情說》、《春秋經解指要》、《大學說》、《論語小學約說》、《伊洛禮書補亡》、《通鑑約說》、《漢兵制》、《九洲圖志》、《武昌土俗編校讎》等書〔註117〕。

是書一作《詩性情說》，《宋志》不載，《經義考》不標卷數，並注曰佚。今未見。

據季宣自序云：「《記》有之曰：人莫知苗之碩，莫知子之惡，言蔽物也，有己而蔽於物，則古之性情，與今儒之說，未知其孰通，信能復性之初，得心之正，豁蔽以明物，因詩以求〈序〉，則反古之說，其殆庶幾乎〔註118〕。」則亦廢〈序〉一派之言也。

《毛詩解詁》

陳傅良，字君舉，號止齋，溫州瑞安人。少為文自成一家，後師事鄭伯熊、薛季宣，傳永嘉之學，及入太學與張栻、呂祖謙友善，乾道八年（西元1172年）進士，累遷起居舍人，寧宗時進寶謨閣待制，嘉泰三年（西元1203年）卒，諡文節，學者稱止齋先生。著有《詩解詁》、《周禮說》、《春秋後傳》、《左氏章旨》、《歷代兵制》、《止齋文集》等〔註119〕。

《經義考》載是書二十卷，曰佚。今未見。

據葉紹翁曰：「考亭先生晚注《毛詩》，盡去序文，以彤管為淫奔之具，以城闕為偷期之所，止齋陳氏得其說而病之，謂以千七百年女史之彤管，與三代之學校，以為淫奔之具，偷期之所，竊有所未安，獨藏其說，不與考亭先生辨〔註120〕。」又陳埴曰：「止齋以檜亡為東周之始，曹亡為春秋之終，聖人繫曹、檜之詩於《國風》之末，即其思周道、思治之語，為傷無王無霸之驗。」〔註121〕知其言大抵守漢儒詩說，且非詩學專著，與門人為舉子講義耳。

《毛詩前說》

項安世，字平甫，一作平父，括蒼人，徙居江陵，淳熙二年（西元1175年）進士，除秘書正字，光宗以疾，不過重華宮，安世上書切諫，寧宗即位，朱熹召至闕，朱幾予祠，安世率館職上書，言當留朱熹，使輔聖學，俄以偽黨罷，後除戶部員外郎，湖廣總領，坐事免。復以龍圖閣為湖南運判，未上，用臺章奪

〔註117〕同上註，馮雲濠按引〈謝山箚記〉。
〔註118〕《經義考》卷一○七，《反古詩說》條引。
〔註119〕參見《宋史》卷四三四，〈陳傅良本傳〉。《宋元學案》卷五三，陳傅良條下。
〔註120〕《經義考》卷一○七引。
〔註121〕同上註。

職，嘉定元年（西元 1208 年）卒〔註 122〕。

安世之學來往於朱、陸之間，然未嘗偏有所師，嘗自敘其學皆出于程子，而其言則不必皆同也，知其講明之指歸〔註 123〕，著有《易玩辭》、《項氏家說》、《平庵晦稿》。

《宋志》、《陳錄》、《文獻通考》、《授經圖》皆載是書一卷，《經義考》據《宋志》以載，曰佚。

據《陳錄》云：「考定風雅篇次，而為之說，其曰前說者，末年之論有少不同故也。」

《詩解》

項安世，見前《毛詩前說》敘錄。

《宋志》載是書二十卷，《經義考》據《宋志》以載，曰佚。

《詩風雅頌》

朱熹，見本文第二章，第一節，《詩集傳》敘錄。

《陳錄》、《文獻通考·經籍考》皆載，朱熹所錄《詩風雅頌》四卷〈序〉一卷。以為〈序〉後出，不當引冠篇首，故別錄為一卷。今未見。

按熹嘗於臨漳刊四經，並云：「鄭康成說：《南陔》等篇，遭秦而亡，其義則與眾篇之義合編，故存，至毛公為《詁訓傳》，乃分眾篇之義，各置於篇端……熹常病今之讀詩者，知有〈序〉而不知有詩也，故因其說而更定此本，以復於其初〔註 124〕。」則此或即臨漳所刊四經之一矣。

《毛詩說》

許奕，字成子，簡州人，慶元五年（西元 1199 年）擢進士第一，韓侂胄議開邊，奕貽書論之，侂胄不樂，後使金，金人久聞奕名，禮迓甚恭。進顯謨閣直學士致仕，嘉定十二年（西元 1219 年）卒，著有《毛詩說》，《論語、尚書、周禮講義》，奏議，雜文等〔註 125〕。

《宋志》載是書三卷，《經義考》據《宋志》載之，曰佚。今未見。

《毛詩筆義》

陳駿，字敏仲，號仁齋，寧德人，乾道進士，除大冶丞，登朱熹之門，著有《毛

〔註 122〕見《宋史》卷三九七，〈項安世本傳〉。
〔註 123〕見《周易玩辭》卷首，〈盧道園序〉。
〔註 124〕見《朱文公集》卷八二，〈書臨漳所刊四經後〉。
〔註 125〕見《宋史》卷四〇六，〈許奕本傳〉。《宋元學案補遺別附》卷二，許奕條下。

詩筆義》，《論孟筆義》。其中《毛詩筆義》，未及脫稿而駿卒〔註126〕。

是書《經義考》載之，無卷數，曰佚。今未見。

《詩口義》

孫調，字和卿，長溪人，其學得朱熹之傳，闡揚經術，排擯佛老，嘉泰四年（西元1204年）卒，年七十九，著有《冊府》，《易詩書解》，《詩口義》，《中庸發題》，《浩齋集》〔註127〕。

《經義考》載是書五十卷，曰佚。今未見。

《東宮詩解》

劉燆，一作鑰，字晦伯，建陽人，受學於朱熹、呂祖謙，乾道八年（西元1172年）進士，為國子司業，請罷偽學詔，又請以朱熹白鹿洞學規頒示太學，刊朱熹《四書集注》，累官工部尚書，嘉定九年（西元1216年）卒，諡文簡，學者稱雲莊先生〔註128〕。

《經義考》載是書，無卷數，曰佚。

《讀詩記》

徐僑，字崇甫，婺州義烏人，早受學於祖謙門人葉邦，淳熙十四年（西元1187年）進士，始登朱熹之門，熹稱其明白剛直，命以「毅」名齋，官至寶謨閣待制，奉祠，嘉熙元年（西元1237年）卒，諡文清，著有《毅齋詩集》〔註129〕。

《經義考》載是書，無卷數，曰佚。

《詩解》

馮誠之，字明仲，號復庵，綿州人。嘗以太學上舍生上書論時政，請斬六賊，後勸進，時雄一時想望風采。未弱冠謁李石，遂師事之，後師史楠、李叔獻，屢試不第，而著書授徒，從遊者數百人，嗜周程子書，黎明正衣冠與諸生共講正義，反覆涵泳。後仕江油縣尉。開禧二年（西元1206年）卒，年六十四，著有《詩解》、《書傳》、《易英》、《復庵讀論語》、詩文等。皆藏於家〔註130〕。

是書《宋志》不載，《經義考》載之，二十卷，注曰佚。今據魏了翁撰〈江油縣尉馮君墓誌銘〉，知有《詩解》二十卷，末云所著書均藏於家〔註131〕，則宋時

〔註126〕見《宋元學案》卷六九，陳駿條下。
〔註127〕見《鶴山大全集》卷八十，〈孫和卿墓誌銘〉。
〔註128〕見《宋史》卷四〇一，〈劉燆本傳〉。《宋元學案》卷六九，劉燆條下。
〔註129〕參見《宋史》卷四二二，〈徐僑本傳〉。《宋元學案》卷六九，徐僑條下。
〔註130〕參見《宋元學案補遺》卷九九，馮誠之條下。
〔註131〕見《鶴山大全集》卷二九。

已罕見，今未見。

《詩傳》

林拱辰，字巖起，平陽人，淳熙武舉，換文登第，歷廣東經略安撫史，立朝剛介，不附史、韓，有《詩傳》、《春秋傳》〔註132〕。

《經義考》據《溫州府志》，知拱辰有《詩傳》刊於平江〔註133〕，唯是書已佚，亦不知卷數。

《詩學發微》

舒璘，字元質，一字元賓，號廣平，奉化人。從張栻、陸九淵、朱熹、呂祖謙學。乾道八年（西元1172年）進士，官徽州教授，時稱第一教官。慶元五年（西元1199年）卒，諡文靖，著有《舒文清集》〔註134〕。

《經義考》載是書，無卷數，曰佚。

《詩集傳解》

高頤，字元齡，號拙齋，寧德人，經明行修，從遊者數千人，慶元五年（西元1199年）進士，知永州東安縣，有循聲，著有《詩集傳解》、《雞窗叢覽》等書〔註135〕。

《經義考》載是書三十卷，曰佚。今未見。

《詩經講義》

陳經，字顯之，一字正甫，安福人，慶元五年（西元1199年）進士，官至奉議郎，泉州泊幹。著有《尚書詳解》、《詩講義》、《存齋語錄》等〔註136〕。

《經義考》載是書，無卷數，曰佚。

《詩名物編、詩類》

楊泰之，字叔正，號古齋，眉州青神人，少刻志於學，慶元元年（西元1195年）類試，官至大理少卿，在朝屢發讜論，紹定三年（西元1230年）卒，著有《論語解》，《老子辭》、《春秋列國事目》、《公羊穀梁類》、《詩名物編》、《大易要言》、雜著等〔註137〕。

《經義考》載《詩名物編》十卷，《詩類》三卷。俱佚。

〔註132〕見《宋元學案補遺別附》卷二，林拱辰條下。
〔註133〕見《經義考》卷一○七，《詩傳》條引。
〔註134〕參見《宋史》卷四一○，〈舒璘本傳〉。《宋元學案》卷七六，舒璘條下。
〔註135〕見《閩中理學淵源考》卷三十二。《宋元學案補遺》卷四五，高頤條下。
〔註136〕見《宋元學案補遺》卷七十七，陳經條下。
〔註137〕見《宋史》卷四三四，〈楊泰之本傳〉。《宋元學案》卷七十二，楊泰之條下。

《詩大義、詩贅說》

時少章，字天彝，號所性，金華人。師事呂祖謙，博極群書，談經多出新意，而子史學尤精，詩由聖唐而追漢魏，文泝宋東都以前而逮古作者，吳師道稱其峻潔精工。由鄉貢入太學，年踰五十，登寶祐元年（西元1253年）進士，歷官史館檢閱。著有《易、詩、書、論、孟大義》、《所性集》〔註138〕。

《經義考》載《詩大義》、《贅說》二書，皆無卷數，曰佚。

《毛詩口義》

張孝直，字英甫，臨川人。性孝友，恬於利欲，師事陸九淵，窮理最密。其於先儒經學，心有未安，雖伊洛諸儒議論，亦不苟同，卒年七十七。著有《周易、詩、書、語、孟、中庸口義》五十餘篇，又有《要言》、《渾象》、《原意》、雜詩等藏於家〔註139〕。

是書《經義考》載之，不標卷數，並曰佚。今未見。

《詩解詁》

陳謙，字益之，號易庵，永嘉人。乾道八年（西元1172年）進士，歷官寶謨閣待制，江西、湖北副宣撫史，蓋謙淳熙遺老矣，晚以邊才復用，再起再蹶，嘉定九年（西元1216年）卒，年七十三〔註140〕。

葉適嘗云：「隆興、乾道中，浙東儒學特盛，以名擅海內數十人，推謙才最高」，著有《續周禮說》、《續毛詩解》、《續春秋後傳》、《續左氏章指》、《易庵集》、《永寧編》、《雁山詩記》等〔註141〕。

是書《宋志》不載，《經義考》據王瓚所云：「宋乾道中，永嘉陳謙益之撰。」著錄〔註142〕，不標卷數，並曰佚。今未見。

《詩說》

高元之，字端叔，鄞人。家貧，受《易》、《春秋》學於沙隨程迥，嘗五上禮部，卒不第。時傳伯成為郡教授，獨折節與元之交，繇是鄉學者數百人師事之。所作《變騷》九篇、宋儒擬騷弗能及。集《春秋》說三百餘家，號義宗，悉本經旨。於《易》、《詩》、《論語》、《後漢曆志》各有解。慶元三年（西元1197年）

〔註138〕見《宋元學案》卷七十三，時少章條下。
〔註139〕見《宋元學案》卷七十七，張孝直條下。
〔註140〕參見《宋史》卷三九六，〈陳謙本傳〉。《宋元學案》卷五三，陳謙條下。
〔註141〕見《宋元學案》卷五三，引全祖望箚記。
〔註142〕見《經義考》卷一○八，《詩解詁》條引。

卒，人號萬竹先生〔註143〕。

《宋志》載是書一卷，著者作高端叔，以字誤植矣。《授經圖》、《經義考》皆載高元之《詩說》一卷。《經義考》注曰佚。

《詩講義》

柴中行，字與之，餘干人。紹熙進士，權臣韓侂冑禁道學，校文，轉運司移檄，令自言非偽學，中行奮筆曰：「自幼讀程頤書以收科第，如以爲偽，不願考校。」士論壯之。請老，與弟中守、中立講學南溪之上，人稱南溪先生。著有《易繫集傳》、《書集傳》、《詩講義》、《論語童蒙說》〔註144〕。

《經義考》載是書，無卷數，曰佚。

《誦詩訓》

李心傳，字微之，號秀巖，隆州井研人。慶元初下第，閉戶讀書，晚因魏了翁等人薦，寶慶二年（西元1226年）爲史館校勘，修中興四朝帝紀，甫成其三，因言者罷，踵修十三朝會要，端平間成書，奉祠，居湖州，淳祐四年（西元1244年）卒，著有《建炎以來繫年要錄》、《學易編》、《誦詩訓》、《春秋考》、《禮辨》、詩文集……等〔註145〕。

《經義考》載是書五卷，曰佚。

《詩注》

趙汝談，字履常，號南塘，餘杭人，太宗八世孫。淳熙十一年（西元1184年）進士，丞相周必大得其文，異之。後佐丞相趙汝愚定大策，汝愚去國，汝談與弟上書乞斬韓侂冑，聞者咋舌。嘉熙元年（西元1237年）卒，諡文恪，著有《易》、《書》、《詩》、《周禮》及《孟》、《荀》、《莊》、《通鑑》、《杜詩》等注，《南塘四六》〔註146〕。

《經義考》載是書，無卷數，曰佚。

《學詩管見》

錢時，字子是，淳安人，楊簡之門人。幼奇偉不群，絕意科舉，究明理學，江東提刑袁甫作象山書院，招主講席，以薦授秘閣校勘，召史館檢閱，求去。人稱融堂四先生，著有《周易釋傳》、《尚書演義》、《學詩管見》、《春秋大旨》、《四

〔註143〕見《宋元學案》卷二五，高元之條下。
〔註144〕參見《宋史》卷四〇一，〈柴中行本傳〉。《宋元學案》卷七九，柴中行條下。
〔註145〕參見《宋史》卷四三八，〈李心傳本傳〉。《宋元學案》卷三十，李心傳條下。
〔註146〕參見《宋史》卷四一三，〈趙汝談本傳〉。《宋元學案》卷六九，趙汝談條下。

書管見》、《兩漢筆記》、《蜀阜集》、《冠昏記》、《百行冠冕集》〔註147〕。

《經義考》載是書，無卷數，曰佚。

《讀詩臆說》

王宗道，字與文，鄞縣人，徙居奉化。嘉定七年（西元1214年）進士，官至江東提刑司幹管，著述甚富、有《易說指圖》、《書說》、《詩臆說》、《三禮說》等〔註148〕。

《經義考》載是書十卷，曰佚。今未見。

《詩學發微》

楊明復，字復翁，臨海人，操履純正，博通經籍，人稱浦城先生，著有《周易會粹》、《尚書暢旨》、《詩學發微》、《冠婚喪祭圖》〔註149〕。

《經義考》載是書，無卷數，曰佚。

《詩說》

張貴謨，字子智，遂昌人，乾道五年（西元1169年）進士，官至朝議大夫，封遂昌縣開國男，著有《九經圖述》、《韻略補遺》、《詩說》等〔註150〕。

是書《宋志》載之三十卷，《經義考》據《宋志》載，曰佚。

《詩說》

黃應春，號西軒，四明人，嘉熙二年（西元1238年）進士，官至朝散郎，宗學博士〔註151〕。

《經義考》據《寧波府志》載是書，無卷數，曰佚。

《詩傳》

陳寅，四川仁壽人，咸子，以父恩補官，紹定初知西和州，元兵薄城，力盡自刃，諡襄節〔註152〕。

《宋志》載是書十卷，《經義考》據《宋志》以載，曰佚。今未見。

《詩略》

史守道，字孟傳，丹稜人，讀書一覽不忘，為文援據詳明，辭辨雄放，當時諸

〔註147〕見《宋史》卷四○七，〈錢時本傳〉。《宋元學案》卷七四，錢時條下。
〔註148〕見《至正四明志》卷二，〈王宗道傳〉。
〔註149〕見《宋元學案補遺》卷六七，楊明復條下。
〔註150〕見《宋元學案》卷九七，張貴謨條下。
〔註151〕見《宋元學案補遺》卷七六，黃應春條下。
〔註152〕見《宋史》卷四四九，〈陳寅本傳〉。

儒託周、程諸先儒語，以自標榜。守道則依魏了翁。嘉定十三年（西元 1220年）卒，著有《傳齋集》、《傳齋有用之學》、《書略》、《詩略》、《周禮略》、《春秋統會》等〔註153〕。

《經義考》載是書十卷，並引《四川總志》，述守道生平。曰佚。

《毛詩傳》

譚世選，字勤之，茶陵人，以尙書獻策補官，著有《毛詩傳》〔註154〕。

《經義考》據陸元輔言載是書二十卷，曰佚。據陸元輔曰，是書乃羽翼漢儒之作〔註155〕。

《詩經訓注》

劉應登，字堯咨，安城人。景定間漕貢進士，宋社將危，隱居不仕。其爲文出入經史，劉辰翁、趙文交推許之，著有《耘廬集》、《詩經訓註》、《杜詩句解》〔註156〕。

是書《經義考》據《江西通志》錄之，不標卷數，曰佚。今未見。

《毛詩粗通》

趙若燭，字竹逸，宜春人，寶慶二年（西元1226年）進士，知光澤縣事〔註157〕。

《經義考》載是書，無卷數，曰佚。

《詩義解》

韓謹，字去華，晉江人，崇寧二年（西元1103年）進士，除處州教授，著《詩禮義解》上之，召爲國子博士，遷廣東東路提舉學士，罷歸，以所著義理數篇見。一日抗章謝事同僚劾奏，請留朝廷，還以舊職，未就卒〔註158〕。

《經義考》據陸元輔言，載謹《詩義解》，不標卷數，曰佚。

《詩衍義》

湯建，字達可，樂清人，不爲制舉業，於天文地理，古今制度，考覈精詳，篤意競省，深造理窟，夙興必齋沐，讀《周易》一卦，鼓瑟自娛。學者稱藝堂先生。著有《詩衍義》，《論語》、《老子》二解，《藝堂文集》〔註159〕。

〔註153〕見《宋史》卷八十，〈史守道本傳〉。
〔註154〕見《宋元學案補遺別附》卷二，譚世選條下。
〔註155〕《經義考》卷一○八，《毛詩傳》條引。
〔註156〕參見《宋史翼》卷三四，〈劉應登傳〉。《宋元學案補遺別附》卷二，劉應登條下。
〔註157〕見《宋元學案補遺別附》卷二，趙若燭條下。
〔註158〕見《宋元學案補遺別附》卷二，韓謹條下。
〔註159〕見《宋元學案》卷七四，湯建條下。

《經義考》載是書，無卷數，曰佚。

《詩直解》

呂椿，字子壽，晉江人，從丘葵學。著有《尙書直解》、《春秋精義》〔註160〕、《詩直解》、《禮記解》〔註161〕。

是書《經義考》載之，不標卷數，並曰佚。今未見。

《詩義解》

韓惇，生平無考。

《經義考》載是書，無卷數，曰佚。

《毛詩解》

劉塾，字伯醇，建陽人，歷知常州、衡州，移南劍州，以疾不赴，與門徒講道以終，著有《毛詩解》、《家禮集注》、《心經集說》〔註162〕。

《經義考》載是書，無卷數，曰佚。

《詩訓釋》

董夢程，一作夢臣，字萬里，號介軒，鄱陽人。初從其從父銖學，復得朱熹之學於黃幹。登開禧元年（西元1205年）進士，官朝散郎，通判欽州。著有《詩、書訓釋》，《大爾雅通釋》〔註163〕。

是書《宋志》不載，《經義考》載之，不標卷數。今未見。

《詩義斷法》

謝升孫，南城人，舉進士，爲翰林編修官，朝士稱之曰南愢先生〔註164〕。

是書《宋志》不載。《經義考》據《江西通志》載謝升孫《詩義斷法》，不列卷數。又據《菉竹堂書目》載《詩義斷法》一卷，不著名氏。《四庫提要存目》錄《詩義斷法》五卷，不著撰者名氏，或即升孫之書。又據《四庫提要》云：「卷首有建安日新書堂刊行字，又有至正丙戌字，蓋元時所刻〔註165〕。」惜是本今未見。

至其文，《四庫提要》云：「首有自序，詞極鄙俚，殆不成文，卷前冠以作義之法，分總論，冒題、原題、講題、結題五則，次爲學詩八門須知，次爲先儒格

〔註160〕見《宋元學案》卷六八，呂椿條下。
〔註161〕《宋元學案補遺》卷六八，據《閩書》補入。
〔註162〕見《宋元學案》卷二十，劉塾條下。
〔註163〕見《宋元學案》卷八九，董夢程條下。
〔註164〕見《宋元學案補遺》卷二，〈謝升孫傳〉。
〔註165〕見《四庫提要》卷十七，詩類存目，《詩義斷法》條下。

言，次爲總論六義，皆剽竊陳言，不出兔園冊子，又書中但列擬題，於經文刊削十七，始於《鄘風》之〈干旄〉，不知何取，蓋揣摩弋取之書，本不爲解經而作〔註166〕。」

《詩說》

王萬，宋理宗朝有二王萬，其一字處一，嘉定十六年（西元1223年）進士，著有《時習編》及其他奏箚凡十卷。唯未見有經術之作〔註167〕。

另一，字萬里，號淡齋，蒲江人，嘉定三年（西元1210年）省試第一，歷任太常博士，以忤當軸罷歸，端平元年（西元1234）卒。其爲魏了翁寮壻，篤學經術，尤善戴氏禮，著有《心銘》、《淡齋規約》。是書或其所作，未可知矣〔註168〕。是書《經義考》載之，無卷數，曰佚。

《詩總》

焦巽之，生平無考。

《經義考》載是書，無卷數，曰佚。

《白石詩傳》

錢文子，字文季〔註169〕，樂清人。乾淳之際，永嘉諸儒林立，文子遍從之遊，而于徐誼尤契，入太學有盛名。嘉定後，諸儒無一存者，先生歸然爲正學宗師，以太學兩優釋褐，仕至宗正少卿。

文子嘗主東陽石洞師席，又與諸葛千能並主郭氏高塘庵師席，講明洛學，後退居白石巖，因以爲號，學者稱白石先生，著有《補漢兵志》、《白石詩傳》〔註170〕。《宋志》、《陳錄》、《文獻通考》皆載是書十卷，《國史經籍志》則作二十卷。《經義考》作三十卷。另《文淵閣書目》、《菉竹堂書目》亦皆載之。今未見。

據魏了翁序云：「永嘉錢公又併去講師增益之說，惟存〈序〉首一言，約文實指篇爲一贊，凡舊說之涉乎矜己訕上，傷俗害倫者，皆在所不取，題曰錢氏集傳。」

又喬行簡序云：「今是書乃嚴謹簡要如此，則知先生之學自博而之約，歲殊而月異矣，同門湯尹程嘗爲余述先生病革時言曰：『吾於《詩傳》尚欲有所更定』……乃訪求於湯尹之姪時大俾，偕詁釋刻諸郡云〔註171〕。」

〔註166〕同上註。
〔註167〕見《宋史》卷四一六，〈王萬本傳〉。
〔註168〕見《宋元學案》卷八十，王萬條下。
〔註169〕《宋元學案》卷六一，引《溫州舊志》，以其原名宏，字文子，以字行。
〔註170〕參見《宋元學案補遺》卷六一，錢文子條下。
〔註171〕《經義考》卷一○九，《白石詩傳》條引。

《詩訓詁》

錢文子，見前《白石詩傳》敘錄。

是書三卷，據魏了翁序云；「又別爲《詁釋》，如《爾雅》類例者。」喬行簡序亦作《詁釋》。唯《宋志》、《經義考》皆載〈詩訓詁〉。今不傳。至其內容，徐秉義曰：「錢氏詩訓詁三卷，曰釋天，曰釋地，曰釋山，曰釋水，曰釋人，曰釋言，曰釋禮，曰釋樂，曰釋宮，曰釋器，曰釋車，曰釋服，曰釋食，曰釋禽，曰釋獸，曰釋蟲，曰釋魚，曰釋草，曰釋木，凡一十九門〔註172〕。」

《詩辨》

王應麟，見本文第二章，第四節，《詩考》敘錄。

是書倪氏《宋志補》載之，無卷數，《鄞縣志》同。今佚。

《毛詩草木鳥獸廣疏》

王應麟，見本文第二章，第四節，《詩考》敘錄。

是書《宋志》、《授經圖》、《經義考》並著錄六卷，唯《經義考》作《毛詩草木鳥獸蟲魚廣疏》，並云未見。今佚。

《詩注》

洪咨夔，字舜俞，號平齋，於潛人，嘉泰二年（西元1202年）進士，作〈大治賦〉，樓鑰黨識之。歷官監察御史，劾罷薛極，朝綱大振，久之，言不能悉用，遂乞祠，不許。官至翰林學士，端平三年（西元1236年）卒，諡忠文。著有《春秋說》、《平齋文集》、《兩漢詔令》〔註173〕。

《經義考》載是書，無卷數，曰佚。

《詩經注解》

熊剛大，建陽人，少穎敏，從蔡淵、黃靜游，嘉定七年（西元1214年）進士，授建安教授。學者稱古溪先生，著有《詩經注解》、《性理小學集解》〔註174〕。

《經義考》載是書，無卷數，曰佚。

《詩膚說》

高斯得，字不妄，蒲江人，紹定二年（西元1229年）進士，李心傳修四朝史，辟爲史館校勘，斯得分修光、寧二帝紀。屢言事，群檢悚懼，合力排擯之，出

〔註172〕《經義考》卷一○九，《詩訓詁》條引。
〔註173〕參見《宋史》卷四○六，〈洪咨夔本傳〉。《宋元學案》卷七九，洪咨夔條下。
〔註174〕見《宋元學案》卷六二，熊剛大條下。

知嚴州。著有《詩膚說》、《儀禮合抄》、《恥堂存稿》〔註175〕。

《經義考》載是書，無卷數，曰佚。

《詩傳演說》

顧文英，字貢士，生平無考。

《經義考》載是書，無卷數，曰佚。據劉克莊曰：「顧貢士《詩傳》，大略如鄭夾漈」〔註176〕，則其說亦爲反毛鄭一派。

《詩傳》

董鼎，字季亨，別號深山，鄱陽人，私淑黃榦、董銖，所著《尙書輯錄纂注》，采拾極博，不守一師之說〔註177〕。

《經義考》載是書，無卷數，曰佚。

《詩講義》

李象，字材叔，南城人，居藍田。六、七歲聞占畢之風而悅之，既長則以講勸取貲衣食。於經無所不閱，而尤用意於《詩》、《易》。著有《易統論》、《詩講義》、《孟子講義》。熙寧九年（西元1076年）卒，年六十三。

是書《宋志》不載，明清書目亦未見，《經義考》載之，不標卷數。今未見，然據〈講師李君墓表〉，知有《詩講義》二十卷〔註178〕。

《詩古音辨》

鄭庠，僅《陳錄》《詩古音辨》條下云：從政郎信安鄭庠〔註179〕。餘皆無可考。

是書《宋志》、《陳錄》、《文獻通考》、《授經圖》俱載之，《經義考》據《宋志》載之，唯作「鄭犀」下注曰「犀或作庠」〔註180〕，並云佚。今未見。

庠是書乃古音分部之始。段玉裁云：「其說合於漢魏及唐之杜甫韓愈所用，而於周秦未能合也。」又江有誥云：「雖分部至少，而仍有出韻，蓋專就《唐韻》求其合，不能折《唐韻》求其分，宜無當也〔註181〕。」

《詩演義》

劉元剛，字南夫，號容齋，吉州吉水人，嘉定十六年（西元1223年）進士，官

〔註175〕見《宋史》卷四二九，〈高斯得本傳〉。

〔註176〕見《經義考》卷一一〇，《詩傳演說》條引。

〔註177〕見《宋史翼》卷二五，〈董鼎傳〉。《宋元學案》卷八九，董鼎條下。

〔註178〕見《灌園集》卷十九。

〔註179〕見《直齋書錄解題》卷二。

〔註180〕見《經義考》卷一一〇。

〔註181〕見《音學十書》，江有誥撰〈古音凡例〉。

江西教授，兼濂溪書院山長。咸淳四年（西元 1268 年）卒。著有《詩、書、孝經、論語、孟子演義》、《詞科類稿》、《容齋雜錄》、《家庭漫錄》〔註 182〕。
《經義考》載是書，無卷數，曰佚。

《讀詩私記》

章叔平，生平無考，僅據黃震〈讀詩私記序〉，知爲臨川人，予祠東歸〔註 183〕。是書《宋志》不載，《經義考》據黃震序錄之，不標卷數。知宋時已罕見，後世亦未見傳本。今據黃震序云：「朱晦庵因夾漈而酌以人情天理之自然而折衷之，所以開示後學者，已明且要，東萊呂氏讀《詩》時，嘗雜記諸儒之舊說，未及成書，公已下世，學者以其與朱晦庵之說異，而與舊傳之說同也，或莫適從，臨川章君叔平，因兩家之異參諸說之詳，斷以己見，名以私記，無一語隨人之後，其用功之精勤，與謙虛不敢自信之意，果何如哉〔註 184〕。」知欲折衷於兩家者。

《詩箋》

蔡夢說，字起巖，黃巖人。嘗從車瑾遊，究心濂洛之學，開門授徒，多所造就，所著書多散亡，獨箋《詩》八卷，藏於家〔註 185〕。
是書《宋志》不載，《經義考》據《赤城新志》載之，並曰佚。今未見。

《詩解》

姚隆，號野庵，蕭縣韶溪人〔註 186〕，贈朝散大夫。
隆是書，《宋志》不載，《文獻通考》、朱氏《授經圖》亦不載，知亡佚久矣。《經義考》不標卷數，並曰佚。或僅據黃淵序文而錄之。今據黃序云：「……雖語初學者，不爲詁釋，彼豈知或大、或小、或博、或約、或顯、或晦、或抑、或揚之妙，此野庵《詩解》所以作也，是解也參之李迂仲，訂之張敬夫，〈序〉之可者，從之，否則正之。謂風雅頌皆始於文王，謂風〈關雎〉、〈鵲巢〉，迺應其聲，謂二雅聲有大小，非政有大小，謂《王風》乃王城之聲。謂國風無變風，二雅無變雅，譚《詩》平易如此。」知其或爲蒙求之書。

《詩可言集》

〔註 182〕見《宋元學案補遺》卷六四，劉元剛條下。
〔註 183〕見《宋元學案補遺》卷八一，章叔平條下。
〔註 184〕《經義考》卷一一〇，《讀詩私記》條引。
〔註 185〕見《宋元學案》卷六六，蔡夢說條下。
〔註 186〕關於姚隆其人其書，唯見於黃淵序文，《經義考》卷一一〇，《宋元學案補遺》卷三六，所列皆此。補遺下注出《黃少谷集》，未詳何書。

王柏，見本文第二章，第四節，《詩辨說》敘錄。

是書壙誌，節錄行實〔註187〕，《補傳》、《宋志》俱載之。《經義考》本《宋志》載之。《金華經籍志》亦載之。

又據方回序文〔註188〕，書名作《詩可言集》，與《宋志》略異。

蓋是書《經義考》已云未見。郭紹虞《宋詩話輯佚》亦未見。唯金履祥《濂洛風雅》引柏詩評九條〔註189〕，評及宋人《詩》說六家。略見其言。

《詩考》

王柏，見本文第二章，第四節，《詩辨說》敘錄。

《金華縣志》載柏《詩考》，無卷數〔註190〕，又王圻《續文獻通考》王應麟《詩考》下云：「王柏亦有《詩考》」〔註191〕。今佚。

《讀詩記》

王柏，見本文第二章，第四節，《詩辨說》敘錄。

據壙誌、節錄行實，有王柏《讀詩記》十卷。《宋史·王柏傳》錄之，不標卷數。又《金華縣志》云：「王氏《讀詩記》十卷」〔註192〕，殆即此書。今未見。

《朱子詩傳辨正》

戴亨，字子元，自號蠢翁，臨海人，良齋從子。從邱漸學，教人以毋自欺爲第一義，著有《太極圖說》、《人心道心說》、《近思錄補註》、《朱子詩解》、《北溪字義辨正》等〔註193〕。

是書《經義考》載之，作《朱子詩傳辨正》，不標卷數，《浙江通志》則作《朱子詩解》〔註194〕，亦不明卷數。今未見，未知孰是，然觀其名，則大抵羽翼《詩集傳》之作也。

《詩經講義》

江愷，字伯幾，號雪矼，婺源人。客許月卿家，月卿以爲不凡，妻以女，遂受

〔註187〕見《王魯齋文獻公遺集》卷十一附。

〔註188〕見《桐江集》卷四，〈可言集考〉。

〔註189〕《濂洛風雅》所引凡評張橫渠、朱韋齋、李延平、張南軒、李果州各一條，朱晦庵四條。

〔註190〕見《金華縣志》卷二。

〔註191〕見《明史藝文志補編》。

〔註192〕據《金華經籍志》卷二云：「《讀詩記》……王柏會之撰，見《宋史藝文志》，《季滄葦書目》。今檢二書皆不載，不知何據。

〔註193〕參見《宋元學案》卷六六，《宋元學案補遺》卷六六，戴亨條下。

〔註194〕《宋元學案》卷六六，引《浙江通志》。

學。初貢禮闈，宋亡，隱居沖陶石室，著有《四書、詩經講義》、《箕裘集》等
〔註 195〕。

《經義考》據《徽州府志》載之，不標卷數，並曰佚。今未見。

《清全齋讀詩編》

陳深，字子微，蘇州吳縣人。宋亡，棄舉子業，篤志古學，閉門著書。天歷間奎
章閣臣以能書薦，潛匿不出，所居曰寧極齋，學者稱寧極先生，別號清全。至正
四年（西元 1344 年）卒，年八十五。著有《讀易編》、《讀詩編》、《讀春秋編》
〔註 196〕。

是書《千頃堂書目補》載之，無卷數，《經義考》亦如之，並曰未見。

《詩講義》

陳普，字尚德，居石堂山，以石堂為號，別號懼齋，福州寧德人。長從韓翼甫
遊，其學由輔廣而溯於朱熹。入元，隱居授徒，三辟為本州教授，不赴，歸然
以斯道自任，四方及門者數百人，嘗聘主雲莊書院，晚居莆中，造就益眾。延
祐二年（西元 1315 年）卒，年七十二〔註 197〕。

是書《經義考》載一卷，曰存。今未見。

《詩傳微》

陳煥，字時可，一字詩可，號巘山，豐城人。博學和易，黃謙父重其人，為賣
田築館，居二十年。兩與鄉漕薦，入元不仕。著有《易傳宗》、《書傳通》、《詩
傳微》、《禮記釋》、《四書補注》等〔註 198〕。

《千頃堂書目》卷一補，載是書，無卷數。《經義考》據以載之，曰佚。

《詩正義》

丘葵，字吉甫，同安人。有志朱子之學，親炙於呂大圭、洪天錫之門。宋末科
舉廢，杜門屬學。及宋亡，居海嶼中，因自號釣磯翁，倭寇至取其遺書以去，
故著述多不傳。著有《書、詩、易解義》、《春秋通義》、《周禮補亡》等〔註 199〕。

《經義考》載是書，並存另一名作《詩口義》。無卷數，曰佚。

《絃歌毛詩譜》

〔註 195〕見《宋史翼》卷三十五，〈江愷傳〉。
〔註 196〕同上註，〈陳深傳〉。
〔註 197〕見《宋元學案》卷六四，陳普條下。
〔註 198〕見《宋元學案補遺別附》卷二，陳煥條下。
〔註 199〕見《宋元學案》卷六八，丘葵條下。

俞琰，字玉吾，號石澗，吳郡長洲人，生寶祐間，以詞賦聞。宋亡，隱居著書，
自號林屋山人，居傍石澗，學者稱石澗先生。精於《易》，著有《周易集說》、《讀
易舉要》、《易外別傳》、《易圖纂要》、《陰符經注》、《書齋夜話》等〔註200〕。
《經義考》載是書一卷，曰未見。

《毛詩通旨》

何逢原，字文瀾，分水人，咸淳中累官中書舍人。嘗以輪對陳時政十事，知事
不可爲，引疾而去。至元中，御史程文海薦之朝，辭不赴，卒於家。著有《易、
詩、書通旨》、《四書解說》、《玉筆集》、《感遇詩》等〔註201〕。
《經義考》載是書，無卷數，曰佚。

《毛詩集疏》

熊禾，字去非，後改名鈇，字位辛，號勿軒，又號退齋，建陽人。少有志濂洛
關閩之學，師事朱熹門人輔廣。咸淳十年（西元1274年）進士，宋亡不仕，築
室雲門山，講讀其中，謝枋得聞其名，自江右來訪。皇慶元年（西元1312年）
卒，著有《三禮考異》、《春秋論考》、《經序學解》、《勿軒集》等〔註202〕。
《補元史藝文志》載是書，無卷數。《經義考》亦載之，無卷數，曰佚。

《詩頌解》

鮮于戣，生平無考。
《宋志》、《授經圖》皆載是書三卷。今佚。

《詩本義補遺》

吳氏，失名。
《宋志》載是書二卷，《經義考》據《宋志》以載，唯誤作一卷。據朱彝尊按云：
「王氏《困學紀聞》載鶴林吳氏論《詩》曰：興之體足以感發人之善心，毛氏
自〈關雎〉而下，總百十六篇，首繫之興，風七十，小雅四十，大雅四，頌二，
注曰興也，而比賦不稱焉，蓋謂賦直而興微，比顯而興隱也。吳氏未詳其名，
其書出於朱子《集傳》之前，未審即《宋志》所載《本義補遺》否也〔註203〕。」

《毛詩小疏》

〔註200〕見《宋元學案》卷四九，俞琰條下。
〔註201〕見《宋元學案補遺》卷四九，何逢原條下。
〔註202〕見《新元史》卷二三四，〈熊禾本傳〉。《宋元學案》卷六四，熊禾條下。
〔註203〕見《經義考》卷一一○，朱彝尊按語。

《宋志》、《通志》、《授經圖》〔註 204〕皆載是書二十卷，《經義考》據《宋志》
以載，曰佚，並引《崇文總目》云：「因孔疏為本，刪取要義，輔益經注〔註 205〕。」

《毛詩餘辨》

《通志》載是書四卷，《經義考》據《通志》以載，曰佚。

《毛詩別集正義》

《通志》、《國史經籍志》皆載是書一卷。《經義考》據《通志》以載，曰佚。

《毛詩釋題》

《宋志》載是書二十卷，《經義考》據《宋志》以載，並引《崇文總目》云：「篇
端總敘詩義，次述章旨，蓋近儒之為者與？」〔註 206〕又《崇文總目》「釋題」
作「解題」。

《毛詩正數》

《宋志》載是書二十卷，《經義考》據《宋志》以載，曰佚。

《毛詩釋篇目疏》

《宋志》載是書十卷，《經義考》據《宋志》以載，曰佚。

《詩疏要義》

《宋志》載是書一卷，《經義考》據《宋志》以載，曰佚。

《毛詩玄談》

《宋志》、《通志》、《國史經籍志》皆載是書一卷，《經義考》據《宋志》以載，
曰佚。

《毛詩章疏》

《宋志》載是書三卷，《通志》、《國史經籍志》、《紹興書目》皆作二卷。今未見。

《毛詩通義》

《宋志》載是書二十卷，《經義考》據《宋志》以載，曰佚。

《毛鄭詩學》

《宋志》、《通志》、《國史經籍志》皆載是書十卷，《經義考》據《宋志》以載，
曰佚。

〔註 204〕《宋志》、《通志》載《毛詩小疏》，皆曰作者佚名，《授經圖》作張欣。唯張欣生平
　　　　無考，未知何據。
〔註 205〕見《經義考》卷一一○，《毛詩小疏》條引。
〔註 206〕同註 199，《毛詩釋題》條引。

第五章 結 語

　　總結上述，共考得《詩經》著述二百零七種，較《經義考》卷一〇四至一一〇所載，多二十四種。唯僅得其書名，無從檢其內容者七種。又《經義考》注未見，而今有傳本者五種，有輯本者四種。所以得略補此數種者，端賴叢刊保存之功，與夫四庫館臣及近世學者輯佚所得。至《經義考》注存，而今未見者有七種。又《四庫存目》，而今未見者，如謝升孫《詩義斷法》；《續修四庫提要》尚存，今則未見，如張耒《柯山詩傳》。另如魏了翁《毛詩要義》，檢之書目，知北京圖書館，藏有影宋刊本一部〔註1〕。惜今不得一見，蓋皆遺珠之憾。

　　至學風傳承，著述特色，略述於下：

　　一、大抵言之，宋代《詩經》學非當宋學風潮之要衝〔註2〕，唯考其發展，實循宋學思辨脈胳，而非漢唐色彩。詳論之可分三期：

　　（一）北宋初雖刊雕九經立於學官，唯士子已據新說應試〔註3〕，學者亦各競出其說。綜觀北宋時期，其學著重對《毛傳》、《鄭箋》、《孔疏》之考辨，即反漢唐之舊說。

　　（二）南宋前期，雖有守〈序〉、廢〈序〉之爭，革新、保守之別。然其學乃在肯定北宋學者研究成果之基礎上求發展，故守〈序〉者，非堅守漢人之舊；廢〈序〉者，則不僅在求異漢唐，而進一步致力於考疑、釋疑。正因論證考訂之需，故特重名物考據學。至理學家援心性之學解經，則入宋學空疏一途，此派至宋末而大興，

〔註 1〕據《中國古籍善本書目》所載，大陸各省所藏《毛詩要義》凡七種七部，詳見本論文附表二。
〔註 2〕蓋宋學之興，大抵有政治、宗教兩層因素，故就經書而言，宋人最重視者爲《周易》、《春秋》、《禮記》。詳見《經學概說》（四）宋學——經學的變古派。
〔註 3〕見《文獻通考》卷三十。景德二年（1005年）賈邊以新說試禮部落選。

亦最遭後學詬病。

（三）南宋后期，其學以理學爲本，基於教化之需，致令改經之風熾，如王柏刪「淫詩」三十二篇，可爲具體表現。大抵此期思辨之風漸泯，心性之學大興，是爲經學之衰微期。時迄宋末，而有王應麟爲考據、輯佚之作，始爲「反宋」發其端。

二、向以宋初經學守唐疏之舊，慶曆以降其風始變。晁公武等則直謂起於劉敞《七經小傳》〔註4〕。實唐末思辨之風已盛，《唐語林》載：劉禹錫與柳八、韓七，詣施氏聽《毛詩》，說《毛傳》之失，及毛鄭不注數事〔註5〕。至宋初政局未定，諸儒求通經以致其用，遂有孫復《春秋尊王發微》，李泰伯《周禮致太平論》。此期《詩經》著述較少，且多不傳於世，然風會所及，如胡旦以《易》、《詩》、《書》、《論語》、先儒傳注得失參揉，作《演聖通論》辨正之〔註6〕。孫復亦謂：「專守毛萇、鄭玄之說，而求於《詩》，吾未見其能盡於《詩》者〔註7〕。」知學風已變。至如周堯卿「考經指歸，而見毛鄭之得失〔註8〕。」丘鑄只取〈序〉中第一句，後句則削之〔註9〕，則直承晚唐，而下開歐、蘇矣。

三、宋學蓋萌於韓愈，至南宋以還，理學家更以道統自居，觀所解經，往往取經術與綱常相結合〔註10〕。而見於《詩經》者有二：

（一）淫詩說：蓋先秦典籍論《國風》者，已指其有淫篇〔註11〕，即如《毛傳》，《鄭箋》亦未嘗言《國風》皆無邪矣。唯〈小序〉本思無邪之教，所言必託美刺，往往指情詩爲刺淫之詩，詩義遂晦。宋人不守〈序〉言，自歐陽脩以降，即欲還風詩原貌。鄭樵、王質考辨〈詩序〉愈烈，直指風篇爲淫之意遂顯，論其本始，則淫詩說蓋起於疑〈序〉、廢〈序〉。迄南宋中葉，禮教爲宋學主流，時有車似慶、朱熹、王柏刪淫詩之議起，觀所言，大抵皆責咎漢儒竄入〔註12〕，論其旨，則又歸於教化。

（二）借抒時事，諷諭朝政：宋初經術求通經以致其用，經術已非經學家專有，王安石創《三經新義》，本在爲新法立說，張耒爲《詩說》，則大抵借以抒熙寧時事。時至南宋，經術更爲理學家所用，宋末朝綱愈亂，外患交逼，遂有袁燮寓靖康之恥，

〔註4〕見《郡齋讀書志》卷二，劉敞《七經小傳》條。
〔註5〕詳見《唐語林》卷二，文學。
〔註6〕見《經義考》卷二四二，胡旦《演聖通論》條引《崇文總目》。
〔註7〕見《孫明復小集》卷二。
〔註8〕見《經義考》卷一〇四，《詩說》條引《隆平集》。
〔註9〕見《經義考》卷一〇四，《周詩集解》條。
〔註10〕同註2。
〔註11〕如《荀子》卷十九，〈大略篇〉。
〔註12〕詳見本文第二章，第二節《詩集傳》敘錄，第二章，第四節《詩論》、《詩辨說》敘錄。

謝枋得刺似道誤國之奸〔註13〕，皆離經術遠矣。此宋人解經雖脫漢唐注疏窠臼，卻入道學家說教弊端。

四、因思辨懷疑範圍擴大，南宋初期之《詩經》學，除守〈序〉、廢〈序〉之爭外，又有著重實用之考據學興，論其本質，異於漢儒著重義疏之訓詁名物學。考其著述，則宋以前，訓詁名物類專著僅陸璣《毛詩草木鳥獸蟲魚疏》，陸德明《毛詩釋文》兩種。有宋一代，除名物類專著外，復有考辨體制者，如程大昌《詩議》；考證文字音義者，如毛居正《毛詩正誤》；發明典制者，如王應麟《地理考》、《天文編》，知其學之盛。又晚明、清初之際考據學家，大抵皆有經世思想〔註14〕，或即承此期之學也，唯後之發展型態殊途耳〔註15〕。大抵宋人之考據極簡單，其目的祗在釋疑。至於明清考據學，本起於「反宋」理念，其學則趨於好奇炫博。

五、宋人集解一派著述，觀所解經，大抵援引詳博，其間裒錄當代諸儒之作為尤多，如呂氏《讀詩記》，所取自毛萇以下凡四十四家，其中宋人《詩》說三十五家。後人考宋學者，可於數書觀其會通。而今宋人著述十不存一，又適足以為輯佚之資，如曹粹中《詩說》，王應麟以冠四明經學之首，惜宋以後書罕見著錄，大抵亡於元明之際〔註16〕，考段昌武《叢桂毛詩集解》，稱引凡數十條，則讀曹書，可得於段氏《集解》。餘如王安石《新義》、二程《詩說》、陳鵬飛《詩解》，皆屢為各家集解所引，則此其書雖亡而實不亡。

六、考宋人於經傳疑改之理論與方法，實可備後世文獻整理之參考：

（一）就疑經而言，王柏嘗云：「讀書不能無疑，疑而無所考，闕之可也，可疑而不知疑，此疏之過也，當闕而不能闕，此贅之病也〔註17〕。」大抵提出求疑、考疑、釋疑、闕疑等四項理念。王柏時當宋末，乃宋人疑經改經之代表，除刪淫詩三十二篇外，於篇名、篇次、錯簡皆有所改定，其間雖失之武斷，然就理論言之，實集宋人疑改方法之大成，可謂詳備矣。

（二）就考疑而言，亦皆有所本，殆非「以義理懸斷數千年以前之事實」〔註18〕者。至詳其方法，則有即文求之者，如蘇轍之疑〈后序〉；有取較〈小序〉、《毛

〔註13〕詳見本文第三章，《詩經新義》敘錄、《詩傳注疏》敘錄、《毛詩經筵講義》敘錄。
〔註14〕見《明代考據學研究》，第十章，結語。
〔註15〕據熊十力《讀經示要》卷二，宋學之再變期，論此期學術之優點，有考據學興一項，至究其學則溯源朱熹。又云清世漢學家，實際上本承宋學考據一派。蓋就學術傳承觀之，二者確有聯繫。
〔註16〕詳見本文第四章，《放齋詩說》條。
〔註17〕見《詩疑》卷二，《風序辨》。
〔註18〕見《經學歷史》八、經學變古時代。

傳》者，如曹粹中論〈羔羊〉；有辨之文體者，如程大昌議南雅頌；有考之先秦典籍
者，如朱熹言《小雅》篇什問題。凡此皆可爲後世治《詩經》者所取鑒。又如葉國
良先生綜考宋人疑經改經，得二十法〔註19〕，知考校典籍之法，宋人已備大半也。

（三）整理前人之言，以求一合理之結論。此一理念之典型著述，爲集解類著
述。又考之朱熹《詩集傳》，蓋亦本此理念，唯其言去集解之繁累，所述敏簡有則，
而爲百世經解宗師。觀所言「今日之談經者，往往有四者之病：本卑也而抗之使高，
本淺也而鑿之使深，本近也而推之使遠，本明也而必使至於晦〔註20〕。」誠不僅爲
讀《詩經》之南針，亦可於讀一切經典。

〔註19〕見《宋人疑經改經考》，第六章結語。
〔註20〕見《朱子語類》卷一○五。

附表一　歷代書目著錄兩宋《詩經》著述一覽表

說明：

　　1、鄭樵〈校讎略〉有「闕書備於後世論」、「亡書出於後世論」，則一書之存佚情形，卷帙之離合，實極爲複雜。今檢宋、元、明、清四代書目所載宋代《詩經》著述，爲一覽表，以明一書流傳情形。

　　2、是編所錄，以書目爲經，《詩經》著述爲緯。書目之部：一依時代爲序，唯檢歷代書目載有兩宋《詩經》著述者，凡五十餘種，非本表所能容納，故凡（1）所載著述僅一二種者，（2）僞書，（3）明、清兩代鑑賞書目，皆不錄。得書目十三種。著述之部：依時代爲序，並本《隋志》及《經義考》例，以帝王著作冠首，列兩宋《詩經》著述二〇七種，各著述前並標示順序號，以利檢索。

　　3、本表標示，一依各書目原著錄方式標示之，有卷作卷，有冊作冊。凡原書目已明爲殘本者，於卷（冊）數後標「×」號以別之。凡該書目僅載書名，而無卷數、殘全情形者，則於該欄下作「☆」以示著錄。

書名代碼	工具書／書名	郡齋讀書志	遂初堂書目	直齋書錄解題	通志藝文略	玉海	宋史藝文志	文獻通考經籍考	文淵閣書目	國史經籍志	四庫全書總目	四庫未收書目	宋史藝文志補	經義考
001	皇帝詩解					9卷								9卷
002	演聖通論					20卷	20卷							20卷
003	毛詩正紀		☆		1卷		3卷			1卷				3卷
004	毛詩外義				2卷		2卷			2卷				2卷
005	詩折衷			20卷	20卷	20卷	20卷	20卷		20卷				20卷
006	毛詩大義				3卷	3卷	3卷							3卷
007	詩本義	15卷	☆	16卷		16卷	16卷	16卷	6冊x	16卷	16卷			16卷
008	詩譜補闕		☆			3卷	1卷	1卷		3卷				3卷
009	七經小傳	5卷		3卷			5卷	3卷	1冊x	3卷				5卷
010	毛詩小傳					20卷								20卷
011	周詩義						20卷							20卷
012	詩說													30卷
013	詩集						10卷							10卷
014	詩傳						10卷							10卷

015	毛詩關言			23卷					23卷			23卷
016	毛詩箋傳辨誤			8卷		8卷						8卷
017	周詩集解			20卷		20卷			20卷			20卷
018	詩經新義	20卷		30卷	20卷	20卷	30卷		20卷			20卷
019	詩講義											10卷
020	詩傳補注											20卷
021	詩論											2篇
022	詩正變論											1篇
023	詩說											☆
024	詩傳					60卷		5冊x				60卷
025	詩說					20卷						20卷
026	詩解		☆			1卷						1卷
027	詩傳											☆
028	詩解集傳	20卷	☆	20卷	20卷	20卷	20卷	5冊x	20卷	20卷		20卷
029	詩義					20卷						20卷
030	詩說	2卷		2卷〔註1〕		1卷	2卷	2冊x	2卷	2卷		2卷
031	詩說		☆		2卷	1卷						1卷
032	毛詩講義					20卷〔註2〕						10卷
033	毛詩統論											20卷
034	詩說									1卷		1卷
035	柯山詩傳											
036	詩傳					20卷						20卷
037	詩集					10卷						10卷
038	毛詩講義					20卷						20卷
039	毛詩訓解											20卷
040	詩解											20卷
041	詩義					3卷						3卷
042	毛詩判篇			2卷		1卷			2卷			1卷
043	詩重文說			7卷		7卷			7卷			7卷
044	毛詩義方			20卷		20卷〔註3〕			20卷			20卷
045	三十家毛詩會解					百卷						百卷
046	毛詩講義											☆

〔註 1〕《陳錄》、《文獻通考》、《文淵閣書目》、《四庫提要》皆以程氏經說七卷著錄，其中〈詩說〉二卷。

〔註 2〕書名作《新解》，並注曰程頤門人記其師之說。

〔註 3〕不標作者。

編號	書名										
047	詩物性門類		8卷	8卷	8卷	8卷		8卷			8卷
048	詩辨疑	1卷			1卷	1卷		1卷			1卷
049	詩二南義				1卷						
050	毛詩名物解		20卷	10卷	20卷	20卷		8卷	20卷		20卷
051	經筵詩講義										
052	廣川詩故		40卷		40卷	40卷		40卷			40卷
053	毛詩辨學										20卷
054	詩經講義										2卷
055	放齋詩說				30卷		5冊x		10卷	10卷	30卷
056	詩解										☆
057	詩解義										☆
058	詩解	20卷	☆	20卷		20卷〔註4〕		20卷			20卷
059	毛詩叶韻補音		☆	10卷		10卷		10卷			10卷
060	詩傳		20卷		20卷	20卷		20卷			20卷
061	詩辨妄		6卷		6卷	6卷		6卷			6卷
062	六經奧論							6卷		6卷	6卷
063	非詩辨妄										1卷
064	左氏詩如例										
065	詩總聞		3卷		20卷	3卷	10冊	20卷	20卷		20卷
066	毛詩詁訓傳				20卷						20卷
067	詩議							1卷〔註5〕			1卷
068	毛詩解義				30卷						30卷
069	詩補傳				30卷		6冊x / 10冊x	12卷	30卷		30卷
070	解頤新語				14卷						14卷
071	詩學				1卷						1卷
072	詩說										☆
073	詩譜				3卷						3卷
074	毛詩說略										☆
075	詩解										2卷
076	詩解										☆
077	詩解		☆								☆
078	毛詩講義				3卷						3卷
079	絜齋毛詩經筵講義									4卷	
080	毛詩講義				5卷		5冊x		12卷		5卷

〔註 4〕《文獻通考》兩錄此書。一繫陳鵬飛名，一繫陳少南名。實同一書矣。
〔註 5〕書名作《詩論》。

編號	書名										
081	詩集善										☆
082	詩解										20卷
083	詩說										☆
084	毛詩辨疑										☆
085	詩聲譜										2卷
086	詩說		30卷		30卷	30卷〔註6〕					30卷
087	毛詩圖										☆
088	詩解						8冊x	20卷	20卷〔註7〕		☆
089	反古詩說										☆
090	毛詩解詁										20卷
091	呂氏家塾讀詩記	☆	32卷		32卷	32卷	5冊x	32卷	32卷		32卷
092	毛詩前說		1卷		1卷	1卷		1卷			1卷
093	詩解				20卷						20卷
094	詩解鈔										☆
095	詩集解		20卷		20卷	20卷	2冊x 10冊x 6冊x 1冊x 2冊x	8冊x	8卷		20卷
096	詩序辨說		1卷		1卷	1卷					
097	詩風雅頌		4卷			4卷					
098	詩集傳舊傳	☆〔註8〕								6卷	6卷
099	詩傳遺說						3冊x	6卷	6卷	6卷	6卷
100	詩童子問				1部		2冊x	20卷	10卷		20卷
101	詩經協韻考異										
102	六經圖	☆	7卷		6卷	7卷	3冊x 6冊x		6卷		6卷
103	毛詩說				3卷						3卷
104	毛詩筆義										☆
105	詩口義										50卷
106	東宮詩解										☆
107	讀詩記										☆

〔註6〕書名作〈詩序〉。

〔註7〕書名作《慈湖詩傳》。

〔註8〕書名作《詩集傳藁》，或即舊傳。

108	詩解												20卷
109	毛詩詳解		36卷			46卷	36卷		12卷				36卷
110	詩解					20卷							20卷
111	李黃詩解						6冊x		42卷		36卷		
112	詩傳												☆
113	詩學發微												☆
114	山堂詩考												☆
115	詩集傳解												30卷
116	詩經講義												☆
117	詩名物編												10卷
118	詩類												3卷
119	詩大義												☆
120	詩贅說												☆
121	毛詩口義												☆
122	詩解詁												☆
123	續讀詩記		3卷			3卷	3卷		3卷	3卷			3卷
124	詩說					1卷〔註9〕							1卷
125	詩講義												☆
126	誦詩訓												5卷
127	詩注												☆
128	學詩管見												☆
129	學詩臆說												10卷
130	詩學發微												☆
131	詩說					30卷							30卷
132	詩說												☆
133	詩傳					10卷							10卷
134	詩略												10卷
135	毛詩傳												20卷
136	詩經訓注												☆
137	毛詩粗通												☆
138	詩羲解												☆
139	詩衍義												☆
140	詩直解												☆
141	詩義解												☆
142	毛詩解												☆

〔註 9〕作者作「高端叔」，以字誤作名也。

143	詩訓釋								☆
144	詩義斷法				1冊 x		5卷		☆
145	詩說								☆
146	詩總								☆
147	毛詩要義		20卷		6冊 x〔註10〕	20卷			20卷
148	六經正誤	6卷		6卷	2冊 x		6卷		6卷
149	白石詩	20卷	10卷	20卷	4冊 x 11冊 x		20卷		30卷
150	詩訓詁		3卷						3卷
151	叢桂毛詩集解					30卷	25卷	30卷	30卷
152	詩義指南				1冊 x			1卷	1卷
153	詩總說								1卷
154	詩緝		1部		13冊	36卷	36卷		36卷
155	詩說						12卷		12卷
156	詩地理考		5卷			6卷	6卷		5卷
157	六經天文編		6卷		2冊 x				3卷
158	詩考		5卷	5卷		5卷	1卷		6卷
159	困學紀詩								
160	玉海紀詩								
161	毛詩草木鳥獸廣疏		6卷						6卷
162	詩辨								
163	詩注								☆
164	詩經注解								☆
165	詩盧說								☆
166	詩傳演說								☆
167	詩傳								☆
168	詩講義								☆
169	詩古音辨	1卷	1卷	2卷		2卷			1卷
170	詩演義								☆
171	讀詩私記								☆
172	詩箋								8卷
173	佩韋齋輯聞詩說								1卷
174	詩解								☆
175	四如六經講稿						6卷	6卷	

〔註10〕以《九經要義》著錄。

序號	書名										
176	讀詩一得										1卷
177	九經疑難									4卷	☆〔註11〕
178	五經論										☆
179	詩傳注疏									3卷	☆
180	詩辨說					2卷			2卷		2卷
181	詩可言集					20卷					20卷
182	詩考										
183	讀詩記										
184	朱子詩傳辨正										☆
185	詩經講義										☆
186	清全齋讀詩編									☆	☆
187	詩講義										1卷
188	詩傳微									☆	☆
189	詩正義										☆
190	絃歌毛詩譜										1卷
191	毛詩通旨										☆
192	詩辨說							1冊x	10卷	7卷	7卷
193	毛詩集疏										☆
194	詩頌解					3卷					
195	詩本義補遺					2卷					1卷
196	毛詩小疏				20卷	20卷	☆				20卷
197	毛詩餘辨				4卷						4卷
198	毛詩別集正義				1卷				1卷		1卷
199	毛詩釋題					20卷					20卷
200	毛詩正數					20卷					20卷
201	毛詩釋篇目疏					10卷					20卷
202	詩疏要義					1卷					1卷
203	毛詩玄談				1卷	1卷			1卷		1卷
204	毛詩章疏				2卷	3卷			2卷		3卷
205	毛詩通義					20卷					20卷
206	毛鄭詩學				10卷	10卷			10卷		10卷
207	纂圖互注毛詩										20卷

〔註11〕作者作「張文伯」，誤矣。

附表二　現存兩宋《詩經》著述收藏一覽表

說明：

　　1.宋人《詩經》著述不下數百種〔註1〕，今檢歷代書錄，所得不過兩百餘種，已見附表一。而現存者（含全本、殘本、輯佚之屬）則僅四十八種。作「收藏一覽表」，一以明存佚情形，再以見收藏處所，便利學者即表求書。

　　2.所錄以各收藏處所為經，諸家著述為緯。著述之部：首列作者，次書名，再次板本。各書以作者時代為序。收藏地點之部：標以各圖書館簡稱，列對照表如下：

中圖：國立中央圖書館（民國85年2月起更名為國家圖書館）

故宮：國立故宮博物院（係指現址台北市的故宮博物院）

北平：北平圖書館（按該館藏書現存故宮）

史語所：中央研究院歷史語言研究所傅斯年圖書館

國研：國防研究院

臺大：國立臺灣大學

師大：國立師範大學

東海：私立東海大學

東京：日本東京大學東洋文化研究所

京都：日本京都大學人文科學研究所

靜嘉堂：日本靜嘉堂文庫

內閣文庫：日本內閣文庫

美國會：美國國會圖書館

葛斯德：美國普林斯敦大學葛斯德東方圖書館

　　3.凡該板本為通行本，則不標示收藏地點，僅於備注欄標一「通」字。

　　4.近人輯佚所得，發表於期刊，而無單行本者，於備注欄下標一「期」字。

　　5.檢中國古籍善本書目，所載宋人《詩經》著述凡十八種，可見現今大陸各圖書館收藏情形。唯收藏處所過多，非本表所能容納，僅於備注欄標一「陸」字，詳見該書目卷二。

〔註1〕劉克《詩說・總說》云：「近世之解經者，盛于前古，一經之說，多至數百家。」蓋是書成於紹定壬辰（1232年）距宋亡尚有四十餘年。

著者	著述	版本 \ 藏書地點	中圖	故宮	北平	史語所	國研	臺大	師大	東海	東京	京都	靜嘉堂	內閣文庫	美國會	葛斯德	備註
歐陽脩	詩本義	明萬曆刊本											✓			✓	陸
		明藍格抄本															陸
		明抄本															通
		通志堂經解本															通
		文淵閣四庫全書本		✓													
		四庫薈要本		✓													
		道光間刊本			✓												
		四部叢刊三編															通
	詩譜補闕	通志堂經解本															通
		拜經樓叢書本												✓			
		式訓堂刊本															通
		徐氏叢書本										✓					
劉敞	七經小傳	通志堂經解本															通
		文淵閣四庫全書本		✓													
		同治間刊本							✓								
		正誼齋叢書															通
		四部叢刊續編															通
		續古逸叢書															通
王安石	新經毛詩義	程元敏輯本															期
蘇轍	詩解集傳	明萬曆兩蘇經解本	✓										✓	✓			陸
		文淵閣四庫全書本		✓													
張耒	詩說	清順治刊說郛本	✓				✓										
		通志堂經解本															通
		四庫全書本說郛		✓													
		格致叢書本															通
		藝海珠塵本															通
		叢書集成初編															通
蔡卞	毛詩名物解	明秦氏抄本															陸
		通志堂經解本															通
		文淵閣四庫全書本		✓													

作者	書名	版本	1	2	3	4	5	6	7	8	9	10	11	12	收藏
		清抄本													陸
張　綱	經筵講義〔註2〕	文淵閣四庫全書本		✓											
		四部叢刊三編													通
鄭　樵	詩辨妄	顧頡剛輯本													通
	六經奧論	明成化四年刊本													陸
		舊抄本	✓												陸
		通志堂經解本													通
		文淵閣四庫全書本		✓											
		四庫薈要本		✓											
李　石	左氏詩如例〔註3〕	舊抄本	✓												
		文淵閣四庫全書本		✓											
王　質	詩總聞	明瀞生堂藍格抄本													陸
		舊抄本	✓												
		清趙氏抄本	✓	✓											
		文淵閣四庫全書本		✓											
		四庫薈要本		✓											
		武英殿聚珍本		✓							✓		✓		
		清抄本													陸
		寫本											✓		
		經苑本													通
		湖北先正遺書													通
		叢書集成初編													通
周　孚	非詩辨妄	涉聞梓舊本													通
		玉雨堂叢書本													通
		別下齋叢書本											✓		
		叢書集成初編													通
程大昌	詩議	學海類編本													通
		藝海珠塵本													通
		叢書集成初編													通

〔註2〕《經筵詩講義》二卷，乃《華陽集》之卷二四、二十五。無單行本。本表所標之板本，爲《華陽集》之板本。

〔註3〕《左氏詩如例》三卷，見《方舟集》，無單行本，本表所標之板本爲《方舟集》之板本。

作者	書名	版本	1	2	3	4	5	6	7	8	9	10	11	館藏
范處義	詩補傳	抄本		✓										
		精抄本		✓										
		通志堂經解本												通
		文淵閣四庫全書本		✓										
		四庫薈要本		✓										
袁燮	絜齋毛詩經筵講義	文淵閣四庫全書本		✓										
		武英殿聚珍本		✓								✓		
		反約篇												通
		榕園叢書本												通
		四明叢書本												通
		叢書集成初編												通
		復性書院叢刊本						✓						
林岊	毛詩講義	文淵閣四庫全書本		✓										
		寫本										✓		
		清藝海樓抄本												陸
楊簡	慈湖詩解	文淵閣四庫全書本		✓										
		文瀾閣傳抄本										✓		
		四明叢書本												通
呂祖謙	呂氏家塾讀詩記	宋邱氏重刊本												陸
		宋刊本												
		明傅氏刊本	✓	✓								✓		陸
		明萬曆間刊本	✓								✓	✓	✓	陸
		明抄本												陸
		通志堂經解本												通
		文淵閣四庫全書本		✓										
		四庫薈要本		✓										
		嘉慶間刊本						✓			✓			
		墨海金壺本												通
		金華叢書本												通
		經苑本												通
		四部叢刊續編												通
		叢書集成初編												通
		元祿九年刊本									✓			
唐仲友	詩解	續金華叢書本												通

著者	書名	版本												收藏
楊　甲	六經圖	明萬曆吳繼仕刻本		✓										陸
		明刻本												陸
		明萬曆衛承芳刻本												陸
		明萬曆郭若維刊本											✓	陸
		明崇禎王興胤刊本												陸
		明崇禎仇維禎刻本												陸
		文淵閣四庫全書本		✓										
朱　熹	詩集傳〔註4〕	宋寧宗時刊本			✓							✓		陸
		元刊十一行本	✓											陸
		明司禮監刊本	✓	✓								✓	✓	陸
		明嘉靖刊本	✓											
		明翻吉澄本	✓											陸
		明翻司禮監本	✓											
		明汲古閣本								✓				
		藍格抄本		✓										
		文淵閣四庫全書本		✓										
		四庫薈要本		✓										
		康熙間刊五經本		✓							✓			
		康熙間青蓮書屋本												陸
		補刊監本五經之一		✓										
		咸豐間蔣氏刊本						✓						
		十三經讀本（同治）												陸
		光緒間刊本		✓		✓				✓				
		光緒間石印本		✓						✓				
		清刊本	✓											
		清麓叢書本												通
		傳經堂叢書本												通
		上海掃葉山房本							✓					
		四部叢刊三編												通
	詩序辨說	明刊津逮祕書本	✓				✓							
		學津討原本												通
		殘本						✓						

〔註4〕據《中國古籍善本書目》，載《詩集傳》之板本，凡三十三種，不及備載，表中僅列部分板本，餘則詳見該書目卷二。

著者	書名	版本											藏
		清麓叢書本											通
		叢書集成初編											通
	詩集傳舊傳	潘重規輯本											期
朱 鑑	詩傳遺說	通志堂經解本											通
		文淵閣四庫全書本		✓									
		四庫薈要本		✓									
輔 廣	詩童子問	元刊本			✓								陸
		明抄本											陸
		明汲古閣刊本	✓										陸
		文淵閣四庫全書本		✓									
		清覆刊汲古閣本									✓		
	詩經協韻考異	學海類編本											通
		遜敏堂叢書本											通
		叢書集成初編											通
李 樗 黃 櫄	毛詩集解	通志堂經解本											通
		文淵閣四庫全書本		✓									
		四庫薈要本		✓									
		精抄本		✓									
章如愚	山堂詩考	古名儒毛詩解	✓										
戴 溪	續讀詩記	文淵閣四庫全書本		✓									
		武英殿聚珍本		✓							✓		
		墨海金壺本											通
		經苑本											通
		清芬堂叢書本											通
		叢書集成初編											通
魏了翁	毛詩要義	道光間翁氏家抄本											陸
		清抄本											陸
		光緒間影宋刊本						✓			✓		陸
		影宋寫本									✓		陸
		江蘇局刊本											陸
毛居正	六經正誤	元刊本											陸
		嘉靖間郝梁刊本											陸
		精抄本		✓									
		通志堂經解本											通

作者	書名	版本	1	2	3	4	5	6	7	8	9	10	11	12	13	典藏
		文淵閣四庫全書本		✓												
		四庫薈要本		✓												
段昌武	叢桂毛詩集解	孫氏家抄本														陸
		文淵閣四庫全書本		✓												
	詩義指南	抄本		✓												
		知不足齋叢書														通
		宛委別藏														通
		叢書集成初編														通
嚴　粲	詩緝	元勤有堂刊本			✓											陸
		明味經堂刊本	✓	✓				✓				✓		✓	✓	陸
		文淵閣四庫全書本		✓												
		四庫薈要本		✓												
		嘉慶間覆明刊本				✓				✓						
		光緒間重刊本				✓										
		清刊本										✓				
		清抄本														陸
		復性書院本							✓							
劉　克	詩說	宋刊本														陸
		影宋抄本		✓												
		汪氏仿宋刊本				✓										
		張氏家抄本	✓													陸
		抄本	✓		✓											陸
		道光間覆宋刊本										✓				
		宛委別藏本														通
王應麟	詩地理考	玉海附刻本	✓	✓			✓			✓				✓		
		格致叢書本														通
		明刊津逮祕書本	✓				✓									
		明刊本				✓										
		文淵閣四庫全書本		✓												
		四庫薈要本		✓												
		學津討原本														通
		叢書集成初編														通
	六經天文編	玉海附刻本	✓	✓		✓										
		元慶元路儒學刊本	✓													

		文淵閣四庫全書本	✓								
		學津討原本									通
		清芬堂叢書本									通
		叢書集成初編									通
	詩考	元泰定刊本								✓	
		玉海附刻本	✓	✓			✓		✓		
		格致叢書本									通
		明刊津逮秘書本	✓								
		文淵閣四庫全書本		✓							
		學津討原本									通
		叢書集成初編									通
	玉海紀詩	格致叢書本									通
		古名儒毛詩解本	✓								
	困學紀詩	古名儒毛詩解本	✓								
俞德鄰	佩韋齋輯聞詩說	舊抄本	✓								
		文淵閣四庫全書本		✓							
		讀書齋叢書庚集									通
		學海類編									通
		叢書集成初編									通
		筆記小說大觀六編									通
黃仲元	四如六經講稿	明嘉靖刊本	✓								陸
		清康熙 22 年重修本									陸
		文淵閣四庫全書本		✓							
		舊抄本									陸
黃　震	讀詩一得〔註 5〕	元刊本	✓								
		題宋刊本	✓								
		明正德刊本		✓							
		明正德坊刊本	✓	✓							
		文淵閣四庫全書本		✓							
		乾隆間刊本					✓	✓			
		乾隆間汪氏刊本						✓			
		附刊古今紀要本			✓	✓					

〔註 5〕《讀詩一得》一卷，即《黃氏日抄》，卷四，〈讀毛詩〉。上所列七本為日抄之板本，
末二本為單行本。

作者	書名	版本																	藏地
		古名儒毛詩解	✓																	
張文伯	九經疑難	明澹生堂抄本																		陸
		錄澹生堂抄本		✓							✓									
		宛委別藏本																		通
車似慶	五經論	續台州叢書本																		通
謝枋得	詩傳註疏	嘉慶間阮元進呈本		✓																
		清抄本																		陸
		知不足齋叢書本																		通
		宛委別藏本																		通
		謝氏評註四種合刻																		通
		抱經樓叢刊																		通
		叢書集成初編																		通
王　柏	詩辨說	清初抄本〔註6〕																		陸
		通志堂經解本																		通
		藝海珠塵本																		通
		金華叢書本																		通
		叢書集成初編																		通
		顧頡剛點校本																		通
趙　悳	詩辨說〔註7〕	通志堂經解本																		通
		文淵閣四庫全書本		✓																
		四庫薈要本		✓																
		別下齋叢書本																		通
		槐廬叢書本																		通
		叢書集成初編																		通

〔註 6〕書名作《詩疑》。

〔註 7〕《詩辨說》一卷，今所見皆附刻朱倬《詩經疑問》後。

參考書目

專　書

一、經　部

1：（宋）項安世撰，《周易玩辭》（台北：廣文書局影印本，民國 63 年）。

2：（宋）黃度撰，《書說》（台北：大通書局影印通志堂經解本，民國 61 年）。

3：（唐）成伯璵撰，《毛詩指說》（台北：大通書局影印通志堂經解本，民國 61 年）。

4：（宋）歐陽脩撰，《詩本義》（台北：臺灣商務印書館影印四部叢刊三編本，民國 70 年）。

5：（宋）劉敞撰，《七經小傳》（台北：大通書局影印通志堂經解本，民國 61 年）。

6：（宋）蘇轍撰，《潁濱詩集傳》（日本：朋社影印本，昭和 55 年）。

7：（宋）程頤撰，《程氏經說》（台北：臺灣商務印書館影印文淵閣四庫全書本，民國 72 年）。

8：（宋）張耒撰，《詩說》（台北：大通書局影印通志堂經解本，民國 61 年）。

9：（宋）蔡卞撰，《毛詩名物解》（台北：大通書局影印通志堂經解本，民國 61 年）。

10：（宋）鄭樵撰、顧頡剛校輯，《詩辨妄》（上海：開明書店排印本，民國 24 年）。

11：（宋）鄭樵撰，《六經奧論》（台北：大通書局影印通志堂經解本，民國 61 年）。

12：（宋）周孚撰，《非詩辨妄》（台北：藝文印書館影印叢書集成初編本，民國 66 年）。

13：（宋）王質撰，《詩總聞》（台北：臺灣商務印書館影印文淵閣四庫全書本，民國 72 年）。

14：（宋）程大昌撰，《詩議》（台北：藝文印書館影印叢書集成初編本，民國 66

年）。

15：（宋）范處義撰，《詩補傳》（台北：大通書局影印通志堂經解本，民國 61 年）。

16：（宋）袁燮撰，《絜齋毛詩經筵講義》（台北：臺灣商務印書館影印文淵閣四庫全書本，民國 72 年）。

17：（宋）林岊撰，《毛詩講義》（台北：臺灣商務印書館影印文淵閣四庫全書本，民國 72 年）。

18：（宋）楊簡撰，《詩解》（台北：臺灣商務印書館影印文淵閣四庫全書本，民國 72 年）。

19：（宋）呂祖謙撰，《呂氏家塾讀詩記》（台北：臺灣商務印書館影印文淵閣四庫全書本，民國 72 年）。

20：（宋）唐仲友撰，《詩解鈔》（台北：藝文印書館影印四部叢刊三編本，民國 70 年）。

21：（宋）朱熹撰，《詩集傳》（台北：藝文印書館影印本，民國 56 年）。

22：（宋）朱熹撰，〈詩序辨說〉，（台北：中文出版社影印津逮秘書本，民國 69 年）。

23：（宋）朱鑑撰，《詩傳遺說》（台北：大通書局影印通志堂經解本，民國 61 年）。

24：（宋）楊甲撰，《六經圖》（台北：臺灣商務印書館影印文淵閣四庫全書本，民國 72 年）。

25：（宋）輔廣撰，《詩童子問》（台北：臺灣商務印書館影印文淵閣四庫全書本，民國 72 年）。

26：（宋）李樗、黃櫄撰，《李黃詩集解》（台北：大通書局影印通志堂經解本，民國 61 年）。

27：（宋）章如愚撰，《山堂詩考》（明刊古名儒毛詩解十六種本）。

28：（宋）戴溪撰，《續讀詩記》（台北：臺灣商務印書館影印文淵閣四庫全書本，民國 72 年）。

29：（宋）毛居正撰，《六經正誤》（台北：臺灣商務印書館影印文淵閣四庫全書本，民國 72 年）。

30：（宋）段昌武撰，《叢桂毛詩集解》（台北：臺灣商務印書館影印文淵閣四庫全書本，民國 72 年）。

31：（宋）段昌武撰，《詩義指南》（台北：興中書局影印知不足齋叢書本，民國 53 年）。

32：（宋）嚴粲撰，《詩緝》（台北：廣文書局影印味經堂本，民國 49 年）。

33：（宋）劉克撰，《詩說》（台北：臺灣商務印書館影印宛委別藏本，民國 70 年）。

34：（宋）王應麟撰，《詩考》（台北：中文出版社影印津逮秘書本，民國 69 年）。

35：（宋）王應麟撰，《困學紀聞》（明刊古名儒毛詩解十六種本）。

36：（宋）王應麟撰，《六經天文編》（台北：新文豐出版社影印學津討原本，民國 69 年）。

37：（宋）王應麟撰，《詩考》（台北：臺灣商務印書館影印文淵閣四庫全書本，民國 72 年）。

38：（宋）黃仲元撰，《四如六經講稿》（台北：臺灣商務印書館影印文淵閣四庫全書本，民國 72 年）。

39：（宋）黃震撰，《讀詩一得》（明刊古名儒毛詩解十六種本）。

40：（宋）張文伯撰，《九經疑難》（台北：臺灣商務印書館影印宛委別藏本，民國 70 年）。

41：（宋）謝枋得撰，《詩傳注疏》（台北：興中書局影印知不足齋叢書本，民國 54 年）。

42：（宋）王柏撰，《詩辨說》（台北：大通書局影印通志堂經解本，民國 61 年）。

43：（宋）王柏撰、顧頡剛校輯，《詩疑》（上海：開明書店刊辨偽叢刊本，民國 24 年）。

44：（宋）趙惠撰，《詩辨說》（台北：大通書局影印通志堂經解本，民國 61 年）。

45：（清）陳大章撰，《詩傳名物集覽》（台北：臺灣商務印書館影印文淵閣四庫全書本，民國 72 年）。

46：（清）陳啟源撰，《毛詩稽古篇》（台北：復興書局影印皇清經解本，民國 50 年）。

47：（清）姚際恆撰，《詩經通論》（台北：河洛圖書出版社排印本，民國 67 年）。

48：（清）方玉潤撰，《詩經原始》（台北：藝文印書館影印本，民國 49 年）。

49：屈萬里撰，《詩經釋義》（台北：中國文化大學出版部排印本，民國 69 年）。

50：皮錫瑞撰，《經學歷史》（台北：臺灣商務印書館排印本，民國 69 年）。

51：皮錫瑞撰，《經學通論》（台北：臺灣商務印書館排印本，民國 69 年）。

52：馬宗霍撰，《中國經學史》（台北：臺灣商務印書館排印本，民國 68 年）。

53：熊十力撰，《讀經示要》（台北：明文出版社排印本，民國 73 年）。

54：何耿鏞撰，《經學概說》（武漢：湖北人民出版社排印本，民國 73 年）。

55：葉國良撰，《宋人疑經改經考》（臺大中研所碩士論文，民國 67 年）。

56：胡樸安撰，《詩經學》（台北：臺灣商務印書館排印本，民國 59 年）。

57：蔣善國撰，《三百篇演論》（台北：臺灣商務印書館排印本，民國 69 年）。

58：何定生撰，《詩經今論》（台北：臺灣商務印書館排印本，民國 62 年）。

59：黃振民撰，《詩經研究》（台北：正中書局排印本，民國 70 年）。

60：趙制陽撰，《詩經名著評介》（台北：臺灣學生書局排印本，民國 72 年）。

61：黃忠慎撰，《宋代之詩經學》（政大中研所博士論文，民國 73 年）。

62：夏傳才撰，《詩經研究史概要》（河南：中州書畫社排印本，民國 71 年）。

63：許秋碧撰，《歐陽脩著述考》（政大中研所碩士論文，民國 65 年）。

64：何澤恆撰，《歐陽脩之經史學》（臺大中研所碩士論文，民國 65 年）。

65：裴普賢撰，《歐陽脩詩本義研究》（台北：東大圖書公司排印本，民國 70 年）。

66：黃復山撰，《王安石字說之研究》（台北：臺大中研所碩士論文，民國 71 年）。

67：趙效宣撰，《朱子家學與師承》（台北：臺灣書店宋史研究論集第五輯，民國 59 年）。

68：謝僑一撰，《從朱子詩集傳叶韻中看當時的語言現象》（政大中研所碩士論文，民國 55 年）。

69：陳美利撰，《朱子詩集傳釋例》（政大中研所碩士論文，民國 61 年）。

70：王春謨撰，《朱熹詩集傳「淫詩說」之研究》（政大中研所碩士論文，民國 68 年）。

71：李再薰撰，《朱子詩經學要義通證》（臺大中研所碩士論文，民國 71 年）。

72：林政華撰，《黃震之經學》（臺大中研所博士論文，民國 66）。

73：呂美雀撰，《王應麟著述考》（臺大中研所碩士論文，民國 61 年）。

74：何澤恆撰，《王應麟之經史學》（台北：臺大中研所博士論文，民國 70 年）。

75：程元敏師撰，《王柏之詩經學》（台北：嘉新水泥文化基金會排印本，民國 56 年）。

76：程元敏師撰，《王柏之生平與學術》（臺大中研所博士論文，民國 60 年）。

77：（宋）吳棫撰，《韻補》（台北：臺灣商務印書館影印文淵閣四庫全書本，民國 72 年）。

78：（清）顧炎武撰，《韻補正》（台北：廣文書局音學五書本，民國 59 年）。

79：（清）江有誥撰，《音學十書》（台北：廣文書局影印本，民國 55 年）。

二、史　部

1 ：（宋）李燾撰，《續資治通鑑長編》（台北：臺灣商務印書館影印文淵閣四庫全書本，民國 72 年）。

2 ：（宋）呂中撰，《宋大事記講義》（台北：臺灣商務印書館影印文淵閣四庫全書本，民國 72 年）。

3 ：（宋）王稱撰，《東都事略》（台北：文海出版社影印本，民國 56 年）。

4 ：（元）脫脫等奉敕撰，《宋史》（台北：成文出版社影印仁壽本二十六史本，民國 60 年）。

5：（明）王洙撰，《宋史質》（台北：大化書局影印本，民國 66 年）。

6：（清）陸心源輯，《宋史翼》（台北：文海出版社影印本，民國 56 年）。

7：柯劭忞撰，《新元史》（台北：成文出版社影印仁壽本二十六史本，民國 60 年）。

8：劉伯驥撰，《宋代政教史》（台北：臺灣中華書局排印本，民國 60 年）。

9：（明）凌迪知撰，《萬姓統譜》（台北：新興書局影印本，民國 60 年）。

10：丁傳靖編，《宋人軼事彙編》（台北：源流文化事業公司排印本，民國 71 年）。

11：（宋）李俊甫撰，《莆陽比事》（台北：藝文印書館影印叢書集成三編本，民國 66 年）。

12：（元）徐碩撰，《至正嘉禾志》（中國地志研究會影印本，民國 67 年）。

13：（明）陳讓編次，《邵武府志》（台北：新文豐出版社影印叢書集成新編本，民國 74 年）。

14：（明）熊鳴夏等修，《金華縣志》（明萬曆二十六年刊本）。

15：（清）宮北麟等修，《莆田縣志》（台北：成文出版社影印本，民國 57 年）。

16：（清）孫爾準等修，《福建通志》（台北：華文書局影印本，民國 57 年）。

17：（清）王棻撰，《台學統》（清光緒吳興嘉業堂刊本）。

18：（宋）李心傳撰，《建炎以來繫年要錄》（上海：商務印書館影印本，民國 26 年）。

19：（宋）陳騤撰，《南宋館閣續錄》（台北：臺灣商務印書館影印文淵閣四庫全書本，民國 72 年）。

20：（宋）鄭樵撰，《通志略》（台北：里仁書局排印本，民國 71 年）。

21：（清）葉德輝撰，《書林清話》（台北：文史哲出版社影印本，民國 62 年）。

22：余嘉錫撰，《四庫提要辨證》（台北：藝文印書館影印本，民國 58 年）。

23：劉兆祐師撰，《晁公武及其郡齋讀書志》（台北：嘉新水泥文化基金會排印本，民國 58 年）。

24：昌彼得師、潘美月撰，《中國目錄學》（台北：文史哲出版社排印本，民國 72 年）。

25：張舜徽撰，《中國文獻學》（台北：木鐸出版社排印本，民國 72 年）。

三、子　部

1：（宋）黎靖德編，《朱子語類》（台北：中文出版社影印本，民國 68 年）。

2：（明）黃宗義撰，《宋元學案》（台北：世界書局排印本，民國 50 年）。

3：（清）王梓材、馮雲濠撰，《宋元學案補遺》（台北：世界書局排印本，民國 51 年）。

4 ：（清）李清馨撰，《閩中理學淵源考》（台北：臺灣商務印書館影印本，民國 72
年）。

5 ：錢穆撰，《朱子新學案》（自印本，民國 60 年）。

6 ：（宋）俞德鄰撰，《佩韋齋輯聞》（台北：新興書局影印筆記小說大觀本，民國
64 年）。

7 ：（宋）朱翌撰，《猗覺寮雜記》（台北：新興書局影印筆記小說大觀本，民國 67
年）。

8 ：（宋）王讜撰，《唐語林》（台北：廣文書局影印本，民國 57 年）。

9 ：林慶彰師撰，《明代考據學研究》（東吳中研所博士論文，民國 72 年）。

四、集 部

1 ：（宋）歐陽脩撰，《歐陽文忠公全集》（台北：臺灣商務印書館影印四部叢刊初編
本，民國 68 年）。

2 ：（宋）蘇轍撰，《欒城集、後集》（台北：臺灣商務印書館影印四部叢刊初編本，
民國 68 年）。

3 ：（宋）呂南公撰，《灌園集》（台北：臺灣商務印書館影印文淵閣四庫全書本，民
國 72 年）。

4 ：（宋）黃榦撰，《黃勉齋先生文集》（台北：新文豐出版社影印叢書集成新編本，
民國 74 年）。

5 ：（宋）樓鑰撰，《攻媿集》（台北：臺灣商務印書館影印四部叢刊初編本，民國
68 年）。

6 ：（宋）王安禮撰，《王魏公集》（台北：臺灣商務印書館影印文淵閣四庫全書本，
民國 72 年）。

7 ：（宋）張綱撰，《華陽集》（台北：臺灣商務印書館影印文淵閣四庫全書本，民國
72 年）。

8 ：（宋）李石撰，《方舟集》（台北：臺灣商務印書館影印文淵閣四庫全書本，民國
72 年）。

9 ：（宋）王質撰，《雪山集》（台北：臺灣商務印書館影印文淵閣四庫全書本，民國
72 年）。

10：（宋）鄭樵撰，《夾漈遺稿》（台北：新文豐出版社影印叢書集成新編本，民國
74 年）。

11：（宋）周孚撰，《蠹齋鉛刀編》（台北：臺灣商務印書館影印文淵閣四庫全書本，
民國 72 年）。

12：（宋）葉適撰，《葉水心集》（台北：臺灣商務印書館影印四部叢刊初編本，民國
68 年）。

13：（宋）汪應辰撰，《文定集》（台北：臺灣商務印書館影印文淵閣四庫全書本，民國 72 年）。

14：（宋）呂祖謙撰，《東萊集》（台北：臺灣商務印書館影印文淵閣四庫全書本，民國 72 年）。

15：（宋）朱熹撰，《朱文公文集、續集》（台北：臺灣商務印書館影印四部叢刊初編本，民國 68 年）。

16：（宋）眞德秀撰，《眞文忠公集》（台北：臺灣商務印書館影印四部叢刊初編本，民國 68 年）。

17：（宋）文同撰，《丹淵集》（台北：臺灣商務印書館影印四部叢刊初編本，民國 68 年）。

18：（宋）袁燮撰，《絜齋集》（台北：臺灣商務印書館影印文淵閣四庫全書本，民國 72 年）。

19：（宋）車若水撰，《腳氣集》（文明書局石印寶顏堂秘笈本，民國 12 年）。

20：（宋）謝枋得撰，《疊山集》（台北：臺灣商務印書館影印文淵閣四庫全書本，民國 72 年）。

21：（宋）王柏撰，《王文憲公集》（台北：臺灣商務印書館影印文淵閣四庫全書本，民國 72 年）。

22：（宋）王柏撰、（清）金律編，《王魯齋先生正學編》（清雍乾間刊金仁山遺書附刻本）。

23：（宋）楊萬里撰，《誠齋集》（台北：臺灣商務印書館影印四部叢刊初編本，民國 68 年）。

24：（宋）程泌撰，《洛水集》（台北：臺灣商務印書館影印文淵閣四庫全書本，民國 72 年）。

25：（元）朱德潤撰，《存復齋文集》（台北：臺灣商務印書館影印四部叢刊初編本，民國 68 年）。

26：（明）宋濂撰，《宋文憲公集》（台北：臺灣中華書局四部備要本，民國 55 年）。

27：（清）全祖望撰，《鮚埼亭集》（台北：臺灣商務印書館影印四部叢刊初編本，民國 68 年）。

28：（宋）王應麟撰，《四明文獻集》（張氏約園刊四明叢書本，民國 25 年）。

29：（清）莊仲芳編撰，《南宋文範》（台北：鼎文書局影印本，民國 64 年）。

30：（清）曹廷棟輯，《宋百家詩存》（台北：臺灣商務印書館影印文淵閣四庫全書本，民國 72 年）。

31：（清）厲鶚撰，《宋詩紀事》（台北：臺灣中華書局影印本，民國 60 年）。

32：崔仁愛撰，《張耒文學理論研究》（臺大中研所碩士論文，民國 74 年）。

33：周學武撰，《唐說齋研究》（臺大中研所碩士論文，民國 60 年）。

工具書

1 ：（宋）歐陽脩等撰，《崇文總目》（台北：廣文書局影印書目續編本，民國 57 年）。

2 ：（宋）晁公武撰，《郡齋讀書志》（台北：廣文書局影印書目續編本，民國 57 年）。

3 ：（宋）尤袤撰，《遂初堂書目》（台北：廣文書局影印書目續編本，民國 57 年）。

4 ：（宋）陳振孫撰，《直齋書錄解題》（台北：廣文書局影印書目續編本，民國 57 年）。

5 ：（宋）鄭樵撰，《通志藝文略》（台北：里仁書局排印本，民國 71 年）。

6 ：（宋）王應麟撰，《玉海》（台北：大化書局影印本，民國 66 年）。

7 ：（元）脫脫等撰，《宋史藝文志》（台北：藝文印書館影印八史經籍志本，民國 54 年）。

8 ：（元）馬端臨撰，《文獻通考‧經籍考》（台北：新文豐出版社排印本，民國 75 年）。

9 ：（明）楊士奇等撰，《文淵閣書目》（台北：廣文書局影印書目三編本，民國 58 年）。

10：（明）張萱撰，《內閣藏書目錄》（台北：廣文書局影印書目續編本，民國 57 年）。

11：（明）高儒撰，《百川書志》（台北：成文出版社影印書目類編本，民國 67 年）。

12：（明）焦竑撰，《國史經籍志》（台北：廣文書局影印書目五編本，民國 61 年）。

13：（明）晁瑮撰，《寶文堂書目》（台北：成文出版社影印書目類編本，民國 67 年）。

14：（明）陳第撰，《世善堂書目》（台北：廣文書局影印書目三編本，民國 58 年）。

15：（明）葉盛撰，《菉竹堂書目》（台北：成文出版社影印書目類編本，民國 67 年）。

16：（明）朱睦㮮撰，《授經圖》（台北：廣文書局影印書目續編本，民國 57 年）。

17：（清）錢謙益撰，《絳雲樓書目》（台北：廣文書局影印書目三編本，民國 58 年）。

18：（清）黃虞稷撰，《徵刻唐宋秘本書目》（台北：廣文書局影印書目續編本，民國 57 年）。

19：（清）黃虞稷撰，《千頃堂書目》（台北：廣文書局影印書目叢編本，民國 56 年）。

20：（清）黃虞稷、倪燦撰，《宋史藝文志補》（台北：藝文印書館影印八史經籍志本，

民國 54 年）。

21：（清）倪燦、盧文弨撰，《補遼金元史藝文志》（台北：藝文印書館影印八史經籍志本，民國 54 年）。

22：（清）朱彝尊撰，《經義考》（台北：廣文書局影印書目續編本，民國 57 年）。

23：（清）紀昀等奉敕撰，《四庫全書總目》（台北：藝文印書館影印本，民國 63 年）。

24：（清）阮元撰，《四庫未收書目》（台北：成文出版社影印書目類編本，民國 67 年）。

25：（清）錢大昕撰，《補元史藝文志》（台北：藝文印書館影印八史經籍志本，民國 54 年）。

26：（清）于敏中、彭元瑞撰，《天祿琳琅藏書目錄》（台北：廣文書局影印書目續編本，民國 57 年）。

27：（清）于敏中撰，《天祿琳琅藏書續目》（台北：廣文書局影印書目續編本，民國 57 年）。

28：（清）阮元撰，《進呈書目》（台北：成文出版社影印書目類編本，民國 67 年）。

29：（清）高宗敕撰，《續文獻通考》（台北：新興書局影印本，民國 47 年）。

30：（清）錢曾撰，《述古堂書目》（台北：廣文書局影印書目三編本，民國 58 年）。

31：（清）錢曾撰，《讀書敏求記》（台北：廣文書局影印書目叢編本，民國 56 年）。

32：（清）孫星衍撰，《孫氏祠堂書目》（台北：廣文書局影印書目三編本，民國 58 年）。

33：（清）周中孚撰，《鄭堂讀書記》（台北：世界書局影印本，民國 49 年）。

34：（清）張金吾撰，《愛日精廬藏書志》（台北：文史哲出版社影印本，民國 71 年）。

35：（清）瞿鏞撰，《鐵琴銅劍樓藏書目錄》（台北：廣文書局影印書目叢編本，民國 56 年）。

36：（清）楊紹和撰，《楹書隅錄》（台北：廣文書局影印書目叢編本，民國 56 年）。

37：（清）莫友芝撰，《邵亭傳本知見書目》（台北：廣文書局影印書目五編本，民國 61 年）。

38：楊家駱主編，《增訂四庫簡明標注》（台北：世界書局排印本，民國 50 年）。

39：（清）丁日昌撰，《持靜齋藏書紀要》（台北：成文出版社影印書目類編本，民國 67 年）。

40：（清）莫友芝撰，《宋元舊本書經眼錄》（台北：廣文書局影印書目叢編本，民國 56 年）。

41：（清）丁丙撰，《善本書室藏書志》（台北：廣文書局影印書目叢編本，民國 57 年）。

42：（清）丁丙撰，《八千卷樓藏書目錄》（台北：廣文書局影印書目四編本，民國59年）。

43：（清）陸心源撰，《皕宋樓藏書志》（台北：廣文書局影印書目叢編本，民國57年）。

44：（清）陸心源撰，《皕宋樓藏書續志》（台北：廣文書局影印書目叢編本，民國57年）。

45：（清）陸心源撰，《儀顧堂續跋》（台北：廣文書局影印書目叢編本，民國57年）。

46：（清）薛福成撰，《天一閣見存書目》（台北：古亭書屋影印本，民國59年）。

47：（清）繆荃孫撰，《藝風藏書記》（台北：廣文書局影印書目叢編本，民國56年）。

48：（清）繆荃孫撰，《藝風藏書續記》（台北：廣文書局影印書目叢編本，民國56年）。

49：（清）鄧邦述撰，《寒瘦山房鬻存書目》（台北：廣文書局影印書目續編本，民國57年）。

50：（清）鄧邦述撰，《群碧樓善本書目》（台北：廣文書局影印書目續編本，民國57年）。

51：（清）張鈞衡撰，《適園藏書志》（台北：廣文書局影印書目續編本，民國57年）。

52：（清）莫伯驥撰，《五十萬卷樓藏書目錄》（台北：廣文書局影印書目叢編本，民國56年）。

53：（清）甘鵬雲撰，《逳圃善本書目》（台北：廣文書局影印書目三編本，民國58年）。

54：（清）甘鵬雲撰，《崇雅堂書錄》（台北：廣文書局影印書目五編本，民國61年）。

55：中華書局編輯部編，《中國歷代經籍典》（台北：臺灣中華書局影印本，民國59年）。

56：燕京大學圖書館引得編纂處編，《藝文志二十種綜合引得》（台北：成文出版社，民國55年）。

57：橋川時雄等主編、王雲五等重編，《續修四庫提要》（台北：臺灣商務印書館排印本，民國61年）。

58：（清）盧靖輯，《四庫湖北先正遺書提要》（台北：廣文書局影印書目五編本，民國61年）。

59：國立中央圖書館編，《臺灣公藏善本書目書名索引》（台北：國立中央圖書館排印本，民國60年）。

60：甘漢銓、張棣華編，《臺灣公藏普通本線裝書目人名索引》（台北：國立中央圖書館排印本，民國 69 年）。

61：中國古籍善本書目編輯員會編，《中國古籍善本書目（經部）》（上海：古籍出版社排印本，民國 74 年）。

62：王重民撰，《中國善本書提要》（台北：明文書局排印本，民國 73 年）。

63：東京大學東洋文化研究所編，《東京大學東洋文化研究所漢籍分類目錄》（日本：汲古書院排印本，昭和 56 年）。

64：京都大學人文科學研究所編，《京都大學人文科學研究所漢籍目錄》（日本：同朋社排印本，昭和 56 年）。

65：靜嘉堂文庫編，《靜嘉堂文庫漢籍分類目錄》（台北：古亭書屋影印本，民國 59 年）。

66：日本內閣文庫編，《內閣文庫漢籍分類目錄》（台北：古亭書屋影印本，民國 59 年）。

67：王重民輯，袁同禮校，《美國國會圖書館藏中國善本書目》（台北：文海出版社影印本，民國 61 年）。

68：中國學典館復館籌備處編，《叢書子目類編》（台北：文史哲出版社影印本，民國 75 年）。

69：昌彼得師，王德毅等編，《宋人傳記資料索引》（台北：鼎文書局排印本，民國 65 年）。

70：燕京大學圖書館引得編纂處編，《四十七種宋代傳記綜合引得》（台北：成文出版社，民國 55 年）。

單篇論文

1：劉兆祐師撰，〈二千年《詩經》研究的回顧〉，《幼獅學誌》十七卷四期（民國 72 年 10 月）。

2：陳新雄撰，〈古音學與詩經〉，《輔仁學誌》（文學院之部）二六三期（民國 72 年 6 月）。

3：陳紹棠撰，〈詩序和「淫詩」〉，《中國學人》一期（民國 59 年 3 月）。

4：程元敏師撰，〈兩宋之反對詩序運動及其影響〉，《中山學術文化集刊》二期（民國 57 年 11 月）。

5：李威熊撰，〈兩宋治經取向及特色〉，《中華學苑》三十期（民國 73 年 12 月）。

6：馮寶志撰，〈宋代詩經學概論〉，《古籍整理與研究》總一號（民國 75 年 10 月）。

7：林慶彰師撰，〈明代的漢宋學問題〉，《東吳文史學報》五號（民國 75 年 8 月）。

8：陳宗敏撰，〈蘇轍的生平及作品〉，《書和人》十六期（民國 66 年 8 月）。

9：徐振亞撰，〈王安石經學概論初稿〉，《學藝雜誌》一四卷七期（民國 24 年 9 月）。

10：于大成撰，〈王安石三經新義〉，《孔孟月刊》十一卷一期（民國 61 年 9 月）。

11：程元敏師撰，〈三經新義修撰人考〉，《孔孟學報》三七期（民國 68 年 4 月）。

12：程元敏師撰，〈詩經新義輯考彙評——詩大序及周南召南各篇〉，《中華文化復興月刊》一二卷四期（民國 68 年 4 月）。

13：程元敏師撰，〈詩經新義輯考彙評——王風至曹風各篇〉，《幼獅學誌》十五卷四期（民國 68 年 12 月）。

14：程元敏師撰，〈詩經新義輯考彙評——三衛（邶鄘衛）詩各篇〉，《中華文化復興月刊》一二卷八期（民國 68 年 8 月）。

15：程元敏師撰，〈詩經新義輯考彙評——大雅、周頌各篇〉，《國立編譯館館刊》八卷二期（民國 68 年 12 月）。

16：程元敏師撰，〈詩經新義輯考彙評——小雅鹿鳴至巷伯各篇〉，《國立編譯館館刊》，八卷一期（民國 78 年 6 月）。

17：程元敏師撰，〈詩經新義（國風、小雅部份）輯考彙評〉，《國科會論文摘要》（民國 67 年）。

18：程元敏師撰，〈三經新義評論輯類〉，《國立編譯館館刊》九卷二期（民國 69 年 12 月）。

19：何澤恒撰，〈歐陽脩之詩經學〉，《孔孟月刊》十五卷三期（民國 65 年 11 月）。

20：賴炎元撰，〈歐陽脩的詩經學〉，《中國國學》六期（民國 67 年 4 月）。

21：林逸撰，〈關於歐陽脩詩本義〉，《書和人》五二三期（民國 74 年 8 月 3 日）。

22：黃忠慎撰，〈歐陽脩詩經學之評價〉，《孔孟月刊》二四卷七期，（民國 75 年 3 月）。

23：顧頡剛撰，〈鄭樵箸述考〉，《國學季刊》一卷一期（民國 12 年 1 月）。

24：于維杰撰，〈鄭樵詩學考〉，《國科會報告》（民國 56 年）。

25：吳其昌撰，〈朱子著述考〉，《國學論衡》一卷二期（民國 16 年）。

26：潘重規撰，〈朱子詩序舊說敘錄〉，《新亞書院學術年刊》，九期（民國 56 年 9 月）。

27：戴君仁撰，〈朱子釋「風」〉，《新時代》十一卷三期（民國 60 年 3 月）。

28：戴君仁撰，〈朱子的教育興趣與詩集傳〉，《文史季刊》一卷三期（民國 60 年 4 月）。

29：程元敏師撰，〈朱子所定國風中言情緒詩研述〉，《孔孟學報》二六期（民國 62 年 9 月）。

30：賴炎元撰，〈朱熹的詩經學〉，《中國學術年刊》二期（民國 67 期 6 月）。

31：趙制陽撰，〈朱子詩集傳評介〉，《中華文化復興月刊》十二卷一二期（民國 68 年 12 月）。

32：蔡根祥撰，〈朱熹詩集傳鄭風淫詩說平議〉，《孔孟月刊》二五卷一期（民國 75

年 9 月）。

33：賴炎元撰，〈呂祖謙的詩經學〉，《中國學術年刊》六期（民國 73 年 6 月）。

34：喬衍琯師撰，〈詩緝（善本書志）〉，《中央圖書館館刊》一卷三期（民國 57 年 1 月）。

35：陳垣撰，〈黃東發之卒年〉，《輔仁學誌》，七卷一、二期（民國 32 年 12 月）。

36：錢穆撰，〈黃東發學述〉，《圖書季刊》一卷三期（民國 60 年 1 月）。

37：林政華撰，〈黃震著述版本敍錄兼述日鈔體之影響〉，《書目季刊》九卷四期（民國 65 年 3 月）。

38：趙制陽撰，〈王柏詩疑評介〉，《中華文化復興月刊》十七卷五期（民國 73 年 5 月）。

39：林建和撰，〈王應麟之生平及其著作略述〉，《史學通訊》二二期（民國 75 年 6 月）。

書名索引*

---

* 本書末所附「書名索引」、「人名索引」，其編檢類例，詳見書前凡例，頁 II，最末一條。

人 名 索 引